Fan
ファン文庫

JN136694

繰《く》り巫女《ひめ》あやかし夜噺《よばなし》

かごめかごめかごのとり

著　日向夏

マイナビ出版

目次

序章

かごめかごめ

かごめかごめ　籠《かご》の中の鳥は　いついつ出やる
夜明けの晩に　鶴と亀が滑った
後ろの正面だあれ？

幼子《おさなご》の声が聞こえる。けれど見えない、どこにいるかもわからない。天井近くにある小さな窓、そこから響いているが姿は見えない。窓は、つま先立ちになろうと手に届かない場所にある。

太陽の光が恋しい。でも、外に出るのはお勤《つと》めの時だけだ。普段はずっとこの薄暗い部屋にしかいられない、誰も外に出してくれない。

「欲しいものはありませんか？」

「食べたいものはございませんか？」

優しく問いかける使用人たちだが、誰もが自分のことを気遣っているようで、そうじゃない。気遣うなら、自分をこんなところに閉じ込めておくわけがない。

いくつもの部屋、長い廊下、広い部屋の周りにはすべて木の格子がついていた。

「お勤めのお時間です」

お勤めに出る時は必ず沐浴《もくよく》をしなくてはならない。冷たい水、屋外でこんこんと湧《わ》き出る水に白い着物のまま入る。夏はいい、冷たくて気持ちいい。だが、冬に雪が降ろうとも関係ない。それが決まりだ。

禊《みそぎ》を終えると、紅《べに》をさし、髪をゆるく束《たば》ね、顔には薄絹《うすぎぬ》をかぶせて隠した。

月明りの下、石舞台《いしぶたい》にて舞を踊る。

祓《はら》うために、清めるために。

お勤めは、穢《けが》れを浄化《じょうか》するために行うのだ。

辺りをうようよする気持ちの悪いモノが消え去るまで踊る。

周りにいる者たちは、舞手《まいて》のことを、『斎《いっき》』とだけ呼ぶ。自分を生んだ母もそう呼ばれていた。母にも名がなかった。同じように、『斎』という役名を呼ばれていたらしい。そして、自分もまた『斎』でありそれ以外の何者でもない。

ただ中には、『九郎《くろう》』と便宜上《べんぎじょう》呼ぶ者もいた。『斎』を『斎』と認めず、先代『斎』の九番目の子という意味で。同じ胎《はら》から生まれたのに、己《おのれ》が『斎』に選ばれなかった者たちだけが『九郎』と呼ぶのだ。生物学上の兄たち、彼らは『斎』の子でありながら人であった。

八人いた兄たちは、皆《みな》、人だった。

神ではなかった。

自分が神だと知ったのはいつころだろうか。

神というものが何かもわからぬくらい、自分は愚鈍《ぐどん》だった。

ほとんど人と接触することなく、ただ、与えられた本を読むことだけは許された。祝詞《のりと》を読むために、必要な言葉と知識を覚えるだけ。

知恵のない扱いやすい空っぽの器。そのほうが『斎』を取り巻く人間にとっては都合がよかったのだ。

もしかしたら、『斎』は、ずっと愚鈍《ぐどん》なまま過ごしていったのかもしれない。知識を得られる機会が訪れなければ。

きっかけは、使用人が落とした一冊の本。小さなポケット辞書。収められた語彙《ごい》数はそれほど多くない。でも、情報を隔絶された者にとっては知恵の実のようなものである。

知恵の実――、たかだか辞書一つを例えるのにはおかしいかもしれない。でも、それほど『斎』には大きな影響を与えたのだ。

神という言葉もここで初めて知った。

刺激に飢《う》えた子どもは辞書の中身を全部吸収した。『斎』は新しい知識をもっともっと欲した。

しかし、使用人たちは『斎』に知恵を与えようとは思わなかった。知恵のついた『斎』は扱いづらい代物なのだ。無知だからこそ、神という上位の存在を自由に扱えるのだ。

だから、『斎』は交渉した。

たった一つ、自分が持っている武器を使って。

「おまえの後ろの子を祓ってやる」

使用人の女の首にはへその緒《お》が巻かれてあった。へその緒の先にいたのはまだ人らしい形をしていない、蛙のような胎児。過去、女の胎にいた子どもだった。

『斎』に言われなければ、認識できなかったモノ。

本来、形もなく何もできないモノなのに、『斎』が口にしたことで女はソレを認識し、絶叫した。狼狽《うろた》えながら、『斎』にすがりついた。

なんでもするから、バケモノを祓ってください、と。

『斎』はやってはいけないこと、触れるべきではないことに手を出してしまった。本来、お勤めによって静かにゆっくり鎮《しず》めるべきモノに触れてしまった。

だが、『斎』はそれに気が付かなかった。新たな知恵の実を得るため、禁忌《きんき》に何度も何度も触れた。良からぬものを寄せ付けるとは思わずにいた。

知恵の実を得るには、なんだってしよう。そう考えていたこと自体が甘かった。

聖書のごとく蛇の甘言に唆《そそのか》されているとも知らずに。奪われる側になるとは思わなかった。忘れていたのだ。ずっと搾取される側でしかなかったということを――。

バケモノより怖いのは人間だと、まだ知らなかった。

ただ、籠《かご》の鳥は、籠の外が見たかっただけなのに。

かごめかごめ　籠の中の鳥は　いついつ出やる
夜明けの晩に　鶴と亀が滑った
後ろの正面だあれ？

一章

ふたくちおんな

さらさらと雪が降り、和傘に積もる。白い雪に二つの足跡、大きさからして男と女。絹子《きぬこ》はふわふわと揺れながら見た。身体は浮いている。空気に溶け込んで、白い世界を見ていた。

誰だろうか。

一つの傘に二つの足跡、だったはずなのに、いつのまにか足の数が増えている。女の足跡は二つのはずが三つ、四つと重なっていく。まるで何本も余分な足があるように。

おかしいな、と絹子は浮いた身体をゆっくりおろす。自分の身体がふわふわ浮いていることのほうがおかしいはずなのに、それについては深く疑問に思わなかった。

夢を見ているのだろう。不思議な夢はよく見る。気にすることはない。

地面を、雪の上を滑るように近づく。二人とも和装だ。男は羽織《はおり》、女は小紋《こもん》を着ている。足跡は次々増えていく。草履《ぞうり》の跡はどんどん重なっていき、足が絡まりそうだ。

近づいて傘の中に入ろうとすると、長い髪がふわりと絹子を撫でる。

女の髪が傘の内側に蜘蛛《くも》の糸のように張り付いていた。傘だけじゃない、隣の男の身体にも絡《から》みついている。

「あら、駄目じゃない？」

女から声がした。聞きなれたようで、聞きなれない声。

「まだ、あなたは眠っている時間でしょう？」

ゆっくりなだめすかすような声の主が、絹子を見た。黒髪の主は、赤くつやつやとした唇を弧に描き、白い指先を絹子へと伸ばした。

聞き覚えがあるような声の主、女は絹子だった。

ただ、慣れぬ化粧をしているのに、妙に堂に入っていた。

「おやすみなさい」

もう一人の絹子が絹子の瞼《まぶた》を撫《な》でる。ゆっくり瞼が落ちていく。落ちていく中、同行の男が振り返ろうとしていた。

……誰だろう。

顔を確かめる前に、絹子の視界は真っ暗になっていた。


――からんからんからん。

「ふあああっ」

絹子は大きく欠伸をしながら、糸を紡《つむ》いでいた。板張りの座布団の上にちょこんと座り、飴色《あめいろ》の糸車を回す。絹子の恰好《かっこう》は上下とも白い巫女《みこ》装束《しょうぞく》、そんな恰好で骨董品《こっとうひん》めいた糸車を回すのだから時代錯誤もいいところだ。何故《なにゆえ》、こんなことをしているかといえば、少々普通と変わった事情がある。

古都の隅っこ、高台にある玉繭《たままゆ》神社が絹子の住まいだ。名前からして糸を連想させるこの神社は、大きな寺社がたくさんある古都《こと》の中では、マイナーな部類に入る。

ここは稚日女命《ワカヒルメノミコト》を祀《まつ》る神社だ。機織《はたお》りや航海の神といわれるが、この神社では主に前者を扱っている。本社と合わせて二社しかない地味な神社で、こちらは分社にあたる。ちょっと変わっているのは、巫女は機織り女がなるということだろうか。

というわけで、巫女である絹子が朝のお勤めをこうしてやっているわけだが。

絹子の眼は半分閉じかけていた。午前四時にはお勤めを始めて今は六時前くらいだろうか。眠いのは当たり前だが、今日は特に眠かった。

夢見が悪いと睡眠が浅く、眠った気がしない。

それなのにどんな夢を見たのか忘れてしまうのは、なんだか損だと絹子は思う。

寝ぼけ眼で糸車を回したためだろうか、作った糸はいつもと比べて太さがまばらだ。

「商品になんないな」

絹子は独り言を漏らす。

「いや、むしろこの縒《よ》りを生かして」

などとやっているうちに、ゴーンという鐘の音が聞こえた。近くの寺のお坊さんが鳴らしている。絹子がお勤めする部屋には時計というものはない。この部屋は境内《けいだい》にある機織り小屋の一室であり、日常生活は別の建物となる社務所《しゃむしょ》でおくっている。普段なら腹の音で時間を大体把握するのだが、今日は寝不足のためか調子が悪い。ずいぶんずれていた。

時間的にもちょうどいいかと、絹子は糸車に布をかぶせて朝のお勤めを終わりにした。

社務所に戻ると、ふわんといい匂いが漂う。台所に隣接した座敷にはお膳《ぜん》が四つ並んでいる。絹子は目をきらきらさせて、お膳の上に並んだおかずを見た。

「鰆《さわら》の西京焼《さいきょうや》きだー」

白味噌の匂いがぷうんと香り、焦げ目のついた皮がてらてらと光っている。はじかみ、葉生姜《しょうが》の甘酢漬けがそっと添えられて、見るからに美味しそうだ。小鉢には分葱《わけぎ》とイカの酢味噌和えが入っている。分葱は季節を考えると、今年はもう終わりだろう。来年まで食べられないなら、味わって食べないといけない。

「おい、涎垂《よだれ》らしてないで、飯でもよそえよ」

粗雑な声が後ろから聞こえた。濃紺の作務衣《さむえ》を着た中学生くらいの子が茶碗を持ってきた。短い黒髪に、中性的な顔立ち、どこかひねくれた表情をしている。

「クロくん」

『くん』とつけるが性別は女の子だ。女の子扱いするとなぜか怒るので、こんな呼び方をしている。

「ほい、シロも食べるから三つな」

茶碗は三つ。二つは小さく一つは大きい。大きい茶碗が絹子のものだ。シロというのはクロと同じく中学生くらいの子で、あちらは男の子である。

「大家は？」

「いつもどおり、部屋で食べるってさ」

社務所には絹子の他に、シロとクロ、それから大家が住んでいる。

大家とは、文字どおり大家だ。本職は神職、世間一般でいう神主なのだが仕事には熱心ではない。大体部屋に一日中いて、ネットか読書をしている引きこもりだ。こうして朝食もまともに食べに来ない。

どうやって収入を得ているのか不思議だが、たぶん土地でも転がしているのだろうと絹子は思っている。

絹子がご飯をよそっている間に、欠伸《あくび》をしながら白髪頭の少年がやってきた。クロと色違い、小豆《あずき》色の作務衣を着て、だらしなく腹を掻いている。

「シロくん。ご飯はどのくらい？」

「あー、茶碗半分くらい。今日は少なめで」

白髪の少年ことシロは座布団の上に座る。

「何、偉そうなんだよ！」

クロがパシッとシロの額を叩いた。寝ぼけたシロはそのまま後ろに転がる。

「ひどいなー、クロは。いたいけなシロくんに対して乱暴ではないのかなあ」

「飯の準備くらい手伝え」

クロはシロにお玉を渡して、味噌汁の鍋をどんと置く。具材は豆腐にわかめだ。

「へーい」

やる気のない返事をしてシロが味噌汁をつぐ。ご飯もよそい終わったので、手を合わせていただく。シロの茶碗が小さいうえに半分しか入っていないのに対し、絹子の茶碗は昔話の挿絵にあるような山盛りである。つやつやとしたご飯は塩気のあるおかずによく合うので、いくらでも入ってしまう。

　絹子が勢いよく食べていると、クロが思い出したかのように絹子を見た。

「そういえば、明日、どこかへ行くって言ってたよな？　何時からだ？　大学じゃなかったよな？」

「あっ、そうそう、明日は朝八時に崎守《さきもり》さんたちがうちに迎えに来るの」

「八時？　そりゃ早いね。崎守サンって、確か前にバイトに来た子？」

　シロが分葱をよけてイカだけ食べている。クロが「残すな」と今度はシロの後頭部を叩く。別に残してもかまわない。絹子が残りを食べる気でいるのにクロは許せないらしい。

「そうそう」

　崎守とは、古都にある西都《さいと》大学に通う学生で、三回生だ。なぜ大学生と面識があるのかというと、絹子は副業として大学講師をしているからである。もっとも絹子の講義は、機織りという伝統技術を伝える変わったものだ。

　崎守は昨年、絹子の講義を取ってくれた学生で、いわゆる、最近の若者だ。ちょっと人付き合いが得意ではない絹子には苦手なタイプだったが、とある事件をきっかけに仲良くなった。その流れで、祭りや年末年始にバイトとして手伝いに来てもらっている。逆に向こうもイベントごとに誘ってくれる。

「あの崎守サンだよね。例の殺人鬼の……」

ニヤリと口角を上げてシロが言った。

「その話はするな」

クロが食休みといわんばかりに転がっていたシロの腹を足で押す。膨らんだ彼の腹は、圧をかけられて苦しそうだ。

殺人鬼とは、ここ数年巷《ちまた》を騒がせていた存在だ。捕まったのは記憶に新しい。世間は狭いというか恐ろしいことに、犯人は崎守の幼馴染みだった。大学も一緒で、絹子の講義も受けていた。

絹子は、身近な人物が殺人鬼だったことで、崎守がしばらく落ち込んでいたことを思い出す。マスコミにも嗅ぎまわられていたようで、落ち着く暇もなかったらしい。そんな彼女が絹子を誘って出かけようと言ってくれたなら、断る理由はない。

「しかし、ずいぶん早いな、八時って。店も開いてないだろ？」

「明日行くところは、ほら、最近できたアウトレットモールだよ。遠いし、早く行かないと渋滞しちゃうから」

納得したようでクロは頷きつつ、茶碗を重ねる。

「大家には言ったのか？」

「言ってるよ。遅くなるなら連絡しろって」

「そんなら」

クロは茶碗を流しに持っていくと、巾着袋《きんちゃくぶくろ》を持って帰ってくる。

「ほれ。忘れないうちに渡しておく」

クロは袋からお札《さつ》を二枚取り出して絹子に渡す。

「いいの？」

「いつもの小遣いじゃ足りねえだろ」

「ありがとう」

絹子は嬉しくなって、クロに抱きつこうとしたがするりと避けられる。しかし、お小遣いをもらう二十五歳。うん、情けないが仕方ない。

「ねえ、僕には僕には？」

シロが横になったまま、目をぱちくりさせてクロを見た。

「ねえよ」

「ひどい、僕にも。僕にもお小遣い頂戴！」

「うるせえ、茶碗片付けろ！」

クロが叫ぶ中、シロは柳に風という顔をしていた。

絹子は臨時収入にほくほくしながら、茶碗を片付け、歯を磨く。

「さて、今日も一日がんばるか」

きゅっと袴の紐《ひも》を結び、絹子は巫女としての仕事に戻ることにした。

玉繭神社は巫女が機織り女であること以外はいたって普通の神社だ。絹子の仕事は、境内を掃除したり、お供《そな》え物を置いたり、あと授与所《じゅよじょ》でお守りの販売なども行っている。

境内には桜の花びらが散っていた。箒で掃いてしまうのがもったいない。風に吹かれ舞い散る花びらは地面に絨毯のように敷き詰められとても美しいのだが、残念なことに観客は絹子と犬の散歩中の小学生が一人だけだ。まだ春休み中なのだろう、小学生は絹子を見るなり元気な声であいさつをしてくる。

掃除をしている間にやってきた参拝客は片手ほど。これから昼にかけてもそう増えるわけじゃない。

掃除を終えたら次は授与所の準備だ。授与所とともに隣接しているアンテナショップも開ける。ここも絹子が切り盛りをしている。

『アンテナショップ玉繭』

安易な名前の店には、手織り製品が置いてある。絹子が作ったものもあるが、そのほとんどは玉繭神社の本社がある喜成《きなり》村という古都から遠く離れた場所で作られている。この喜成村は絹子の故郷で、機織り以外これといって名産がない過疎《かそ》集落だ。絹子は十五までそんな村で育った。

絹子は店の一画に並んだ浴衣《ゆかた》を見る。ここ最近、ずいぶん店の幅を取るようになった。

「うーん、やっぱり売れないなあ」

最近、組み紐やストールの売れ行きが良かったので、浴衣や着物もたくさん送られてくるようになった。しかし、買う側としてはハードルが高い。

「売れ残りの在庫処分で回されているのかなあ」

アンテナショップはネット販売も行っているが、それでも売れるより溜まっていく数のほうが多い。

「メールでやんわり伝えてもらわないと」

仕入れのやり取りはシロかクロ、たまに大家がメールで行っている。電話で絹子がやることもあるがメールのほうが便利だ。閑古鳥《かんこどり》が鳴く神社にあるアンテナショップ、売り上げもそれなりだとわかってもらいたい。もちろん、アンテナショップだけでなく授与所やお賽銭《さいせん》もそれなりで……。

神様に仕えるのが巫女なのに、世知辛い話だ。

「この神社、潰《つぶ》れないか心配だなー」

もっと商売熱心になればいいのに、と絹子は思いながらふうっと息を吐いて顔を上げる。

「おおっと、開店開店」

店の柱時計がカチカチと九時を指そうとしている。

ため息を吐いている場合でもない。品出しをしなくては、と腕まくりをして絹子は仕事に励む。

「ただいま」

一日の仕事を終えて、絹子は社務所に帰る。参拝客はそれなり、売り上げもそれなりだった。ネット販売はそこそこ売り上げがあったが、着物や浴衣の注文は本日もゼロだ。

「あー、ごはーん」

ほんわかと魚のいい匂いが漂っている。クロは魚料理を作るのが好きだ。

「ちょい待ち」

匂いにつられて台所に向かおうとしたら、クロに止められた。

「まず手洗いうがい、着替える。あと飯ができるのはもう少しあとだから先に風呂に入る」

「はーい」

ちょっとつまみ食いをする隙《すき》さえ与えられない。絹子はとぼとぼと風呂場へと向かう。

絹子が住む神社の社務所は、ちょっと他の神社とは造りが違っている。元は古民家を移築したもので、平屋だが面積は広い。社務所として使っているのは、玄関を入ってすぐにある大広間のみで、あとは居住区になっているのだ。しっかりリフォームされているので、住み心地がいい。

建物自体もどちらかといえば、社務所というより旅館に近い雰囲気がある建築物だ。その一つとして風呂があげられる。

玉繭神社古都分社の神職は、着道楽で食道楽、ついでにいえば風呂道楽ともいえる。風呂場の扉を開けると、まず八畳ほどの脱衣所。そこで着物と袴《はかま》をハンガーにかけ、大きな籐《とう》籠の中に脱いだ下着を入れる。今日は天気がよかったため、身体が少し汗ばんでいた。壁にかけられた鏡にほっそりとした絹子の身体が映る。

「あっ」

絹子は右肩に青くなっている痕を見つけた。ぼんやりしてどこかにぶつけたのだろうか？　よくあることなので、気にせず湯殿《ゆどの》に向かう。大きな湯船はヒノキでできていて、布袋がぷかぷかと浮かんでいた。布袋の中には薬草が入っている。

前に立派な旅館で半露天風呂に入ったことがあったが、そこに及ばないがここもかなり広くていい風呂だ。南側の格子の窓の外には竹と南天が植えられている。北側には玉砂利と庭石が見え、配置にも風情がある。

髪と身体を洗って湯に浸かると、じぃんと気持ちよい。髪の毛が浸からないように、タオルでくくり上げる。腰まである髪は洗うのは一苦労なので、普段はさっと洗い流す程度だ。それでも抜け毛は出てしまうので、風呂を上がる前に排水溝に詰まらないようにちゃんと捨てておかないといけない。真っ黒な長い髪が大量に集まっているとホラーにしか見えないのだ。

ゆっくり身体をほぐすように長風呂をしようと思っていたら、脱衣所から音がした。

「おーい、風呂入ってるー？」

シロの声だ。扉ごしなのでくぐもって聞こえる。脱衣所の扉は鍵をかけられるようになっているが、絹子はすぐ忘れてしまう。とはいえ住人以外が来ることはないのだが。

「どーしたの？」

「あー、なんか客人が来るらしいんだけどさ。大家一人では対応しにくいと思うから、いてくれない？」

「珍しいね、仕事？」

湯殿に音を反響させながら、絹子が言った。引きこもりの大家だが、たまには神職としての仕事をする。

「そうそう。相手が女なんだよねー」

なるほど、と絹子は頷いた。大家は男だ。テレビでたまに宗教関連でセクハラを受けたというニュースが流れる。まだ若いのに、枯れたような大家に限ってそんなことはないだろうが、依頼人の緊張をほぐすために同性が立ち会うこともある。

「じゃあ、早く準備してねー。あと一時間くらいで来ると思うから」

「えー」

絹子はもう少しゆっくりしたかったが、仕方なく湯船に肩まで浸かって十数えた。

風呂から上がり、巫女装束にもう一度着替えると、次にしたのはごはんを食べることだった。濡れた髪を乾かすのも大変だが、それ以上に客人の前で腹の音を鳴らしてはならぬと思った。

結果、夕食を頬張りつつ、後ろでシロが髪を乾かしてくれた。タオルをかけた上からドライヤーをかけると乾きやすいらしい。クロはクロで、巫女衣装が汚れぬよう前掛けを絹子にかけてくれた。さすがに、そんな子どもではないと主張しようとしたが、直後煮物の汁を前掛けにこぼしてしまい睨まれる羽目になる。

一時間後、絹子は、本殿の板張りに正座していた。

客人は定刻どおりにやってきた。外は夕暮れから薄闇の色に変わっている。まず入ってきたのは、紫色に藤紋が入った袴を穿いた男だった。頭には烏帽子《えぼし》をかぶり、上は狩衣《かりぎぬ》だ。見た目は二十歳前後、普段面倒くささそうに束ねているだけの髪は烏帽子に突っ込んでいるので、いつもよりしっかりしているように見える。端正だが派手さのない能面のような顔には、時折《ときおり》面倒そうな表情がちらほら見えた。

玉繭神社の神職こと大家だ。見た目は若く見えるが三十路過ぎだと絹子は知っている。

「どうぞ」

ついてきたのは初老の男性が二人、三十代くらいの女性一人の三人組だった。いや、もう一人、小さな男の子がいる。

少し髪が寂しい恰幅《かっぷく》のよいほうの男は女性の肩を抱えていた。女性はこの季節にしてはずいぶん厚着で、首にはしっかりストールを巻いている。

太めの男性の後ろからちょこちょこと男の子がついてきている。半ズボンに棒タイをしていて、おすましした格好だ。

もう一人の男性は黙って三人の後ろにいる。痩せ型で和装がよく似合っている。ナイスミドルだが、大家と同じく派手さのない顔で、細い目は開いているのかよくわからない。

依頼人は男女二人で、和装の男性は付き添いのようだ。二人が不安そうな顔をしているのに対して、和装の男性は落ち着いている。

男の子は、太めの男性の孫だろうか。おじいちゃんっ子のようで、男性の服を摑みぴったりくっついている。そうなると女性は母親かもしれない。今は二人とも深刻な顔をして、子どもの顔を見ようとすらしない。子どもはちょっと寂しそうに、服の裾を握りしめた。

「……本当に大丈夫なのか。まだ若いようだが」

おじいさんは疑心暗鬼の声だ。音量は下げているが、声質の関係かよく響いている。大家にも聞こえていたようで、元々愛想の良くない顔がさらに険しくなる。

「ならやめてもいいんだが」

口を開いたのは和装のナイスミドルだった。にこやかに笑いつつ、大家が口に出したいことを代わりに言ってくれる。

「元々、無理を言ってきたのはそちらのほうですし、相談する前に帰られたほうがいいでしょうね。もちろん、こちらに来たことは最初からなかったことにするがね」

柔和なようで曲者らしい。おじいさんは顔をしかめつつ、「わかった」と了承する。

絹子はゆっくり立ち上がり、お茶と茶菓子を準備する。おそらく食べる余裕もないだろうからと、個別包装された最中《もなか》だ。残ったら絹子が食べる気満々だったが、男の子の分はどうしようか。

とりあえず湯呑《ゆのみ》を一つ増やす。絹子は無言で茶を客人の前に置いていく。ナイスミドルは絹子が茶を置こうとするとそっと手で制止した。茶も菓子もいらないらしい。一応、置いておくだけ置いておきたかったが、断られた以上、湯呑と菓子はそのまま下げた。

話し合いの最中《さなか》、絹子はどうすればいいのか、と思ったが、大家の後ろに座布団が置いてあった。そこに座れということらしい。

「本題をよろしいでしょうか？」

大家は早く終わらせたくて仕方ないらしい。

女性がためらいがちにストールに手をかける。ちらりと白いうなじが見えるが、すぐさま左手で首と肩の間を隠した。絹子のほうを見て、ふうっと息を吐く。

「これから見ることに関しては他言無用でお願いします」

か細い声で女性が言った。

「わかっています。最初から、あなたたちはこの神社に来ていない。そして、私もあなたに会っていない」

女性はゆっくり左手を肩から離す。すると、そこには大きな腫物《はれもの》があった。ただ腫れあがっているのならいいが、問題はその形だ。ひくひくと引きつるような傷が赤く、まるで唇のようだ。その上には目のような二つの穴がある。目と口があると思ったら、他の凹凸が鼻や耳に見えて、人の顔にしか見えなくなる。

女性がやたら厚着だったのは、この腫物を隠すためだったらしい。

「人面瘡《じんめんそう》ですか」

大家は女性の腫物を見て言った。「もういいです」と大家が告げると、女性はストール

で また首元を隠す。

「早く祓《はら》ってもらえないか？　こんな腫物《できもの》があっては……」

おじいさんは何を言おうとしたのだろうか。絹子をちらりと見て、口を閉じた。女性蔑視の発言を口にしようとしたらしい。

絹子はとりあえずただ座って置物と化す。何もするなと言われているので仕方ない。

「祓うも何も、まず何時から、どのように大きくなったのか、今何か不具合があるのか。それから、病院には行ったのか。詳細を聞かせてもらえないでしょうか」

大家は淡々と言ってのける。

「そんなこと、言わなくてもわからないのか」

威圧的な口調だ。大家は顔色一つ変えない。

「なんでも知ったかぶる拝み屋がいいのであれば、どこからでも湧いてくるでしょう。うちにこだわる必要なんてない。私も知人の頼みということで話を聞いているだけです」

商売っ気がまったくない。本当にない。大丈夫なのか、と絹子は思いたくなる。元々働く気力は少ないが、今回は特に顕著だ。普段ならもう少しまともな対応をするだろう。

絹子は閑古鳥が鳴く境内を思い出す。滅多《めった》にない稼ぐチャンスだから、しっかり稼いでいただきたい。

「ええ。他所《よそ》をあたってもらってもいいんだがね」

またナイスミドルが言った。おじいさんには偉そうな態度がにじみ出ているが、どうにもナイスミドルには敵わないらしい。何か、弱みでも握られているのだろうか。

男の子もおじいさんの顔をじっと見ている。とてもいい子のようで、茶にも菓子にも手をつけずじっと正座している。

絹子は、洋菓子を用意しておけばよかったかなと、少し反省した。

「……わかった」

仕方ないといわんばかりに、女性に代わっておじいさんが話始める。

「腫物ができたのは一年ほど前だ」

最初は小さな傷でそこから化膿《かのう》した。なかなか治らないので医者に診てもらうが、どんどん腫物は大きくなる。次第に、口のような形に傷口が広がり、目や鼻ができたという。

おじいさんは病院の診断書らしき書類を大家に渡す。

「それだけではないんです」

女性が付け加える。食べても太らなくなったと。元々、よく食べるほうで、少しふっくらした体型だったのだが、食べる量は変わらないのに痩せていく。

「これは呪いではないのでしょうか？」

否定して欲しいのか、肯定して欲しいのか。その口調からはわからない。ただ、気持ち悪いできものが自分にくっついていることが不快で仕方ないようだ。

「呪いというと、何か心あたりでもあるのでしょうか。診断書には傷口の化膿としか書かれてありませんよ」

疑問符をつけない大家。是か否かは、依頼人たちの表情を見てわかる。

「治りが遅いなら別の医者にかかるというのも手ですよ」

「あまり公《おおやけ》にしたくない。それに相手の医者は信頼できる」

大家は診断書の医師名を見て、ピクリと片眉を上げる。絹子もちらりとのぞき込む。

『笹山《ささやま》　和也《かずや》』と書かれてある。あまり見せたくないらしく、おじいさんは診断書を取り上げる。

怪訝な顔で大家がおじいさんを見る。嘘じゃないだろうな、と確認しているみたいだ。

「私の息子が医者をやっている」

「それなら信頼できますね」

妙に強調しつつ大家が言った。ちらりと視線がナイスミドルに向かったようだが気のせいだろうか。息子が『笹山』ならこのおじいさんも同じ笹山さんだろう。

大家は近くにある棚の中から半紙と筆ペンを取り出す。さらさらと筆を動かし、絵を描いた。着物を着た女とそのうなじにある唇。唇は長い舌を伸ばし饅頭《まんじゅう》を食らっている。大家は浮世絵《うきよえ》風の絵が上手い。

「二口女《ふたくちおんな》だね」

ナイスミドルが言った。

「なんだ、それは？」

「二口女とは人面瘡の一つといってもいいでしょうね。大まかな伝承は、継子《ままこ》を虐待死させた女の首に人型の腫物ができ、食べ物を求めるという」

大家の説明に、依頼人二人の顔色がさあっと青くなった。男の子だけはじっとお菓子を見ている。食べていいんだよ、と絹子は目で訴える。

「人面瘡は、因果応報を説く話が多く、二口女もその一つです」

大家が冷《さ》めた目で依頼人たちを見る。依頼人たちは互いに目配せしたり、きょろきょろ周りを見たりと忙しい。その間、本殿は沈黙する。灯りにどこからともなく虫が入ったのか、白熱電球にぶつかる音がうるさい。虫は何度もぶつかり、力尽きて落ちた。バタバタと床の上で羽を動かしている。

「呪いというのであれば、どんな仕打ちを誰にしたのでしょうか」

大家の言葉に笹山さんは立ち上がる。拳《こぶし》を震わせ、目を血走らせている。

「お前！　誰に何を言っているのかわかっているのか！」

激高する笹山さんに対し、大家は冷めた目で座ったままだ。

このままでは殴られるのではないかと思っていたが、笹山さんより先に動く影があった。怒る笹山さんと大家の前に割って入ったのは、女性のほうだった。

「……わ、悪気はなかったんです。本当に、本当にあんなことになるなんて！」

「静《しずか》！」

笹山さんが叫ぶ。女性は静という名前らしい。静さんは身を乗り出して、大家にすがりつこうとする。その間に、ナイスミドルが入る。

「すみませんが、一度落ち着いて、本当の話を聞かせてもらえないでしょうか？」

ナイスミドルが柔和な笑みで言った。優しい物言いだが、有無を言わせぬ雰囲気だった。

「……それは」

やはり、言いにくいことなのだろう。静さんは顔を伏せる。

「言えないのですか？　また」

またと強調するナイスミドル。前にも、何かあったのかと絹子は不思議に思う。

男の子は周囲の様子にもどこ吹く風で、まだじっとお菓子を見ている。食べたいなら食べればいいのに手をつけない。保護者が許可すれば手を出すだろうにと思ったが、周りはそんな雰囲気ではなかった。

しばしの沈黙のあと、口を開いたのは笹山さんだった。

「私から言おう」

横槍が入ったことで、笹山さんは少し落ち着いたらしい。

「静は私の仕事関係の部下であり――」

愛人関係でもう長いこと続いている、と話し始めた。笹山さんには他に奥さんがおり、子どももいる。

静さんは娘ではなかったのか、と絹子はピクリと動く。じゃあ、今、ここにいる男の子は二号さんとの子どもなのだろうか。よりによってこういう場に連れてくることないのに。

笹山さんじゃない、こんな人はもう笹山と呼び捨てでいいと思った。

「二十年近く前の話だ」

末の息子がどうしても父親である笹山と遊びたいのだと駄々をこねた。だが、笹山は子どもを奥さんに任せて、愛人である静さんの誕生日を祝うため旅行に行った。愛人は若く見えるが、四十路《よそじ》過ぎのようだ。

聞いていると、笹山は本当にろくでもない男だった。崎守たちが聞いたら、思い切り軽蔑するだろうなと絹子は思う。

笹山は話を続ける。

子どもはそれでも父親の元に行きたかったらしく、何度も電話をかけてきた。しかし、笹山は仕事中と嘘をついて旅行を楽しんだ。別荘に泊まる予定だったが、ハウスクリーニングが入っていなかったため、急きょ宿を変えた。電話で管理人に別荘のことを怒り、掃除と戸締りを命令して切った。

携帯電話の電源はそのあと、ずっと切ったままだった。

二日後、ようやく電源を入れると、何度も着信が入っていた。主に妻から、たどっていくと末っ子からの電話も多数ある。

なんだろうとかけてみると、声が枯れやつれた妻が出た。

末っ子がいない。電話も出ない、どこへ行ったか知らないかと言われた。

当時としてはかなり珍しく携帯電話を持たせていたがＧＰＳ機能などは今ほど一般的でなく、行き先の見当などまったくつかなかった。ただ、末っ子は父親を捜していたと話を聞く。

まさかと思い、別荘の管理人に電話をした。管理人はやる気なく返事をすると、別荘を開けた。地下室を探してもらう。ワインセラーとして使うはずが、熱がこもりやすく暑いので使い物にならない部屋。ただの物置として利用していた場所だったが。

「……衰弱した末の息子が見つかった」

夏場の熱がこもる地下室で二日間。末っ子の息はあったが意識は戻らず、数日後そのまま死んだ。手には携帯電話があり、何度も通話したためか充電が切れていた。当時は今ほど携帯電話の電波状況は良くない。地下室で圏外だったのだろう。

末っ子は父親が別荘に行くことを知っていたようだ。父親を追いかけた。タイミングが悪いことに社会勉強と称して一人で別荘まで行く練習をしていたばかりだった。

管理人は父親と愛人が来ないことを聞いて、別荘の戸締りをしに行った。末っ子は父親が戻ってきたと思い、驚かせようと地下室に隠れた。しかし、管理人は末っ子に気がつかず、開いていた地下室に施錠して出ていった。

管理人の確認ミスもあるが、控えめに言って依頼人二人に同情する余地はなかろう。

末っ子が死んだというのに、この二人はまだ不倫を続けていたというわけだが、どういう気持ちでいるのかわからない。ましてや、二人の間には幼い男の子までもうけて……。

男の子は飽きもせずじっと茶と菓子を見たままだ。

「どうにかしてくれ」

「……」

大家は無言で袖に手を入れる。どこか偉そうな態度だが、依頼人は今更気にならないらしい。大家の視線は静さんのほうへと移る。

「他に何か隠そうとしていませんか？」

静さんはそっと視線を外す。

大家は小さく息を吐くと、棚から札《ふだ》のようなものを取り出してくる。

「一つ質問が」

「なんだ？」

「お二人は何か得意な語学はありますか？」

「……英語くらいかな」

「私も」

いきなり語学とか言い出してなんなのだろう。客人たちも不思議な顔をしつつ、聞きかえすことはない。何かしら意味があると思っているのだろう。

札には元々、版画で絵柄が刷られていた。それに付け加えるように、大家はさらさらと蛇が曲がりくねったような文字を書く。何枚も書いて渡す。

「これは？」

「普段、これを傷口に貼り付けておいてください。軽くテープで止めるだけでいいです」

「……あの、ずっとですか？」

「できれば。医者にかかる時はテープをめくって診てもらってください。あと今かかっている医者、息子さんでしたね。彼以外には札を見せないように」

なんだそれは、と絹子は首を傾げる。

「もし、誰か他に見せるようなことがあれば……」

大家は普段見せないような笑みを浮かべたまま、言葉を止めた。笑いとは脅しになるのだな、と絹子は大家の笑みを見て思った。

「一月《ひとつき》ほど時間を見て腫物がひいてくるようであれば、もう札の必要はありません。札は三日に一度ほど取り換えてください。医者にもその頻度で行くように」

「そんなことで祓えるのか？」

笹山は怪訝な顔をする。

「祓えるか否かは、今後のあなたたちの行動次第です。それに今、祓ったところで、新しく憑《つ》かれては意味がありませんから」

依頼人たちは、どこか腑に落ちないような顔をしながら帰っていく。

その後ろを男の子がついていく。和装のナイスミドルも子どもを気遣うように見ながら出ていった。

男の子は結局、茶も菓子も手をつけなかった。絹子は茶菓子を持って追いかけるべきかと考えたが、大家に止められた。

「やっても無駄だ。もったいないから食っちまえ」

「言われなくても食べるよ」

残してはもったいないおばけが出てしまう。

外はもう完全に日が沈み、真っ暗になっていた。完全に客がいなくなったと思ったら、大家が足を崩して冷えた茶をすする。客の前では大家は基本、飲食をしない。

「ねえ、あのお札って」

「ただの紙切れだ」

大家は言い切った。茶菓子の包装を開けて、パクッと最中を食べる。

「なんでまた」

言いつつ絹子も笹山が残した菓子をいただく。

「札ってもんは、持っているだけで気分が楽になるんだよ。プラシーボ効果ってやつだ」

「ぷらしぃぼ？」

「つまり思い込み、考え方次第でよくなるってことだ。食べても太らなくなる病気なんてものはいくらでもある。ストレスを要因としたものは特にな。痩せ型で筋肉がない体つきの場合、ストレスで胃下垂《いかすい》になることもある」

「じゃあ、あの顔みたいなできものは？」

その質問に対して、大家は顔をしかめる。何か言いにくいことでもあるのだろうか。

「あのおっさん、口が臭かったんだよな。歯茎も赤くなっていた」

「それ、関係ある？」

いつかは大家だっておっさんになるし、口の一つも臭くなるかもしれないのに。

「愛人の首、できものの他に人の歯型が見えた。なかなか消えないってことは、うん、まあ、そういうことなわけで――」

絹子は一瞬なんだろうなと首を傾げる。大家が目を細め、言いにくそうにしていると、どこからともなくシロがやってきた。茶菓子を取り、パクリと食べてしまう。

「つまりエロいことしたからだよ、キスマークのつもりがエスカレートしてさ」

シロが教えてくれる。

「首とか肩とかに痕をつけるんだねえ」

と、シロは絹子の右肩を叩く。ちょうど絹子があざを作っていた場所だ。

「……」

大家はもの言いたげだが、シロを無視して話を続ける。

「人間の口の中ってのは細菌の温床《おんしょう》だ。歯茎《はぐき》がただれたおっさんに噛みつかれたら、傷口から細菌が入って化膿することもあるわけだ」

「うむ、なるほど。それで、なんで噛みついたの？」

「そこは蒸し返さんでいい」

大家は呆れつつ、話を続ける。

「その傷をまず診《み》たのが、依頼人の息子なわけだ。息子としてはふざけているとしか思わないだろ。父親の愛人を診るだけじゃなく、そこに父親の痕跡《こんせき》を見たらどう思う？　父親と愛人は医者になった息子にとっては弟の仇《かたき》じゃないのか」

　確かに、と絹子は頷く。

「つまり、サスペンスの予感？」

「そういうことだ」

「ははははは。どこが信頼できる相手なんだかねえ。血縁イコール信頼に値しないって、自分がやらかしていることでわかんないものだか」

　手つかずで冷たくなった茶をすすりながら、シロは言った。

　絹子も二つ目の菓子を取る。口に入れると、なんだか変な味がした。こっちは、さっさと男の子の前に置いた菓子だ。賞味期限が切れていたのだろうかと、包装を確認するが別に問題ない。

「お下がりを食べるからだよ」

　ぼそりとシロが言って、男の子の前に置いていた湯呑を遠ざける。

「愛人も驚いただろうね。今まで平気だったのに、急に化膿したんだから」

　だから驚いて、思わず医者だった依頼人の息子に診てもらったというわけだ。

「歯周病《ししゅうびょう》だろうな。歯はまだしっかりしていたからここ数年のストレスで、健康状態が悪くなったんだろう」

「ししゅうびょう？」

「口の中に細菌がたまって歯茎が赤く腫れる。歯医者の案件だとあまり重視されないが、案外健康状態に響く」

大家は本当に妙なことに詳しい。

「つまり、歯周病とやらなのに噛みついたせいで腫れたの?」

「原因はそれとは確定できないけど、ありうる話」

ふむ、と絹子は思いながらも、首を傾げる。

「腫れた理由はわかった。じゃあ、治らない原因は?」

「医者の仕業だ。傷口が悪化するように……」

大家は飲み干した湯呑を置き、手元にあったお札と筆ペンをとった。また蛇のようなくねった文字を手遊びに書き始める。

「それ、なんだったの?」

「それはドイツ語の筆記体《ひっきたい》だよ、かなり崩してあるけどね」

答えてくれたのはシロだった。ドイツ語、絹子には縁のない言語だ、いや英語もわからないのだけど。

「昔、日本ではカルテをこの言語で書くのが主流だったんだって。だからかな? お札に書き加えたんでしょ?」

「なんて書いたの?」

「『毒を塗るな』ってとこじゃない? ねえ、大家」

依頼人の二人は読めないので、医者だけが札の本当の意味がわかる。

「もしドイツ語読めなかったら？」

絹子の質問に、大家はどうとでもないという顔をする。

「こっちはわざわざ忠告する必要はないんだ。気付かなかったら、種明かしを依頼人たちに伝えればいい」

「じゃあ、最初から教えてあげたら？」

「あのおっさんに好感が持てるか？」

「持てない」

つまり、大家としては医者の息子に肩入れするつもりはないが、その父親がひどすぎる。

「息子さんに情状酌量《じょうじょうしゃくりょう》の余地を与えたわけ？」

シロは意味深な笑いを浮かべて言った。

「それとも他に何かあるのかな？」

大家は無言で、シロの頭を握りつぶす。「いてて」とわざとらしく逃げるシロ。

「確かにどうしようもない人たちだったねえ。こういう場に、子ども連れてくるなんて非常識だよね」

「……」

大家が何か言いたげに絹子を見る。

「幽霊なんているとすれば、そいつは大概、何もできずに見ているだけだ」

大家の視線は板張りへと移動する。シロが避けた男の子の湯呑を見ている。

「本当に怖いのは、人間だよ」

大家はそう言って立ち上がると、本殿を出ていった。


湯呑や茶菓子を片付け、絹子は本殿から社務所へと戻る。客間代わりにしている大広間に電気がついていると覗き込んでみれば、先ほどのナイスミドルが座っていた。長卓に茶が置いてあるところを見ると、クロが出してくれたようだ。

「まだお邪魔しております」

「はい、ごゆっくり」

柔和な笑みを浮かべるナイスミドルに対し、絹子はそれくらいしか言えない。大家を待っているのだろうか。なら本殿で話し込んでいて悪かった。もしかして、シロが来たのは大家を呼びにきたのかもしれないが、そのまま茶菓子をつついていた。

案の定、台所ではクロが不機嫌な顔をして、絹子から湯呑が載った盆を受け取る。

「あの野郎、遅いと思ったら、食ってたな」

「正解」

クロはスポンジに固形石鹸をこすりつけて、泡立ててから洗い始めた。

「それにしても、誰なの、あの人？」

あの偉そうな依頼人を紹介してくれたというが、偏屈な大家が断り切れない相手となると想像がつきづらい。

クロはなんともいえない顔をして、スポンジでごしごし湯呑を洗う。

「そこんとこは……。とりあえず大家の親戚だと言っておく」

「ふーん」

大家にはたしかたくさん兄弟がいたはずなので、珍しくもないだろう。おじさんかそこらだろうか。

大家も衣装を着替えやってきたが、客人が残っているのを見て、だるそうに大広間に入っていった。

「別に用ってほどでもないんだが、あのおっさんの孫が今度、古都の大学に入るんだとよ。だから、今度から神楽《かぐら》の稽古をつけてもらいたいってお願いもあるそうだ。んでもって、これが土産《みやげ》」

クロが説明し、テーブルの上にある和紙で包まれた上等な箱を指す。確か老舗《しにせ》の和菓子屋で、大家の好物だ。もう一つ箱があるが、わざわざ二つも持ってきてくれたのだろうか。

「煎餅《せんべい》のほうは手を出すなよ。大家専用だから。もう一つの小さな箱は全部食べていい。先方は気が利くみたいだな」

大家が絹子のことを前もって話していたのだろうか。絹子は、ぐぬぬっとなりながらも、箱を開ける。中は一足先に端午《たんご》の節句《せっく》の鯉のぼりや兜《かぶと》を模した練り切りだった。

「賞味期限短いから……」

「今から食べるから問題ないよ」

クロが何か言いたげに絹子を見ながら皿を用意するが、なぜか一緒に入っていた竹楊枝《たけようじ》を持っていってしまう。

「手づかみで食べろってこと?」

「違う」

クロはボウルに水をはり、竹楊枝を中に入れる。

「これは黒文字《くろもじ》っていうんだ。ただ楊枝として使うんじゃなくて、香りや色を楽しむためのもので、切ってすぐが望ましいんだが、ない場合はこうする」

水にさらして、さっと取り出す。軽く布巾《ふきん》で拭くと、色合いがくっきりした気がした。

「よいものをもらったなら、一番いい食べ方をするのが礼儀ってもんだ」

「ほうほう」

絹子は黒文字とやらで、まず鯉のぼりをざくっと真っ二つに切る。

「……」

「何?」

「いや、こういう和菓子はもうちょっと見て楽しんでから、写真でも記念に撮って惜しんで食べるものだろ?」

確かに言われてみればそうかもしれないがもう切ってしまった。最近の若い子なら、食べる前に写真を撮ってSNSというやつにあげるのだろうけど、絹子の場合は違う。

「写真、上手く撮れないから」

　絹子は機械に弱い。スマートフォンも駄目で、使っている携帯電話は高齢者向けの機能が少ないものだ。一応、撮影機能もあるがピンボケばかりで上手く撮れない。

「あと、お腹空いたし」

「うん、わかった。聞くだけ無駄だった」

　洗い物を終えて、クロが椅子に座るので、絹子は残った和菓子をクロが取りやすいように差し出す。

「あー食え食え。シロの分も食べていいぞ。あいつは、言われた仕事もできんから抜きだ」

「かわいそう」

　でも、食べていいと言われたので遠慮なく食べはじめる絹子。森のような香りが楊枝から漂い、滑らかな白餡が口の中で溶けていく。鯉のぼりは消え、菖蒲《しょうぶ》と兜のどちらにしようか考える。相談を受けているうちに、前もって食べたごはんはすっかり消化されてしまったらしい。

「ねえ、クロくん」

「なんだ？」

「お下がりって美味しくないの？」

　シロが変な味の茶菓子について言っていたのを思い出す。一つだけ神前に並べていたのだろうか。しかし、並べるとすれば全部並べるはずなのに。

「お下がり？　お供え物にあげたやつのことか。まあ、そうかもな。要は、神さん仏さんの食べ残しだから、本来あるはずのものが抜けちまってるかもしれない」

「そうなの？」

「味が違うほど美味しくないとすれば、本当に腹ペコな神さんが食ってしまったのかもな」

珍しく冗談めいたクロがテレビのリモコンを手にする。

テレビをつけると、報道番組が映っていた。未成年の家出のニュースで、家族が語り掛けている。クロは興味ないのか、チャンネルを変えると今度は国会中継だった。

「この人！」

クロがチャンネルを変える前に、絹子は口を出した。

登場したどこか偉そうな雰囲気をした男は、先ほどの依頼人の笹山にそっくりだった。テレビではフラッシュがたかれているためか、ちょっと脂っぽい肌がてかっている。テロップには『笹山大臣　引責辞任か!?』とあった。

「ん？　知ってるのか？」

「ええっと……」

クロはさっきの客を見ていないのだろうか。そういえば、他言無用と言われていたことを思い出し、大人しく「知らない」と返した。

幕間　その一

絹子はウキウキ気分で神社の階段を降りていた。高台から見下ろす古都の街並みは、点々とした桜が散り、緑の若葉が眩しい季節になっている。

神社の前まで迎えに来てくれたのは、薄いピンク色の軽自動車だった。運転席には少し色黒の女性、助手席には色白の女性が乗っている。ちょっと気になるのは、若葉なマークがボンネットの真ん中にでかでかと貼られていることだろうか。

「センセー」

窓から手を振る助手席の女性が崎守だ。運転しているのは崎守の友だちで、バイトにもよく来てくれる瑠美奈《るみな》である。

「おはよう」

絹子は『玉繭神社前』停留所のところで待つ車に小走りで近づく。一時間に二本しか来ないバス停で今の時間は出たばかりなので、少しくらい停めていても問題はなかろう。

「時間ちょうど。間に合って良かった」

車から出て、妙にほっとした声で崎守が言った。声は元気だが、顔色が少し悪く見えるのは気のせいだろうか。薄茶に染めた髪をふんわり巻いて、余った髪を後ろに流している。留め具に簪《かんざし》を使っていて、服はゆったりとしたシャツとガウチョパンツだ。サンダルのヒールが低いのは機動性を重視したのかもしれない。日焼けを気にしているのか、帽子をかぶっている。絹子はいつもお洒落な崎守のことを羨ましく思っている。

「言ったでしょ。ちゃんと着くって」

瑠美奈が運転席から出て、後部座席の扉を開けながら言った。こちらは崎守と違ってタイトなファッションのようだ。足が細く見えるスキニーパンツに薄手のタートルネックを着ている。ワンポイントのネックレスにセンスを感じる。

どちらも今時の女子大生という雰囲気だ。

対して絹子と言えば、貫頭衣《かんとうい》のようなワンピースを着て、申し訳程度にベルトをしているくらいだ。ノーブランド、しいていえばメイドイン玉繭神社の絹子が織った生地でできている。着物の仕立ての癖で、洋服を作る時もできるだけ断裁しないデザインになってしまった。髪型くらいお洒落にできたらよかったが、邪魔にならないようにしめ縄のような三つ編みにして髪紐でくくっているだけだ。

「……ねえ、着替えてきていい？」

お洒落な二人を見て、思わず口にしてしまう。

「えっ、いきなり何？　センセ」

「もっと人並の恰好したい、お洒落する。そうだ、最近買ったコート着てく」

「コートってあれ？　今、四月だよ、何言ってるの。暑いから！」

肌に合わないのか、市販品は身につけられるものが限られるため、絹子の服はほぼ手作りの品だ。その中で、冬に買ったカシミヤのコートはお洒落で、崎守も褒めてくれたのだが。

「他にまともな服ないから！」

まともなのは着物くらいだ。着物はさすがに変だ。浮いてしまう。よく言えば古風、悪く言えば時代遅れ、それが絹子のファッションだ。

「そのままでも可愛い。可愛いから、ほらほら」

崎守は、牛でもなだめるように「どーどー」と絹子を押しながら、車の後部座席に入れる。車の中はタバコも芳香剤の臭いもせず、すっきりとした内装だった。運転席と助手席の間にカーナビが付いている。

絹子は口を尖らせながら、三つ編みをいじる。

「絹子センセ、シートベルトしてくれる？」

「ああ、後部座席もしなくちゃいけなかったね」

「それもなんだけど――」

絹子がカチッとベルトを閉めた瞬間、身体が座席に押し付けられた。何事かと思いきや、もうエンジンがかかって車が発進している。

「高速乗っていくからね！」

やたら楽しそうな声で瑠美奈が言った。普段、落ち着いて崎守をフォローする立場にある彼女なのだがいつもと雰囲気が違う。

「スピード落とせ！　この初心者マーク！」

「大丈夫！　安心して！」

「安心できるかー！」

崎守の顔色が悪かったのはこれが原因だろうか。とても不安になったのは言うまでもなかった。


目的地にたどりついたのは九時前のことだった。もっと早く着く予定だったが、崎守が一度ダウンしてパーキングエリアで休憩した。道の駅もあったのでちょうど良かったが、そのあとまた暴走運転が続いたのでいろいろ精神的にげっそりしてしまった。

「空いててよかったね」

アウトレットモールの巨大な駐車場はまだまばらにしか車が埋まっていない。平日なのもあるが、早い時間帯だったのが良かったようだ。

「瑠美奈。私、帰りは電車で帰る……」

疲れた顔で崎守が言った。絹子がそっと近くの自販機で買ったミネラルウォーターを差し出す。

「ありがと、センセ。お金払うから」

「別にいいよ」

今日はお小遣いをもらったのでちょっとリッチだ。つい道の駅でも買い込んでしまった。

「絹子先生。食べ物買ってたけど、車の中に置いておくと悪くなるよ」

瑠美奈が心配するが、絹子だってそれくらいわかっている。

「大丈夫」

黒豆を使った抹茶パウンドケーキと同じく黒豆を使ったシフォンケーキ。あと地鶏の炊き込みご飯を買ったのだが……。

「あと、二つで終わるから」

絹子は眉をきりりとさせて言った。ペットボトルを差し出した反対の手には、おにぎりをつかんでいた。

シフォンケーキは美味しいが、食べた気がしないくらい軽いし、パウンドケーキもそれほど重くない。炊き込みご飯のおにぎりがとても美味しいので、帰りに鶏肉を買っていけないかと考えてしまう。クロに頼んだら、作ってくれるかもしれない。

絹子は化学繊維を身に着けたり、化学調味料や食品添加物を大量に摂取すると体調が悪くなる。お手製の服が多いのはそのためで、服だけでなく食べ物もものを選ぶ。おにぎりもケーキも自然派の材料を使っていたので、絹子の口にあった。

「うん、そういう胃袋してたね」

瑠美奈が呆れた顔で言うと、絹子の頬についている米粒をつまんで取ってくれた。

店舗が開くまであと五分ほど時間があるので、近くにあったベンチに三人は座る。

「いつも思うけど、センセの胃袋、ブラックホールだよね」

崎守はペットボトルを飲み干してゴミ箱に捨てる。

「わかるわー。テレビの大食い番組見てる感じ。ああいうのって、実際あるんだね」

二人には絹子が大食いなのはバレているので、今更見られてもどうとも思わないのだがしみじみと語られるとやはりちょっと恥ずかしい。

「だって、今のうちに食べておかないと――、モール内のごはんってちゃんと食べられるかわからないし」

「先生ってアレルギー持ちだもんねえ」

そういうわけではないが、ジャンクフードを食べると高確率で気分が悪くなる。

「一応自然派レストランあるけど、先生のお腹を満たす量は難しいかもね」

「不思議なんだけど、なんで太らないわけ？　胃下垂？」

突っかかってきたのは瑠美奈だ。じとっとした目を向ける。

「胃下垂なのかなあ」

ちゃんと消化しているかと、腹に訊ねるように撫でる。

「胃下垂といえば、この間講義で聞いたんだけどさ」

瑠美奈が何か思い出したように別の話を繰り出した。店は開店時間を迎えたが、しばらくゆっくりしていても逃げたりしない。

「『二口女』って妖怪知ってる？」

絹子はタイムリーな話題にぴくりと反応する。

「るーみーなー。その手の話はやめてってば。っていうか、なんの関係があんのよ」

半眼で崎守が瑠美奈を睨む。崎守は怖がりでオカルトやホラー話が苦手だ。

「大丈夫だって。ほら、新しく来た准教授だよ。佐納《さのう》教授の後釜の」

佐納教授とは、昨年絹子がお世話になった教授だ。絹子が大学で講師をするのに口利きをしてくれた人だったが、残念なことに三月いっぱいで退職している。絹子は週に二度しか大学に行かないので、後釜の准教授がどんな人か知らない。

「歴史を教えているんだけど、すごく変人のリアリストで、妖怪とか幽霊の伝承なんか聞くと、大体否定するんだよね」

「へえ、私としてはありがたいけど、納得できるの？　ってか、変人ってなんなの？」

「まあ、変人は置いておいて。講義よりも脱線した話が面白いんだよ。さっき言った二口女の話なんだけど、元となった話はなんなのか科学的に検証するわけ」

「……」

絹子は首を傾げる。なんだか、誰かに似ている気がした。玉繭神社にも約一名、理屈っぽい現実主義者がいる。

「二口女の正体は胃下垂で食べても消化できない人だったのではないかって、その准教授が言ってたの。普通、食べたら食べるだけ太るでしょ、でも全く太ることがなく、人食らいだから妖怪扱いされたんじゃないかって話。もちろん、身体の一部にこぶができて、それが人体の形をしていたことが一番ポピュラーな説らしいけど」

「なるほど」

実は、新しくやってきた准教授というのは、大家じゃなかろうかと絹子は思った。その准教授と玉繭神社の引きこもり神職は話が合うかもしれない。

「今の時代だからいいけど、それでも絹子先生は大変だろうなって」

感心する絹子を呆れたように崎守が見ていた。

「何？」

「絹子センセ。何気に妖怪扱いされてること気付こうか」

絹子は頭の中で瑠美奈の言葉を反芻して、「あっ」と気が付いた。瑠美奈を見ると、ばれたと言わんばかりに舌を出しつつ、オープンした店舗に入っていった。

「ひどいな、もう」

「その割には気にしてないように見えるけどなあ」

崎守も、瑠美奈に続いた。絹子も彼女たちの後を追った。


回る店はあらかじめ決めていた。絹子は人ゴミが苦手なので、時間帯を早くしてくれたのも崎守たちの配慮だ。絹子より年下なのにこれだけ気を遣ってもらえるのはありがたいし、何より誘ってくれるのが嬉しい。きっと、誘われなければ、アウトレットモールなんて一生出かけることなかったからだ。

「これなんてどう？」

崎守は目をキラキラさせながら、ワゴンの品を見る。もう春物衣料の処分セールで、柔らかい色合いのチュニックやカーディガンが積まれてあった。

「地味じゃない？　こっちのほうがいいよ」

瑠美奈が持ってきたのは、己のファッションと同じくタイトなシャツとスカートの上下だった。お洒落なのはお洒落なのだが、絹子の趣味じゃない。

「こっち」

崎守が選んだチュニックを指さす。

「よっし！」

「えー、なんで？」

なぜか勝負になっていたようで、崎守と瑠美奈は次なる商品を手にする。

自然派素材の店なので、基本、どの商品も綿百パーセントなのが嬉しい。本当にいい人たちだと絹子はしみじみ思う。

車を出してもらっているから、ガソリン代として昼食くらいおごるのが礼儀。と、クロに言われたけど、それだけじゃ足りないかもしれない。

服を見ながらも、何かいい小物でもないか物色する。そんなことをしているうちに、崎守と瑠美奈が新しい服を持ってきた。絹子の服ばかり選んで、自分の服はいいのだろうか。

目星をつけた店を数軒まわり、両手が紙袋でいっぱいになったところで、お昼にすることにした。崎守と瑠美奈のおかげで、絹子の服のレパートリーは大幅に増えた。普段なら着ることがないデザインの服が何着かあったのだが、絹子が着やすいように着回しの仕方までレクチャーしてくれたので困ることはなかろう。ワゴンセール品でも、センスがある人が選べば十分お洒落服になるのだとわかった。

時間は十一時を少し過ぎた程度なので、レストランの席はまだ空いていた。街が一望できる二階のテラス席に案内される。大きなパラソルがあったが、崎守は帽子を取らなかった。さらに日焼け止めを塗りこんでいる。美肌維持には余念がない。

レストランの下は大きな広場になっていた。木が茂っていて、その奥にモニュメントらしきものが見える。絹子は目を細めた。

「あそこ、何かあるの？」

「あー、あそこはね」

瑠美奈がタピオカミルクティを飲みながら言った。ドリンクをすぐ持ってきてくれたのは嬉しい。喉が渇いていた。絹子もリンゴジュースを飲む。

「慰霊碑《いれいひ》だよ」

「ぶっ！」

瑠美奈の言葉にむせるのは崎守だ。涙目になりながら、ハンカチでこぼしたジンジャーエールを拭く。

「やめてってば」

崎守はオカルト案件に本当に弱い。別に古都なら町中どこにでもあるようなものだろうに。

「大丈夫よ、慰霊碑っていっても、新しいものじゃないから」

「新しいも古いもなくない？」

「そう？　私は落ち武者の霊とかいわれても、落ち武者ってどんなもんか知らないから。もう何百年も前のことっていったら、何があったかなんでわかんないでしょ。それより、ここが廃病院潰して建てられたとかいうほうがよっぽど怖いから」

崎守は「うーん」と唸りながら、納得したようなしていないような顔をする。ちょうどウエイトレスが頼んだメニューを持ってきた。

「おいしそう」

サラダは和風ドレッシング、好みで味が調節できるように、別皿で持ってきてくれているのは嬉しい。ちぎったレタスと大根の細切りがメインでポテトチップスみたいな粉がかかっていた。緑と白にプチトマトが彩りを添えている。平べったいお皿には五穀米が盛られており、根菜たっぷりのシチュー、ミネストローネに地鶏のグリルとどれも美味しそうだ。他に、スティック野菜に野菜チップス、香ばしいガーリックトーストに鶏肉のピカタなどなど。さらに、デザートは食後に持ってくるように頼んでいる。

「ねえ、食べきれるの？」

不安そうな眼差しの瑠美奈。料理を持ってきたウエイトレスも怪訝な顔をしていた。

「絹子センセだよ」

問題ないと言わんばかりの崎守。

「私を信じなくても、私の胃袋は信じて」

絹子は目をきらきらさせてスティック野菜に手をつける。野菜はタレのような物がついていて、バーニャカウダと言うらしい。ピカタも初めて食べる料理だ。絹子は、初めて聞く名前の料理は全部頼んだのだ。

バーニャカウダとやらは、ニンニクとオリーブオイルのいい匂いが混ざって、食欲を増進させる。単なる野菜スティックなのにどんどん口に入る。ニンジンやキュウリはともかく、少し苦手だと思っていたセロリまでぺろりと消えた。サラダも申し分なく、上に乗っかったチップがほどよい塩分と歯ごたえをしている。シャキッとした大根はしっかり冷水にさらしているのだろうか。すべて申し分ない美味しさだ。

ご飯も甘く噛みしめるほどに美味しいのだが、ここはいつも絹子のために食事を作ってくれているクロに軍配が上がった。クロは毎日お釜でご飯を炊いているので、そこらの炊飯器では勝てるわけがない。

ミネストローネは野菜の旨味が凝縮されていた。ベーコンも美味しい。絹子の嫌いな保存料が入っていないため、するすると身体に入っていく。

「……心配なかったようね」

「うん、センセが気に入ってくれたからよかった」

気を遣わせて申し訳ないと思いつつ、絹子は食事に没頭する。途中、ドリンクとバーニャカウダを追加する。

崎守は鶏肉のグリル、瑠美奈はドリアを食べていた。

ふと崎守が中庭のほうを見た。

「あー、犬だー。かわいい」

慰霊碑のほうを見ないようにしていた崎守だが、犬を目で追ってしまったようだ。崎守は動物好きで、玉繭神社にいる猫もよく可愛がっている。

「ドッグランあるからね」

瑠美奈は犬に夢中な崎守を見る。その目はどこか優しい。

ふと絹子は思った。今日のアウトレットモール巡りの本当の目的は、崎守を元気付かせるためではないかと。崎守の幼馴染みが、冬の終わりに殺人犯として捕らえられたのは記憶に新しい。事件直後は大学でも大騒ぎで、知り合いということでマスコミが半ば無理やりインタビューをするということもあったそうだ。

「……」

瑠美奈は意外と気を遣う性格で、崎守が元気になれるよう頑張っているのだろう。

だとすれば、年上としてまったく恥ずかしい。食べながら崎守が元気になる方法が何かあるだろうかと考える。絹子の場合、落ち込んだ時は何をしたら元気になるか考えてみた。

「崎守さん」

絹子は真面目な顔で崎守を見て。

「これあげる」

と、鶏肉のピカタの皿を差し出した。

「……センセ、私そんなに食べきれないから食べなよ」

断られた。

絹子はがっくりしつつ、視線をそらす。崎守は絹子と違ってあまり食べるほうではないことを忘れていた。そらした視線の先には慰霊碑がある森が見えて、誰か人が立っている。セーラー服を着た、古風な三つ編みの女の子がいた。髪も真っ黒で、今日の絹子の髪型とお揃いだ。

「ここら辺の学校ってセーラー服ってあった？　高校生？」

崎守も絹子と同じ人を見ていたらしい。

「あるけど、デザイン違うよね。私立の金持ち学校一つだけだったと思うけど。どこだろう、他県かな？」

絹子の地元では制服と言えば、セーラー服しかないイメージだったが、古都周辺では珍しいらしい。基本はブレザーなのだろう。しかし、他県の女子高生が一人、アウトレットモールに立っているのは変だな、と絹子は思う。そのとおりで、さすがに連れがいたらしく、黒いスーツを着た男性二人が女子高生に話しかけていた。

いや、余計怪しく見える。

「オープンキャンパスにでも向かうとか？」

「この時期あったっけ？」

崎守と瑠美奈も疑問に感じたようだが、そんなものはウエイトレスが持ってきたデザートの前では些末なことだったらしい。

「うわあ、美味しそう！」

崎守はバニラアイスに抹茶がついたアフォガードなるデザートを頼んでいた。瑠美奈はカボチャのシフォンケーキ。絹子は二人が頼んだものに加えて蜜豆である。

「ねえ、これどうやって食べるの？」

絹子は同じ物を頼んだ崎守に聞いた。小さな器に抹茶が入っているが飲むには量が少ない。どうすればいいのだろうか。

「アイスにかけるの」

崎守は温かい抹茶をアイスにかける。よく冷えたバニラアイスは抹茶の熱に負けることなく、逆に水分を吸収、クリーム色のアイスの表面に薄い抹茶の層ができた。

絹子も真似をして抹茶をかける。スプーンでアイスの表面を削るようにすくう。口に入れると、抹茶の層がまるでチョコレートのようにパリパリしている。アイスが口の中で溶けるとともに熱を奪っていく、冷たいけど美味しい。甘さもさっぱりしている。口が冷えすぎたら、添えてあるウエハースを口に入れる。サクッとした歯触りとともに、冷えた口内が生き返る。

「あははは。気に入った？」

絹子は頷きつつ、スプーンを止めない。途中、頭が痛くなりそうになり、瑠美奈から差し出されたほうじ茶を口に入れる。冷たいデザートには温かい飲み物がセットだというのも嬉しい。

シフォンケーキも蜜豆も美味しくて、絹子は大満足だ。お腹は腹七分目と言ったところだがそこは仕方ない。ケーキをお持ち帰りにしようと考えるほど、味には満足していた。


「先生、ごちそう様」

瑠美奈が会計を終えた絹子に言った。

「私もよかったの？　車出してないけど」

崎守は申し訳なさそうだ。

「いいのいいの、今日は服選び、しっかり手伝ってもらったし」

ついでにとシフォンケーキも渡す。これは気持ちだ。というか、崎守には奢るより奢ってもらった回数のほうが多い。

「そんなに言うなら遠慮なく」

にいっと笑い崎守は絹子からケーキが入った箱を受け取る。下手に遠慮されるより、気が楽だ。

「じゃあ、少し早いけど帰ろうか。買うもの買ったし、渋滞するし。なんか他にいるものとかってある？」

特に異論はないけど、崎守が顔を引きつらせていた。帰りも瑠美奈の運転だということを忘れていたようだ。

「ここって電車かバスないの？」

「あるけど、あんたのアパートにたどりつくまで三時間くらいかかるよ」

移動時間はそれほど変わらないだろうが、待ち時間を考えればそんなものだろう。

諦めて肩を落としつつ、「せめて犬見てから行こ」と言ってくる。ドッグランで走るもふもふに癒されたいらしい。

絹子は動物嫌いではないが、動物に好かれるタイプではない。悲しいことに住んでいる神社の猫にすら避けられる。せめて犬には吠えられないようにドッグランの金網から離れて見ることにした。

フリスビーを追いかける犬に、ひたすら走り回る犬、『待て』の練習をしておやつをもらっている犬。楽しそうに崎守は見ている。絹子も可愛いと思うが、触れないのでどうしようもなくベンチに座ってバッグの中から飴玉を取り出して舐めた。

ころころと口の中で飴玉を転がしていると、視界の端っこに黒い影が見えた。先ほどのセーラー服と黒いスーツが二人。慰霊碑がある森の中から出てきた。

じっと見るのは野暮《やぼ》だと思ったが、暇だったので仕方ない。向こうは視力が良かったのだろうか、女子高生が絹子のほうを見ているような……。いや、見ているというより睨んでいるような気がしてきた。絹子は慌てて周りを見渡した。が、睨むような相手は絹子くらいしかいない。

タイミングが悪いところでも見てしまったのだろうか。ちらりと女子高生のほうを窺《うかが》うと、もういなくなっていた。

気のせいか、と絹子は欠片《かけら》になった飴玉を噛み砕いた。


帰りは瑠美奈の運転で、言わずもがな。瑠美奈は上機嫌で絹子を神社の前で降ろしてくれた。絹子は、まだ車内にいる崎守にそっと手を振った。あと、少しだ、頑張れと。

「おかえり、いっぱい買ったねえ」

社務所で迎えてくれたのは、シロだ。両手いっぱい抱えた紙袋をまじまじと見ている。

「ただいま。はい、お土産」

買ったケーキの箱を渡すと、シロは目を細めて受け取る。

「ありがとう。疲れただろ。お風呂にする？　ごはんにする？　それとも僕？」

「ごはんが食べたいです」

「うん。今の台詞はスルーするのではなく、ちゃんと受け答えしなくてはいけないよ。暗記して、大家が帰ってきた時に言うといいよ」

人差し指を立ててアドバイスするシロの頭を、後ろからクロがやって来て叩く。

「ろくでもないこと教えんな」

「ただいまー、クロくん」

「おかえり。服の包装はかさばるから、このゴミ袋に入れて片付けてくれな。服は一度洗うから洗濯に出しておいてくれ、タグ取るの忘れるな」

市指定のゴミ袋を差し出すクロ。シロがいつもふざけているのに対して、本当にしっかりしている。おかん気質というのはこういうものだろうか。

絹子は言われたとおり、ゴミ袋を受け取り買った服とともに部屋に持っていこうとする。すると、呼び鈴の音が鳴った。

「はいはーい」

クロシロは客人の応対はほとんどしない。大家もだ。

絹子が出るしかないので、服とゴミ袋を投げ捨てて玄関へ向かう。

玄関の引き戸が開いてやってきたのは、セーラー服を着たおさげの可愛らしい女の子だった。細面で切れ長の目をした古風な顔つきは日本人形を思わせる。

さすがにぼんやりした絹子でも、今日見た顔は忘れない。慰霊碑の前に立っていた子だ。後ろにはスーツを着た男性二人組もいる。

女の子は、絹子を見るなり眉をひそめた。

「あなた、何者?」

可愛らしい容姿とは裏腹にとげのある口調で言われた。顔にははっきりと『不快』の二文字が浮かんでいる。絹子を観察するようにまじまじと見る。

「だ、誰と言われても」

玉房《たまふさ》絹子と申します、と三つ指を床につけて挨拶をすべきだろうか。などと考えていると、奥から大家がやってきた。

「あっ、大家」

「おにいさま！」

女の子はぱあっと顔を明るくする。絹子に見せていた顔とは全く違う。

大家は女の子を見ると、一瞬疲れたようにため息をついた。

「一女《はじめ》、今日来るとは聞いていなかったぞ」

ハジメ、と呼ばれた少女は絹子を無視して、大家を見上げる。

「はい。おじいさまと一緒にご挨拶する予定でしたが、せっかく近くまで来たので」

少しはにかむような表情のハジメ。

「これからよろしくお願いします」

大きくハキハキした声で、ハジメは言い、お辞儀をした。

二章　かみきり

毎週月曜と木曜の一コマ目、それが絹子の講義がある時間だ。

悲しきかな、週初めの最初の講義というのは眠たい顔をした学生が多い。もちろん、絹子が請け負う講義でも同じく、寝ぼけ眼で織機を使う学生たちばかりだ。五月に差し掛かろうとも、春うららの気持ちは抜けきらない。

講義参加者は、今年倍に増えていた。機織りをやりたいという学生が増えたことは嬉しいが、絹子は困ってしまう。学生が使う織機は卓上《たくじょう》の小型の物とはいえ、高い。いきなり、数を増やすことは出来ないので、昨年とはちょっと違う方法をとることにした。

機織り以外に、組紐も作ってもらうのだ。

月曜日の講義は、前半の四月五月に組紐、後半の六月七月は卓上織機で機織りをやることになった。木曜日はその逆だ。

最初は、ちゃんとした市販の織機が使えないことに不満だった学生もいたが、元々、物作りが好きな人間が集まっている。やり始めたら集中する。寝ぼけていた学生も、手を動かし始めたら舟を漕ぐことはなかった。

しかし——。

「あのー」

絹子は小柄な学生に声をかける。名前は大村《おおむら》といっただろうか。ショートカットに丸い顔立ちの女の子だ。元気で講義に積極的なので、人見知りな絹子にも話しかけやすい。

「今日は、倉敷《くらしき》さんはお休みの理由を知らない？」

学生の数が一人足りない。大村は倉敷とよく話しているので、何か知っているかと思ったのだが。

「倉ちゃん？　あっ、ちょっと待ってください」

大村は、教室の外に出てロッカーを漁る。

「すみません、連絡来ていました」

スマホを見せてぺこりと頭を下げる。ちらりと見えた通知の時間は、講義が始まる五分前だったので無理はない。

「えっ。ええっ？」

メッセージを見ていた大村が驚いた声を上げた。何事かと絹子も画面をのぞき込んだ。

「じ、事情聴取？」

不穏な言葉に絹子も大村も慌てる。

「ど、どうしたんでしょうか？」

「さ、さあ」

確認しようにも、電話をかけても聴取中だったら困る。仕方なく、講義に戻ることにした。

倉敷がやってきたのは、講義が終わり、片付けをしていた時だった。他の学生は帰り、大村だけは教室の掃除を手伝っていた。

「く、倉ちゃん⁉」

床を掃いていた大村が驚いた声を上げる。

「えへへへ。コムラちゃん、似合う？」

倉敷が独特にくぐもった声で言った。元々、アニメ声というのか甲高い声だが、今日は心なしかトーンが低い。

倉敷の髪は肩の上でバッサリと切られていた。確か、腰まであるふわっとしたロングヘアーだった。ガーリーな倉敷によく似合っていたのに、どういった心境だろうか。

「似合うっていうか、どうしたの？　事情聴取なんて」

「ええっと。なんていうのか、傷害事件になっちゃってー」

「傷害⁉　どういうこと、怪我、怪我したの？」

大村が倉敷の肩をブンブン揺するものだから、倉敷は続きが話せない。絹子がそっと大村の手を止める。

「だ、大丈夫、怪我とかないから。お出かけしようとしてさ、電車乗ったわけなんだけどー」

声質からどこか気が抜けてしまうのだが、倉敷の顔は少し強張っていた。

「駅で降りようとしたら、このとおり」

倉敷はバッグからハンカチを取り出す。包んであるのは、髪の束だ。ちょっと茶色に染めてあり、長さは三十センチくらい。ばらけないようにか真ん中を髪ゴムで結んである。

「バサッて音がして、定期落としたのかなって振り返ったら落ちてたの」

大村の顔が蒼白になる。

「怪我ないの、毛がないの」

一瞬、絹子は倉敷が何を言ったのかわからなかった。

「けがない、けがない……、ああっ、そういうこと」

ポンと手を打って納得すると、倉敷が恥ずかしそうに身を縮めた。

「……せ、先生。そこはスルーしてください」

「ご、ごめんそんなつもりはなかった」

絹子と倉敷が互いに申し訳なさそうにしていると、大村が割って入る。

「どちらも、そんな場合じゃないでしょ！　ひどい話じゃない。髪の毛切り落とすなんて」

大村が八重歯をむき出しにして怒っている。

「コムラちゃん」

倉敷はぎゅっとコムラ、いや大村に抱きつく。大村は仏頂面で倉敷の背中を叩く。

「とりあえず、ごはん食べようか。倉ちゃん、もうお昼だしお腹空いてるでしょ」

「うん」

絹子は、そっと見守る先生の役を果たそうとしていたが、タイミングが悪かった。ちょうど絹子のお腹も大きく鳴ってしまった。

すぐさまお腹を押さえたが、倉敷と大村にじっと見られてしまった。

「先生、すごいね、そのお弁当」

「……よく言われる」

過去何度言われたことだろうか、絹子は目をまんまるにする倉敷に頷《うなず》く。

「本当に、すごい」

大村はスマホを構えて写真を撮っていた。

あの流れで、絹子も一緒に昼ごはんを食べることになった。なったのはいいが、さっそく、大食いがばれてしまう。

今日の重箱弁当は、色とりどりのおにぎりが並んでいる。菜っ葉を刻んだもの、桜の塩漬けに、鮭《しゃけ》ハラスを混ぜ込んだおにぎり。どれも程よい塩加減でいくらでも入る。

おかずは卵焼き、蕗《ふき》と筍《たけのこ》と手羽先の煮つけ、ごぼうの肉巻き。どれもクロが作ってくれたものだ。もうお嫁さんにしたくなる。

「お、お弁当よりもっと大切なことがあるんじゃないかな？」

絹子は話題をそらす。

倉敷はお腹が空いているはずなのに、ハンバーグ定食にまだ一口も手を付けてなかった。

「こういうのって、通り魔的犯罪って扱いになるの？」

「だと思う。ただ、傷害罪なのか暴行罪なのかはよくわからないみたい。でも――」

倉敷は大根おろしがかかったハンバーグを箸でつつく。

「私だけじゃないって」

「私以外にも被害届出した人いるんだってー」

「それって」

　大村の顔が真っ赤になる。

「何それ！」

　大村は、大きくテーブルを叩いて立ち上がる。絹子は頬張っていた桜おにぎりを喉に詰めそうになった。

「つまり女の子の髪の毛切って楽しんでいる馬鹿が野放しにされているってことよね！」

「うん。私も気付くのが遅かったから、誰が切ったかわからなかったし。びっくりして人じゃ何もできなかったよ。一緒にいた人が電話してくれて、そのまま警察行ってー」

　間延びした声で緊張感はないが、やはり痛々しい。顔色も悪い。連れがいたとしても不安だったことだろう。

「でも、事情聴取はおかげで助かった面もあるよー。女の刑事さんが話聞いてくれたし、何より怨恨の説はないだろうってー」

　とはいえ、気持ち悪くショッキングなことには違いない。

「犯人、早く捕まればいいのに」

「うん。せっかく買ったばかりの髪留め使ってたのに、それも落としちゃうしー。髪の毛もしっかりセットしてたんだよー」

「そこなの？　問題って」

大村が呆れている。

「可愛かったんだよー。ほら見て！　見て！」

スマホの画面を見せてもらう。しっかり編み込まれた頭に、花をモチーフにしたバレッタがついている。

「あと、先生ごめんなさい」

「えっ？　何が」

いきなり謝られて、絹子は目をきょとんとさせる。

「事情聴取って言ったけど、本当は髪を切られたのは昨日で、今日遅れた理由は美容室行ってたからなんだー」

短くなった髪を見せる倉敷。確かに綺麗に切りそろえられているし、一講義のうちに事情聴取が終わるとも思えない。通り魔に襲われた割に落ち着いているのは一日時間を置いたからかもしれない。

「髪切るだけだと、罪状軽そう。なんか怪我したことにしなよ。より重い刑罰を！」

「コムラって、時々ずるがしこいねー」

にこりと笑って倉敷がハンバーグを口に入れる。

「大村さんのことだよね？　コムラって皆、呼ぶけど」

絹子はふと気になったことを口にした。

「うん。大というより小って感じでしょー」

「なんか不快な言い方やめてくんない？」

大村は目を細めて倉敷を見る。

「『大村』の音読みよりいいじゃないー」

「音読み――」

ほんのり甘い卵焼きを味わいながら、漢字を変換してみる。なんだか強そうな外国人名になる。掃除機っぽい。

「なるほど」

「先生まで！」

絹子が納得すると、大村改めコムラが詰め寄ってくる。

「ところで、大学には報告した？　あと、駅で切られたのなら、今日の通学は大丈夫だったの？　同じ駅なんじゃない」

「はーい。今朝は、電車じゃなくて車で送ってもらったんでー。あと、学生課には今から報告に行こうと思っ――」

言い終わろうとしたところで、倉敷のスマホが鳴った。

「あっ、タイムリー。今から迎えに来るってー」

倉敷が慌ててハンバーグ定食を食べる。十分《じゅっぷん》もせずに、絹子たちの座っている席に、すらっとした男子学生が現れた。清潔感のある飾り気のない恰好をしている。

「すみません。俺、二コマ目講義だったもんで。うちのが迷惑かけませんでしたか？」

「うちの……」

これは好青年だ。倉敷はにこっと笑いながら、男子学生の腕を摑む。

「迷惑かけてないよー。でも、コムラと先生がいてくれて安心したー。じゃあ、行くねー」

食べ終わった食器を持って、倉敷は男子学生と行ってしまった。

「彼氏ですかねえ」

「彼氏だろうねえ」

「連れって彼のことでしょうか？」

「そうかもしれないねえ」

「あれなら心配ないですよねえ」

「そうだねえ」

「先生、彼氏は？」

「……コムラさんは？」

「「……」」

無言が語っていた。

なんとも言えない雰囲気のまま、絹子とコムラは食事を続けた。

倉敷が報告したのか、それとも他にも被害を受けた学生がいたのか、大学の学生課はちゃんと仕事をしていた。絹子は掲示板に貼られた通り魔への注意喚起を見た。

被害者である倉敷から聞いた話よりも詳しく書いてある。むむむっと思いつつ、絹子は携帯電話を取り出し、カメラを起動する。なぜかいつもピンボケになるので、五枚目でやっと内容が読み取れるものが撮れた。

玉繭神社に帰ると、階段下の駐車場に黒塗りの高級車が停車していた。また、お祓いに来た客だろうか。だが、いかにも怪しげな車に、絹子はちょっと不安になる。大した実入りのない神社なのに、大家は散財している。もしかして、怖い人たちにお金を借りているのではなかろうかと。

少し足早になりつつ階段を上がると、見覚えがある人物が立っていた。着物を着た痩せ型の初老、先日のナイスミドルだ。

ナイスミドルは境内のベンチに座り、猫を撫でていた。猫は気持ちよさそうに、目を細めて大人しく膝の上に座っている。

普段、絹子が近づくとすぐ逃げてしまうのに……。

「おや、お帰りですね。今日は大学でしたか」

「はい、そうです。こんにちは」

まるで英語の定型構文のような返事しか出来ないのが情けない。大学の講師のことは話していないので、大家が言ったのだろうか。

猫は一瞬身構えたが、絹子がこれ以上近づかないとわかるとナイスミドルの膝の上に居座り続ける。猫砂もごはんも用意してやっているのに、どうしてこんなに嫌われてしまうのか不思議でたまらない。

「今日はまた誰かの付き添いですか？」

絹子は、なけなしのコミュ力を発揮する。

「はい。先日はどうにもぶしつけな客を連れてきてしまい、失礼しました。普段、先生と呼ばれている者なのですが、どうにも勘違いしてしまったようで」

あの政治家のことだろうか。ニュースで引責辞任とか言っていたので、勘違いの報いは受けているようだが。古い知り合いのように思えるし。さて、どう返事しようかと思ったが、あの時のやりとりは他言無用とある。相手がその場にいたとしても、口にすべきじゃない。

「なんのことでしたか、よく覚えていません。端午の節句のお菓子はとても美味しくいただきましたが」

ナイスミドルは一瞬片目をぴくりと上げる。

「はは、気に入っていただけてよかった。今度は七夕を模したものを持ってきます」

「ありがとうございます」

絹子が丁寧に頭を下げる。ナイスミドルは膝の猫を下ろすと、ベンチから立ち上がった。

「今日は孫娘の付き添いで来ました。一女と言えばわかりますか？」

「ああ、あの子ですね……」

絹子は先日やってきたセーラー服におさげの女の子を思い出す。

「その様子だと何か失礼をしましたか？」

「い、いえ、そんなことは」

なんか睨まれていただけだ。何もされていない。しかし、ナイスミドルはお察しのようで、苦笑いを浮かべる。

「ずっと田舎で暮らしていたもので、人付き合いが苦手なところがありますけど、悪い子じゃないいんですよ。爺馬鹿かもしれませんが」

悪い子じゃないというのは、だからこそ邪険に出来ない面倒くさい子だと聞いたことがある。絹子はさらに作り笑いを浮かべる。

「ハジメさんは高校の進学かなんかで？」

「いえ、大学です。私服がないものですから、セーラー服で歩き回っているんでしょう？服を買いに行くとは言っていたんですけどねえ」

だから、アウトレットモールにいたのかと合点が行く。

「じゃあ、もしかして、西都大学ですか？」

絹子は自分が勤めている大学の名前を口にする。

「いえ、西都女子大学です。せっかくなのでこちらに巫女舞を習いに来たというわけです」

名前は似ているが、まったく別の学校だ。良いところのお嬢様が通っている学校だと聞いたことがある。

巫女舞についてだが、絹子は巫女だが踊れない。クロシロも巫女ではない。では、誰が踊るのかといえば、消去法でただ一人。大家だったりする。

「あの、ハジメさんは、大家のことをお兄さんだと言っていたんですけど」

絹子は『おにいさま』と呼ばれて顔を歪めていた大家を思い出す。お兄さんがいるとは聞いたことがあったが、まさか妹もいたのだろうか。

「大家？　ああ、あの子のことですね。ええ、血縁はありますが、実際、兄妹というわけじゃないですよ。一女が懐いて言っているだけです」

ナイスミドルにとって大家は『あの子』になるらしい。大家の前で言ったら、顔をしかめそうだ。

「だから、『おにいさま』なんですね」

ハジメにとって大家は、おじさんというには少し若いから、妥当だろうか。

「ええ、今、『おにいさま』に稽古を受けているところですよ」

ナイスミドルは本殿を見た。その奥には、ご神木と石舞台があり、大家はいつもそこで巫女舞を踊る。

「そういえば、自己紹介をしていませんでした」

ふと、ナイスミドルは懐から縮緬《ちりめん》のカードケースを取り出す。

「どうぞ」

「どうも」

差し出されたのは名刺で『書人　於久斗』と書いてある。

「ええっと、於久《おく》さんですか？」

『斗』はなんと呼ぶのだろう。

「いえいえ。オクトと呼びます。いわゆる、雅号《がごう》というやつで、『斗』が名前というわけではないんですよ」

なるほどと絹子は頷く。書人《しょじん》というと書道家のことだろうか。確かに、恰好からしてそれっぽい雰囲気はある。

「そうなんですね。何か意味があるお名前なのでしょうか？」

「いえいえ、元の名前をいじっただけの、爺さんの駄洒落《だじゃれ》みたいな名前です」

少し恥ずかしそうにオクトは笑うと、ゆっくり視線を本殿のほうへと向ける。

「終わったようですね」

いつもの白装束の大家と巫女服のハジメがいる。その後ろから、黒スーツの二人組がついている。大家はいつもと同じく仏頂面で、ハジメは汗だくで息を整えているようだった。

大家は絹子に気が付いたようだが、片眉をぴくりと上げただけで、そのまま社務所に入っていく。ハジメは玄関の前に立ったまま、大家の後ろ姿にゆっくり頭を下げる。

「？」

絹子は首を傾げつつ、社務所へ向かう。頭を下げたままのハジメに丁寧に会釈する。どれだけしごいたのか知らないが、肌に着物が張り付くほど汗をかいていた。

絹子は慌てて大家を追いかけて、白装束の袖を摑んだ。

「なんだよ」

不機嫌な顔で大家が振り返る。

「ひどくない？　女の子を放置して」

きっと崎守がいたらそう言うだろう。

「……別に、水分補給はさせている。熱中症の心配はない」

大家は絹子の手を外すと、自分の部屋がある離れへと向かおうとする。

「熱中症の心配はなくても、汗だくの女の子、そのまま帰すのってどうよー」

軽口を叩くのはいつのまにか現れたシロだ。折り畳んだバスタオルを持っている。

「お風呂くらい入れてあげなよ」

ニヤリと笑ってシロはとてとて廊下を歩く。玄関先にまだいたハジメの頭にタオルを置く。隣にはオクトもいる。

「余計なことを」

大家が舌打ちをした。しかし、何も言う気はないようで、そのまま離れへと向かう。

「おい、シロをそのままにしておくな」

代わりにひょこっと台所から、クロが顔を出す。

「風呂の案内は、シロに任せるなよ」

「う、うん」

絹子は慌てて、玄関に戻る。

口を真一文字にしたハジメが顔を上げていた。

「それではすみません。お風呂をいただきます」

ハジメに代わり、オクトが頭を下げる。その対応にどこかハジメは気に食わない様子だったが、オクトがにこりと笑ってハジメを見ると同じように頭を下げた。

「ちょっと人見知りが激しい子で申し訳ない」

「い、いえ」

人見知りというより――。

絹子は出かかった言葉を飲み込む。

「お邪魔します」

草履を揃えて玄関に上がるハジメ。所作から育ちがいいことは一目でわかる。わかるが、なぜだろう、絹子を見る視線が刺すように痛い。

「こちらです。脱衣籠は棚のどれかを使ってください。着替えは……」

「ちゃんと持っているのでご心配なく」

ハジメの手にはいつのまにか風呂敷包みがあった。

「ええっと、浴槽は……」

「子どもではありませんので、一人で使えます。ありがとうございました」

話を終わらせるようハジメが頭を下げる。

「では、使ったバスタオルだけ洗濯機の横の籠に入れておいてください」

絹子はそれだけ言うと、台所へと向かう。

台所にはすまなそうな顔をしたオクトがいて、茶を飲んでいた。クロが接客をしている。シロはアンテナショップの売り物をくすねてきたのだろうか、ラムネを飲んでいた。茶菓子には、水まんじゅうだ。

「もう少しお邪魔します」

「どうぞ、ゆっくりしていってください」

しかし休んでいるのはオクトのみで、ハジメと一緒にいた黒服二人は見当たらない。

「連れでしたら外です。中にはどうも入りづらいようで」

「そ、そうですか」

確かに、家主である大家は他人を家に入れることを嫌う。ハジメですら、風呂に案内せずに帰そうとしたくらいだ。ちょっと異常とも思えるくらい縄張り意識が強い。

だから、こうして台所でお茶を飲んでいるオクトは余程、気を許した相手なのだろう。普段なら、どんな偉い人でも玄関に隣接した広間までしか通さないのに。

「ほれ」

クロがぷるぷると震える水まんじゅうを絹子の前に置く。半透明の皮の中心には餡が透けて見える。黒に緑に桃色、こし餡に抹茶餡にさくら餡だろうか。

「おいしそう」

「まず、手を洗ってからな」

すかさず伸ばした絹子の手を、クロは素早くたたき落とす。絹子はしぶしぶ手を洗う。

「洗った！」

「よし！」

「それじゃあ、まんま犬扱いじゃない？」

ラムネのビー玉を揺らしながら、シロが突っ込み、

「わんこなら、お外で見張り番だよ」

と、どことなく含みがある笑いを浮かべて、窓の外を見た。

「シロくん、あとでラムネ代払ってね。百五十円」

「えー、一本くらいよくない？」

「だーめー。私だって飲みたい時はお金払ってるもん」

「小遣いに小銭混ぜろって言っていたのはそのためか」

クロが納得している。

「ふふふ。ここはなかなか居心地がいいですね」

オクトが笑う。

「そんなこと言うのは爺さんだからだよ」

シロがオクトを爺さん呼ばわりしている。確かに髪の毛に白髪も混じっているし、孫もいるので間違いはないだろうが、失礼じゃないだろうか。

「うちは縄張り意識が強い奴がいて、どうにも中に入れないってのがほとんどなのにね。

孫娘だってそわそわ居心地が悪いと思うよ」

　他所の家のお風呂を使うのであれば、居心地が悪かろう。

「ははは、私の場合、どこか鈍くてね。年が離れた弟が生まれるまで、よく兄たちからぼんくらの末っ子だと言われていたよ。褒《ほ》められたのは目の良さくらいかねえ」

　オクトは自虐的に話すと水まんじゅうを口に入れる。絹子もまんじゅうを匙ですくい、プルプルした皮とさくら餡をまとめて口に入れる。皮が舌の上でとろけて餡と一緒に口の中に広がっていく。クロがいるためか、オクトは少し打ち解けた話し方だ。

「その目の良さも老眼になっては意味もないけどねえ」

「爺だから老いるのは当たり前だろう。気にするな」

「ひどいなあ。まだまだ若いつもりでいるんだけどな、あと半世紀は生きたいところだ」

　クロもどこかぞんざいな話し方だ。シロより常識があるのに珍しいと思ったが、元々クロもほとんど社務所の人間以外と話すことはないので、こんなものかもしれない。目上の人に対する会話じゃないけどな、とか思ってしまう。

「じゃあ、気持ちだけでも若返らせてくれないかい？　例えば、何か大学とかで面白い話題なんてないかな」

「お、おもしろい？」

　絹子はたじろぐ。

「爺さん、そういうの無茶ぶりって言うんだぞ」

クロがさやえんどうのすじ取りをしながら言った。

「そ、そうなのかい？」

けっこうお茶目なお爺さんのようだ。絹子とクロの顔を交互に見ている。

「お、面白い話題っていうわけではなんですけど」

絹子は何かあったかな、と唸《うな》りつつ、今日あった出来事を思い出す。

「か、髪切り魔ってのが今、あるらしくて」

言ったところで少し後悔した。仮にも絹子の講義を受けている生徒が被害者になっているのに、軽々しく口にするのはどうだろうか。しかし、話を聞いたオクトの目が光った気がした。興味津々で絹子を見る。

「とても気になる事件だね。詳しく聞かせてくれないかい？」

そう言われると断れないのが絹子だ。どうしようかと一瞬悩んで、携帯電話を取り出す。

「これが大学の掲示板に貼ってありました」

写真には少しぼやけた画像が写っている。字はなんとか読めるはずだ。

「何々？　長い髪の女性ばかり狙った犯行ですか」

「物騒な世の中ですよねえ」

絹子がふうっと息を吐く。それを見て、クロがため息をつく。

「いや、他人事《ひとごと》じゃねえからな」

と、さやえんどうで絹子を指す。

「？」

「狙ってくださいといわんばかりの、その髪の毛はなんだよ」

「ああ！」

絹子は自分の髪を摑み、納得する。これだけ長ければ、確かに切りごたえがあろう。

「おいおい」

呆れた声のクロ。シロも仕方ないよ、と言わんばかりにクロの肩をぽんぽん叩く。

「絹子だからね。だって周りどころか、自分のことでさえよく見えてない。たぶん、台風の最中《さなか》、中心にいても気付かないくらいだと思うよ」

なんだか悔しくなる。絹子はなんとか話を変えようとする。

「そ、それならハジメさんだって狙われるんじゃないでしょうか？」

「世間知らずのお嬢さんには、いつも番犬が張り付いているから問題ないだろ」

番犬と言われて黒服の二人が浮かぶ。確かに、あんな二人組がいっしょなら連続髪切り魔も近づけない――、だろうか？

「被害者の子、駅の人ごみの中で切り落とされたんだけどさ。そういうのって簡単に出来るものなの？」

絹子は被害者である倉敷の言葉を思い出す。ばさりと音がして髪の毛が落ちたことに気がついたと言っていた。

自分の髪を摑み、人差し指で引っ張る。

「ナイフで切るとしたらこうして引っ張らないといけないから」

「ほうほう、確かに」

興味深そうにオクトが頷く。

「はさみ使ったんじゃねえの？」

クロがすじ取りを終えていた。今度ははす芋の皮をむき始めている。

「でも、切られた位置がここだったんだよ」

切られた髪の束は髪ゴムで縛っていたため、ばらけずに束ごと落ちたのだ。はさみの位置はかなり首の近くになる。毛先を切るくらいなら誤魔化しようがあるが、はさみなんて持って誰かの首元に突き付けていたら、周りはさすがに気付くだろう。

「かなり興味深い話ですね。もっと聞きたいところですが――」

オクトは顎を撫でつつ、廊下に視線をやる。ハジメが顔半分だけ出して窺っていた。こちらが会話中だったので、お風呂から上がったと言い出せなかったようだ。

「お、お話は終わりましたか？」

憮然《ぶぜん》とした態度のつもりだろうが、ちょっとどもっている。

「待たせたね。ちゃんと髪は拭いたかい？」

おじいさまが子ども扱いするので、ハジメは居心地が悪そうだ。長い髪を乾かすのが大変なのは絹子もよくわかる。

よっこらしょ、とオクトが立ち上がる。

「長居をしてしまいました。失礼いたします」

丁寧にお辞儀をすると、ハジメも真似をするように頭を下げる。

「また今度、さっきの話の続きを聞きたいところですが――」

オクトはちらりと窓の外、離れを見ていた。

「そういうのには、もっと首を突っ込みたがる者がここにはいますな」

冗談めかしながらご老人は孫娘と一緒に帰っていった。


夕ごはん時、大家はちゃんとごはんを食べに自室から出てきた。

「大家、なんか疲れてない？」

「疲れたというより腹が減った」

だから待ちきれなくて、やってきたということだ。大家は上座に座る。普段、部屋に引きこもっていて運動していないだけに、ハジメの稽古はカロリーを消費したのだろう。

「また増えたか」

大家はちらりとお膳を見た。数は五つ。大家、絹子、シロクロで四人。一つ多い。

「仕方ねえだろ」

クロがぼやく。一つ余分なお膳の上には、ちょこっとずつ、おかずとご飯が用意されている。絹子にはよくわからないのだが、この社務所には見えない居候がよくやってくるそうだ。崎守が聞いたら、騒ぎ出しそうなホラー案件である。

お膳の上には、さやいんげんの胡麻和え、はす芋の煮物、鰺の南蛮漬けに、和風ステーキがある。

「今日は豪華だね」

「もらいもん、爺さんに感謝しとこう」

クロがご飯をよそって絹子に渡す。シロはもう美味しそうに肉を頬張っていた。

「いい肉だよ。綺麗にサシも入っていてとろけるような柔らかさだ」

聞くだけでよだれが出てくる。さっそく手を合わせていただく。お肉の中はまだ赤く、箸でつまむと肉汁がじんわりしみだしてくる。大根おろしで作った和風ソースにつけて、口の中に入れる。肉の熱さとソースの冷たさが口の中で同時に広がっていく。

「!!」

絹子は左手をぶんぶん振る。単品で食べるのはもったいない。茶碗のご飯もかきこむ。ソースの塩分と肉のうま味がご飯と絡み合って、これまた見事なハーモニーを奏でる。

「うまいのはわかったから大人しく食べろ」

大家は半眼で呆れていた。大家は丁寧に肉でクレソンを巻いて食べている。

絹子はその様子をじっと見る。

「なんだ？」

「いや、大家って巫女舞やってるんだから、お肉食べちゃダメかなと思って」

「そのまま返すが、お前の職業はなんだ？」

言われてみると確かに、となってしまう。大家の皿にのばしかけた箸を戻す。

「巫女舞どうだったの？」

「聞くな」

会話は切れてしまう。大家はむっつりしたまま黙々とごはんを食べている。

「その言い方は良くないなあ」

シロがやれやれと呆れ顔をしている。皿には肉だけ綺麗に食べてある。クロが無言で残した野菜をシロの口に突っ込む。もぐもぐごっくんを終えて、クロが満足したところで、シロが話を続ける。

「食事の場は楽しい場だよね。何か面白い話題を振りまかないと」

「シロくんまでオクトさんみたいなことを言うんだね」

無茶ぶりは勘弁。だが、大家にはまだ髪切り事件のことを話していないことを思い出す。

「そういえば、今日、大学で——」

さっきオクトたちに話したことを大家に話す。ちゃんと携帯電話の画像も見せる。

「なんだこりゃ？」

大家は携帯電話の画像を睨みながら、片眉を下げる。ご飯は茶碗一杯で終わり、湯呑で食後の煎茶を飲んでいる。

「で、知りたいのはどうやって切ったかということか？　それとも犯人か？」

「どちらも」

「わかるわけねえだろ。そんだけの話で」

「だよね」

絹子はふうっと息を吐く。

「こういうのって妖怪の仕業とかじゃないの？　かまいたちとかさあ」

冗談めかして言ってみた。絹子は最後の肉に残ったソースをたっぷりつけて口に入れる。

「馬鹿にしてるのか」

大家が怒りとも呆れともつかない声を出す。絹子がわざと言ったことに気付いている。

「大体、かまいたちっていうのは三位一体の妖怪のことだ。一匹目が転ばせ、二匹目が切りつけ、三匹目が傷をふさぐ薬を塗るっていうのが相場だ」

ご丁寧に蘊蓄《うんちく》を披露してくれる。

「じゃあ、なんなの？　髪を切る妖怪でもいるの？」

「いるぞ」

「えっ？」

本当に？　と疑いの眼差しを大家に向ける絹子。

「マイナーだがな。江戸時代に多く記録が残っている。ぽとりと何かが落ちたと思ったら、髪が元結《もとゆい》からそのまま落ちていたという話だ。髪切り、または黒髪切りと呼ぶ」

倉敷の状況とほぼ同じだ。

「狐の仕業、虫の仕業、人間の仕業と大体三つの説がある。狐の場合は妖怪で、これは大陸にも記録が残っている。虫の場合、『髪切り虫』という虫が悪さをすると伝えられている」

「カミキリムシってあれ？　触覚の長いやつ」

「そうとも、そうでないとも言われている。もちろん、実際に昆虫が人間の髪を切り落とすなんてことはないだろうがな」

小学生のころ、虫に紙を切らせる遊びが流行っていたが、人間の髪は難しいだろう。人間の髪はけっこう丈夫で、昔は髪を材料に縄を作っていたくらいだ。

「人間って説は？」

「これが一番妥当。やらかすのは大概人間だ」

人間を害するのは大体人間。これが大家の持論だ。

「髪を切られて不格好になると得するのは散髪屋だと、散髪屋が捕まった件もあれば、妖怪に襲われないようにお守りを売っていた修験者という話もある。もちろん、これらは濡れ衣だったケースも考えられる。病気によってごっそり髪が抜けることもあるしな」

「今回の場合、病気とは違うかな。髪の毛に切り口見えたし、毛根はついてなかったよ」

綺麗に切られていた。

「なら、もう一つの一番有力な説だ。髪フェティシズムを持った人間がやった。つまりどちらにしても、髪切りなんて妖怪、いないってことだ」

「元も子もない」

絹子はお茶をすすりつつ、半眼で大家を見る。シロは畳の上で横になり、クロは食べ終わった食器を片付け、洗い物を始めていた。

　大家は絹子の携帯電話の画面を見る。

「髪フェチ、トリコフィリアとも呼ばれる。トリコフィリアの中には、髪を愛でるだけでなく、断髪すること自体に興奮する類の人間もいる。他人の趣味に関してとやかく言うつもりはないが、一部の節制がきかない人間は欲望をそのまま行動へと移す。女性の髪を切るという犯罪があるのはそのためだ」

　絹子は自分の髪を撫でつける。

「で、話を戻すが、犯人が人間であるとして、どうやって髪を切ったかだ」

「それそれ」

「わからん」

　大家の言葉に絹子はがっくり肩を落とす。

「え？」

「最初から言っているだろ。情報が足りない。何より、そんなもん捕まえるのは警察の仕事だ。俺の管轄じゃない」

　などと大家は言っているが、絹子の携帯電話は離さない。じっと、掲示板に張り出された事件の内容を読んでいる。

「やっぱ気になるんでしょ？」

「気にならない……、と言いたいが」

大家が首を傾げている。気にかかることがあるらしい。

「その髪を切られた学生が、厄落としをしたくなったら安くしてやると、言ってやれ」

「おや珍しい」

普段は、厄落としなんて気持ちの問題だ、と突っぱねそうなのに。

絹子は大家から携帯電話を取り返すと、次の講義の時に様子を聞いてみようと思った。


翌週の月曜日、倉敷は遅刻してやってきた。

「顔、真っ青だよ。大丈夫なの？」

思わずコムラが体の調子を訊ねるほど、顔色が悪い。

「あっ、ごめん。大丈夫。さっき吐いたからー」

いつもシリアスと言い難いアニメ声だが、今日はトーンが低い。

「せ、先生。遅刻してすみません」

「いや、いいよ。それより、休んでて」

椅子に座らせようとすると、倉敷は口を押える。慌てて、コムラが教室の外へ連れ出し、流し場へ誘導した。

「出席にはするから、とりあえずホケカン行ってきなよ」

ホケカン、保健管理センターのことだ。西都大学では保健室の代わりにある。

「ご、ごめんなさい」

　コムラに任せて絹子は組紐作りの講義を続けたが、どうにも気になって仕方なかった。

　講義を終えて絹子はお腹が空いた腹に「もう少し待って」と語りかけつつ、ホケカンへと向かうことにした。

「あのあと大変だったんですよ。胃液まで吐いて。途中で、倉ちゃんの彼が来てくれたから良かったんですけど」

　講義に戻ってきていたコムラが道中、ため息交じりで状況を説明してくれる。

「変なものは食べていないし、ホケカンの先生は、心的外傷後ストレス障害、ＰＴＳＤってやつじゃないかって言ってました」

「しんてきがいしょうすとれす……」

「ええっと。トラウマで体の調子を崩すことみたいです。やっぱり平気そうな顔をしていたけど、髪を切られたことがショックだったのかも。先週、一緒の講義を受けた時も、体調悪そうにしていましたし」

「そうなんだ」

　大変だな、と月並みな感想しか浮かばない。

　保健管理センターでは、倉敷がベッドに横になっていた。その隣には、先日、迎えに来た彼がパイプ椅子に座っている。

「よかった。まだいた」

コムラがほっとする。

「すみません。もう少し落ち着いてから連れて帰ろうと思って」

彼がゆっくり頭を下げる。相変わらずの好青年だ。椅子の背もたれにはコンビニのビニール袋がかかっていて、中にスポーツドリンクが入っている。倉敷のために買ってきたのだろう。気が利く彼氏だ。

「あー、先生まで。ごめんなさい」

ベッドの上で倉敷がすまなそうに眉を下げている。

「先生の講義、また休んじゃった。組紐、ちゃんと完成出来るかな？」

「仕方ないことだから気にしなくていいよ。それより——」

絹子はさっき聞いた心的なんたらのことを聞こうとしてやめた。こういうのは精神的なものであり、下手に他人から口にされるといけないのではと考える。

「先生、もしかして気を遣ってくれてるー？」

甲高い声で図星を指されて、絹子はぎょっとした。

「だいじょーぶとは言えないけど、気にしなくていいよー。たーくんがいるから」

「はい、たーくんです」

付き添いの彼が手を上げる。確かに、甲斐甲斐しく倉敷の面倒を見ているので問題はないと思うが。

絹子は大家が言っていたことを思い出す。

「じゃあ、厄落としとか興味ないよね」

下手に生徒相手に商売をしたくないので、少しほっとする。しかし――。

「厄落としですか？」

反応したのは、たーくんだった。

「そういや先生って普段は神社で巫女さんやってるんだよね」

コムラが確認するように絹子を見る。別に話すつもりはなかったが、崎守や瑠美奈の後輩が絹子の講義を受けているからばれてしまったのだ。今年、講義を選択する学生が多かったのも彼女らの口コミによるものもあるだろう。

「ちょっと聞かせてください」

「たーくん……」

心配そうにたーくんを見る倉敷。立場が逆ではないかと思う。

「もしかしたら、俺のほうに何か憑いてるんじゃないかって思っているんです」

「ど、どういうことですか？」

絹子はたーくんに聞き返す。

たーくんは、神妙な面持ちで俯きながら、ゆっくり息を吐いた。

「俺の妹、病弱で去年、死んでしまって――」

彼はずっと妹の世話をしていたらしい。入院した妹の見舞いも共働きの両親にかわってやっていた。

「俺がしっかりしていれば、こんなことにはならなかったかもしれない。髪を切られた時も、一緒にいながらなんで犯人を捕まえられなかったんだろうってずっと思ってました」

「だから、たーくんは悪くないんだってば！」

倉敷がたーくんの腕を摑む。

「私はたーくんがいてくれてすごく助かっているの！　たーくんは自分を責めないで」

たーくんとやらはとても責任感強いようだ。

「ええっと、気になるならお祓いしとく？　うち、初回無料だから気兼ねしなくていいよ」

とっさに嘘をつく。こんな二人から、割引するとはいえお金はとれない。

「えっ、いいんですか？」

「ちょっと大学から距離あるけどね」

絹子は作り笑いを浮かべる。お祓い代は、ポケットマネーから出さないといけない。


大家に連絡をすると、今からでもすぐに来いと言われた。バスに乗って帰る予定だったが、道案内もかねて、たーくんの車に乗せてもらった。なぜか、コムラもついてきた。

「うち、そこまで立派な神社じゃないからね」

マイナー神社だということを強調しておかねば。古都に住む人間は、神社仏閣に対して求めるレベルが高すぎる傾向にある。

今日は駐車場に黒塗りの高級車はなかった。

「先生、謙遜していたけどちゃんと立派な神社ですよ」

コムラが境内を見て言った。

「そ、そう？　鳥居が千本あるわけでも、国宝になるような建物があるわけでもないけど」

あるのは大きなご神木と石舞台くらいだ。

「先生。古都にいくつ神社仏閣があると思っているんですか？　頂点狙ってたら、キリないですよ」

それもそうだと納得する。

大家は本殿とのことで、三人を案内する。中に入ると、神職姿の大家がいた。

大家は座布団に座ったまま一礼してきた。後ろには、大量のクリアファイルが積み重なって置いてある。

「初めまして。玉藺神社の宮司をやっている者です」

「は、はじめまして」

「よろしくおねがいします」

「おねがいします」

三人の声は少し緊張していた。その気持ちは、絹子にもわかる。大家は普段、だらだらしているが、神職の恰好をすると、なんだか引き締まって見えるのだ。

すでに座布団が二枚用意されていた。大家は人数が違うぞ、と言いたげな目を絹子に向ける。コムラの追加を連絡していなかった絹子は、慌てて座布団を増やす。

お茶はいつのまにかクロあたりが準備してくれたらしい。渡り廊下側の入口に茶菓子とともに準備されていた。こちらはしっかり人数分ある。

絹子は茶を運ぶ。お茶請けは茶巾絞りで、黄色と紫の二色がマーブル模様になっている。結局、お弁当を食べることが出来なかったと絹子はお腹を押さえた。さっさと大家が終わらせてくれないかと思うが、たぶん無理だ。大家のお祓いはお祓いではない。

「話は聞かせてもらいました」

「なら、さっそくですみません。早く悪いものを落としていただけないでしょうか？　こいつ、こう見えて夜は不安であまり眠れないみたいなんで」

倉敷の代わりにたーくんが大家と話している。ちょっとふわふわした倉敷より、たーくんのほうが大家も話がしやすいだろう。コムラは無理やりついてきただけあって、口を出すつもりはないらしくゆっくり茶をすすっている。

「物事には順序があります。ここで厄を落としたとして、また憑いては意味がありません。何事も道理を知ることで、根本から悪い物を排除することが大切です」

大家はそれらしいことを口にしている。普段なら厄落としは気分次第だ、とかテキトーなことを言っているのに。

「とりあえず、切られたという髪は持っていますか」

「はい」

たーくんは倉敷を見る。倉敷は鞄から布に包まれた髪の束を取り出した。大家に電話した時、必ず持ってこいと言われていたのだ。

大家は布を開き、髪の束を見る。こげ茶の簡素な髪ゴムでくくられている。

「髪は染めていたようですね？　パーマもかけていたんですか？」

「髪は染めてますが、天パです。寝起きがいつも大変で」

たーくんの言葉に倉敷は少し恥ずかしそうに俯いた。コムラがちょっとニヤニヤしながら二人を見ていたが、何かに気が付いたような口を開けた。

「えっと、じゃあもしかして、事件当日、倉ちゃんの髪の毛セットしたのも、たーくんさんですか？」

「あっ、はい。妹の髪をいつもいじっていたので得意なんです」

それを聞いて絹子もびっくりする。写真で見せてもらったのは、しっかり編み込まれた髪型だった。

大家はまじまじと髪を観察する。特に髪ゴムで結ばれた箇所をしっかり見ている。

「ゴムで結ばれた箇所は切り落とされた時と、位置を変えていませんか？」

「拾ってそのままです」

これには倉敷が答える。

「そうですか」

大家は背後に置いていたクリアファイルを出す。中の資料は連続髪切り魔についてのものだった。

絹子は目を細める。今の時代、ネットでなんでも手に入るというが、大家が取り出したものは少し、格式張った物に見える。なんというか本物の捜査資料のようだが、まさかね、とあえて強く否定しておきたい。

やはり、話は長くなりそうだ。茶巾絞りは美味しかったが、二口で消えてしまった。お腹を押さえつつ話の続きを聞く。

「髪切り魔は古都で八件、事件を起こしています。残り七件の資料がこれです」

「す、すごいですね。この短時間で、よく集められましたね」

たーくんは大家がネットか何かで資料を集めたと思っているようだ。

「はい、今の時代は便利ですから」

大家も否定はしない。絹子は黙っておこうと決める。大家の謎の伝手《つて》は知らないほうが幸せに違いない。

「被害者はみんな、ロングヘアの女性です。もちろん、髪を切るという行為なので、長くなくてはいけません。それは基本としてもう一つ、特徴があります」

大家はクリアファイルのページをめくる。プリントアウトした紙には、女性の髪を映した写真が並んでいる。

「被害者女性の写真です。不愉快であれば申し訳ありません」

「こ、こんなのまで流出してるんだー」

倉敷が顔を歪める。顔は出していないが、無残に切られたあとが見える。肩口でばっさり切られてあるのは倉敷の写真だろう。

「……？」

絹子はふと倉敷と並んでいる写真を見比べる。

「なんか、変だよね、これ」

口を開いたのはコムラだ。被害女性の髪と倉敷を交互に見比べる。絹子と同じく異変に気が付いたようだ。

被害女性の髪は、みんな黒髪だ。写真はすべて黒髪に見えるが——。

「倉ちゃんだけ、髪質と色、違くない？」

「ほんとだー、やだー、私だけくせっ毛」

写真を見る限り他の被害者たちは黒髪のストレート。絹子みたいな髪型ばかりだ。

「連続髪切り魔は髪に対して執着がある人間のようです。長い黒髪に執着があるのでしょうか、出来るだけ長く切り取ろうとしたのでしょう。このように被害者は、根本近くまでばっさり切られている。ただ、上手く全部切り取るのは難しかったようです」

不格好に切られた髪が痛々しい。

大家は倉敷の切り落とされた髪を見ると、座布団からゆっくり立ち上がる。何をするかと思えば絹子の前に立った。

「ちょっと触るぞ」

大家は絹子の髪を一房握る。あいた手でチョキを作り、握った髪を指と指の間に挟む。

「犯人はこうやって髪を掴み、刃物で切った。そして、掴んだ髪は持ち帰ったそうです」

「……あれ？」

倉敷が首を傾げる。コムラと絹子も同様だ。視線が、残された髪の束に移動する。

「なんで、倉ちゃんの髪を犯人は持って帰らなかったの？」

「盗れなかったんじゃない？　駅の中で他に人がいた。僕もいたし」

大家に代わり、疑問に答えるのはたーくんだ。

「そうですね。人が多い場所なら、髪を奪おうとしても難しい。何より、他人の髪の毛を切るというのは案外難しい」

チョキチョキと絹子の髪を切る真似をする大家。

「髪を切る時、まず掴む。次に刃を入れる。持ち去る」

一連の動作を絹子の髪を使って再現する大家。

「やっぱり気付かずに切るのは無理だと思う」

絹子は感想を述べる。髪の根元近くを切るには、ナイフなら髪を掴まないといけない。はさみだとしても耳元で切れる音がするはずだ。

「でも、実際、私の髪の毛は切り取られていたしー」

倉敷は切り落とされた髪の束を見る。

「ええ。しかし、他の被害者は、髪を切られたことに気付いていました。というより、後ろから髪を掴まれ、切り落とされ、逃げていく犯人も見ています」

「そ、そうなんだ……」

倉敷が驚いた顔をする。

「警察は事情聴取の際、変な固定観念を植え付けないように、同様の事件について詳細に伝えていなかったのでしょう。それに、違和感を覚えたのかもしれませんね」

「えっ、それは……」

たーくんがごくりと唾を飲み込む。

「模倣犯の仕業ではないかと」

大家の言葉に、みんな、息を飲む。

「模倣犯……」

「髪切り魔について、今のところ大きな話にはなっていません。テレビのニュースや新聞では、という意味で」

大家は別のクリアファイルを開く。絹子が撮ってきた画像が拡大してプリントアウトされてあった。一体、いつのまに印刷したのだろう。

「こうして、大学の掲示板に張り出される程度には、知られています。ちなみに、大学側がこの注意書きを張り出したのは倉敷さんが襲われる前の金曜日だそうです。土日を挟んで気付かなかった人は多かったようですが」

「……いつ調べたんだか」

絹子は、思わずぼそっと言ってしまった。お腹が鳴りそうなので出来るだけしゃべらず黙っていようかと思ったのに。きゅるっと間抜けな音がしてしまい、隣の大家がちらりと絹子を見る。呆れたように、茶巾絞りを絹子のほうへと寄せてくれた。絹子は、顔をしかめながら大家の茶巾絞りに手をつける。

「模倣犯なら納得がいくね。タイプが違う倉ちゃんを狙ったってのも」

コムラが腕を組んで頷いている。絹子もさっきまであった違和感が無くなる。

「でも、そうだったとしても、さっき言ったようにどうやって切り取ったんでしょうか？」

コムラの質問に、大家は涼し気な顔をしながらもう一度絹子の髪を摑んだ。そして、懐からカッターナイフを取り出す。

「えっ？」

カッターの刃は絹子の髪を切り落とした。大家の手には黒髪がしっかり握られている。

「な、何するんですか！」

コムラが立ち上がり、大家に食ってかかろうとする。大家はするりと避けると、カッターナイフを置いて、黒髪の束を揺らして見せる。

倉敷もたーくんも啞然としている。

絹子はぼんやりしながら、自分の髪に触れた。違和感はなく、髪は指先をするすると滑っていく。

「コムラさん、私の髪、切れてないよ」

「えっ？」

絹子の髪は無事だ。でも、大家の手にはしっかり髪が握られている。

「こういうことです」

大家は摑んだ髪の束を見せる。握った位置を移動させると、切り口部分が布と糸でしっかり結わえてある。

「髪文字《かもじ》かあ」

絹子は納得した。

「せ、先生。カモジって何？」

コムラが首を傾げる。

「いわゆる付け毛だよ。巫女さんの髪を豊かに見せるために、つけたりするんだ」

絹子は地毛で大丈夫だが、玉繭神社には巫女舞を舞うために髪文字が必要な人がいる。

ちらりと大家を見る。

「袖の中に隠していました」

大家はこのためにずっと袖の中に髪文字を入れていたわけだ。絹子は思わず呆れてしまう。準備が良すぎるというか、なんというか。

「これと同じ方法なら、駅で気付かれずに髪の毛を落とすことができます」

「ちょ、ちょっと待って！」

コムラが待ったをかける。

「おかしいですよ。だって、切り落とされた髪って、倉ちゃんの物ですよ。駅で切り落とさなかったたってことは、それ以前に倉ちゃんの髪が切られたってことです。どう考えたっておかしいじゃないですか？」

「う、うん。コムラちゃんの言うとおりです。いくら私でも、ずっと切られたことに気付かないほど鈍くないつもりー。それに、あらかじめ切った髪をなんで、駅でわざわざ落とす必要があったんですか？　つまり、あとをつけていたってことですよねー」

二人の意見はもっともだ。大家は髪文字を置いて、座布団に座る。

「ええ。どう考えてもおかしな話です。でも、固定観念をひるがえせば、案外、辻褄が合うんですよ。その日、あなたは誰かに髪を触らせませんでしたか？」

倉敷に問いかける大家。

「誰にって――」

倉敷は視線をたーくんに向ける。髪は綺麗にセットしてもらったと言っていた。

「僕が彼女の髪をセットしましたけど、何か問題でも？」

たーくんが手を上げる。

「問題も何も、あなた以外に誰が出来るというんでしょうか？」

大家がはっきり断言する。

「そんなわけない！　こうして、セットしてもらった写真あるんだよ。髪の毛はしっかりついているじゃない！」

倉敷がスマートフォンを大家に見せる。前に絹子とコムラに見せた後ろ姿の写真で、可愛い髪飾りがついている。

「ずいぶん、手が込んでいますね」

　素人では出来ないような編み込みがしっかりされている。

「ええ。妹の髪をいじるので慣れていたもので」

「その妹さんは？」

　たしか去年亡くなったと聞いていた。

「……すみませんが、いちいち話すことでしょうか？　僕たちは、お祓いに来たつもりです。それとも、あなたに変な疑いをかけられ、関係ない話を追及されることが主題だったんでしょうか？」

　たーくんは大家を睨んでいる。大家の言い方が悪いので、答えたくないのだろうか。大家は、能面のような顔をまったく変えずにいた。

「私は別に疑いをかけているわけじゃありません。ただ、真実を言っているのみです」

　大家の声は良く響く。

「あなたは、彼女、倉敷さんの髪をセットする最中に切った。そして、この髪留めでとめていたんじゃないですか？」

　倉敷のスマートフォンを指しながら、大家は断言する。

「髪留めが外れれば、切り取った髪は落ちる。髪留めをとったのか、それとも自然に外れて落ちたのかわかりませんが」

たーくんが呆れたように息を吐く。大家の言葉が戯言だと言わんばかりだ。

「なら、質問だ。駅でばれずに髪の毛を落とすことは可能とする。でも、髪を相手に知られずに切ることは難しいだろ。たとえ、髪をいじっている最中だとしても。そこの説明は？」

「髪を切る音が聞こえないように、音楽を聞かせればいい。イヤホン、もしくはヘッドホンをつけておけばどうでしょうか」

大家の視線が倉敷へと移動する。倉敷はピクリと反応し、視線を泳がせながらたーくんを見る。

「セットの最中、つけていませんでしたか？」

「……はい。私、いつも音楽聞きながら準備するから」

普通、そんなものを付けたまま髪型をセットすると邪魔になる。取れというのが普通じゃないだろうか。

「つまり、音楽を聞いている最中に切り取られていても気付かなったと考えられます」

「ちょっと待ってくれ」

たーくんが身を乗り出す。

「意味がわからない。確かに、俺なら犯行が可能かもしれない。でも、なんでわざわざ連続髪切り魔の真似なんてしなくちゃいけないんだ？　動機はなんだって言うんだよ」

「そ、そうだよー。たーくんはなんのために模倣犯しなくちゃいけないの？」

倉敷もたーくんの肩を持つ。絹子は、第三者としてこの場にいるから冷静でいられる。

もし、倉敷の立場であれば、こうして恋人の肩を持つのだろうか。

「ほら吹き男爵を知っていますか？」

大家がまったく関係ないことを言い始める。

「ちゃんと質問に答えてくれ！　話をはぐらかすな」

たーくんが怒るのも無理はないが、大家は何かしら理由があって話しているはずだ。

「ほら吹き男爵でわからないのであれば、ミュンヒハウゼン男爵と言えばわかりますか？」

「ミュンヒハウゼン？」

コムラが首を傾げる。絹子にはちんぷんかんぷんだ。

「……確か、講義で聞いたことがある。ええっと」

なんだかったかな、とコムラはスマートフォンを取り出し、検索を始める。

「あっ、あった。ミュンヒハウゼン症候群！　やっぱりこれ、講義で習った」

「そ、それがなんなの、一体？」

倉敷が不安そうにコムラに訊ねる。

「ミュンヒハウゼン症候群。周りの関心や同情を引くために、仮病を使ったり、自傷行為をする精神疾患の一つです」

コムラに代わり、大家が簡潔に述べる。

「また、自身ではなく近親者を病気に仕立て上げる場合、代理ミュンヒハウゼン症候群と言います。子どもの虐待死の何パーセントかは、代理ミュンヒハウゼン症候群によって死亡しているという記録もあります」

「代理……」

倉敷は、事件のあと、体調を崩しがちになっていた。弱った倉敷を甲斐甲斐しく世話していたのはたーくんだ。

「健康な相手では意味がない。何かしらショックを受けて、健康を害しやすい相手がいれば、病気に仕立てやすくなります。髪切り魔でもなんでもいい、体調が悪くなる原因があればそれでいい。そして、その相手に対して甲斐甲斐しく世話をする自分に酔うわけです」

保健管理センターでは、倉敷は心的なんたらで体調を崩しているのではと言われていた。

「……ねえ、倉ちゃん。今日、体調悪くなったよね。朝食は、誰と食べたの？」

コムラの表情に不安が浮かんでいる。

倉敷は不安そうに、たーくんを見る。

「ははは。冗談が過ぎる神主さんだ。意味がわからないよ。何か証拠でもあるのか？憶測で勝手に言われても困る」

もう帰ろうとたーくんは、倉敷の手を掴もうとしたが、倉敷は後ろへと下がった。青ざめた顔は、たーくんを拒んでいるように見えた。

「な、なんだよ」

「妹さん、すごく仲良さそうだったよね」

「ああ、そうだよ」

「亡くなった時、すごく悲しそうにしてたよね」

「可愛がっていた妹だから当然だろ」

「ねえ、私ってさ……」

倉敷が一瞬、口ごもる。

「妹さんの代わり？」

たーくんの目がかっと見開いた。強引に倉敷の手首を掴み、引っ張るように連れて行こうとする。

「これ以上、彼女に危害を加える気ですか？」

大家は立ち上がり、たーくんの前に移動した。

「相手を動揺させ、危害を加え、慰める。ある意味、三位一体のかまいたちのようですが、残念すぎるくらい独りよがりで、身勝手で気持ちが悪い」

皮肉な笑いを浮かべる大家。

「馬鹿にするな」

たーくんは真っ赤になり、大家に拳を振りかざそうとしたときだった。

——ちりんちりん。

鈴の音が聞こえてきた。

どこから聞こえているのか、絹子を含め、皆は周りを見渡す。

『おにいちゃん、そのお薬、おなか痛くなるから飲みたくないの』

甲高い声が聞こえた。倉敷の声かと思ったが違う。アニメ声だが、もう少し幼い少女の物のようだ。

声のほうを振り向くと、それらしい少女はいない。ただ、小豆色の作務衣を着た白髪の少年が壁にもたれかかるように立っていた。

「伝言を伝えにきましたー」

シロは、冗談めかして敬礼をする。

「誰？　あの男の子、何？」

コムラが絹子に訊ねるが、生憎、答える暇はなかった。大家がピクリと眉を動かす。

たーくんは顔を引きつらせながら、ぎょろぎょろと本殿の中を見回していたが、その視線はシロの前で止まった。真っ赤になっていた顔が、すっと蒼白に変わる。

「……な、なんで、お前がいるんだ？」

『おにいちゃん。言われた薬飲んだら、本当によくなるの？』

シロの口から甲高い声が聞こえる。さきほどの少女の声。

たーくんは倉敷の手を放し、両手の爪を己の頬に突き立てた。赤い五本の線が両頬につくが気にも止めず、シロを睨みながら叫ぶ。

「ちゃ、ちゃんと確かめたぞ。中身を何度も確認した！　しっかり灰になったはずだ。これで、お袋たちは俺だけ見るはずだったんだ！」

床をドスドスと踏み鳴らし、目を血走らせている。両手は頬から移動し、袖をめくり腕、上着をめくり腹と、ひっかき傷を増やしていく。

『ひどいよ。お薬飲んだよ……。でも、くるしい、くるしいの。お兄ちゃんから、お薬もらったこと、誰にも言ってないのに。約束守ったのに』

「や、やめろ！　お、お前が悪いんだろ。お袋たちが俺をかまわないのは。少し、少しだけ、分量を間違っただけなんだ」

たーくんは、両耳を押さえる。爪が耳の周りに食い込む。

彼は一体、何を見ているのだろうか？

『この人殺し……』

シロの笑顔から、想像できないような怨念のこもった声が聞こえ、たーくんの身体がびくりと跳ねた。ブチリと何かが切れたようだ。

「……っ!!」

たーくんは本殿にあるお供え物をひっくり返しはじめた。果物をのせた三方《さんぽう》や折敷《おしき》、お神酒《みき》が入った瓶子《へいし》を周りに投げる。

コムラが倉敷を庇い、絹子の上に大家が覆いかぶさった。

狂ったたーくんは、暴れるだけ暴れた。壊す物がなくなると、ぶつぶつ「俺は悪くない」と呟きながら、落ちた一升瓶を掴み、裸足のまま本殿を駆けだしていった。

「……」

みんなが呆然とする中、大家は立ち上がると、荒らされた祭壇を見てため息をつく。

「これで、彼を器物破損で訴えることができます。ついでに余罪を追及することも出来ますが、どうしますか？」

大家の質問に倉敷は黙っている。

シロがトコトコとやってきて、荒れた祭壇から落ちたキウイフルーツを掴むと器用に皮を剝いて食べ始めた。「食うな」と大家がシロの頭を小突く。

「どうしますか？」

コムラに抱きかかえられた倉敷は震えていた。何か言おうと口を開くが、言葉にならず歯が鳴るだけだ。

「別に何もなかったことにしてもいいです。それは、あなたの自由です。しかし、彼の妹さんの件ははっきりさせるべきだと思います」

たーくんが自分の妹に対して直接手をくわえたのかはわからない。ただ、あの様子を見る限り、大家の言っていたことは嘘じゃないと思う。

「……んで」

倉敷が口を開いた。

「な、なんで、彼が犯人だと……、気付いたんですか？」

質問に、大家は天井に視線をずらす。

「彼の妹に聞いたんですよ」

それだけ言うと、大家は懐からスマートフォンを取り出して、電話をかけた。

「学生相手に損害賠償っていくらとれるもんかねえ」

大家はふざけたことを言いながら、社務所へと戻る。たーくんを訴える気満々だ。

たーくんはあのあと、すぐ捕まったらしい。一升瓶を振り回し威嚇したところで警察官に囲まれて押さえ込まれたとか。

呆然としていた倉敷だったが、しばらくすると冷静に物事を考え始めた。たーくんを訴えるか訴えないかは別として、警察には正直にあるがままのことを話すつもりらしい。

ただ、たーくんと半同棲生活を送っていたアパートには戻る気持ちにはなれないようで、今日はコムラの家に泊まることになった。

二人を見送ったのはほんの数分前だ。

「しつもーん」

絹子は挙手する。大家は無言で指す。

「大家って最初から犯人に目星がついていた？」

まるで最初からわかっていたかのように準備していた。

「最初からというか、まず、模倣犯だということはわかっていた」

「なんで？」

確かに絹子は知る限りのことは説明していたし、どこからともなく捜査資料らしきものを手に入れている。そこから推理したのだろうか。

「犯人が自供した」

なんだ、それは聞いていないと、絹子は口をパクパクさせる。

「ど、どういうことなの？」

何より、なぜ大家が知っているという話だ。

「今日は一女が来てないだろ」

「そういえば来てないね」

「昨日、連続髪切り魔に襲われた」

「へっ⁉」

また、間抜けな声が出た。

「どういうことなの？　大家、大丈夫？」

「俺じゃねえ。長い黒髪ストレート、今時、これがどれだけ珍しいのかわかるか？」

「私も同じ髪型だけど」

「襲われなくてよかったな」

確かにハジメも絹子も、髪切り魔が狙うターゲットにぴったり当てはまる。

「一人で帰っているところを狙ったんだろうが、生憎、あいつにはしっかりした番犬が二匹もついているから、無傷だ」

あの黒服の二人組のことだろうか。確かに、そっと後ろからついてきていそうだ。犯人も気付かないとは間抜けなことだ。

「そんなにあっけなく」

まるで最初から予測がついていたみたいに。いや、すぐに解決したのはいいことだと思いつつ、居間へと向かう。すっかりごはんを食べ損ね、絹子のお腹はもう限界だ。昼間食べずに終わったお弁当も食べないといけない。

「おなかすいたー」

ぐぎゅるーっと大きな音が鳴る。ずっと我慢していただけに、お腹はボリュームを抑えようとしない。お膳を運んでいたクロが呆れた顔をした。

「準備は手伝わなくていいから、とりあえず食え。いいから食え」

お膳の上に丼ぶり飯をドンと置く。絹子はありがたく手を合わせる。

大家もお膳の前に座ってごはんを食べ始める。

「あれ？」

絹子はお膳の数を数える。四つしかない。今朝まで、五つあったはずだ。

「一つ減ってる」

「お客さんは満足して帰ったんだよ」

大家はぼそりとつぶやく。

どんなお客さんだったのだろうか、絹子は疑問を浮かべつつも、鯵の叩きをつまむ。弾力がある身に、ネギとゴマの風味がよく合っていた。

幕間　その二

静かな教室、絹子は黙々と講義の準備をしていた。まだしばらく誰も来ないはずが、ガラッと扉が開く。

「おはようございます」

荷物を抱えてやってきたのは、コムラだった。

「おはよう」

絹子は挨拶を返すと、時計を見る。時間は講義が始まる一時間前。絹子は首を傾げる。

「早くない？」

今週の講義から、組紐から機織りになる。その準備のために早く来ていたのだが、学生であるコムラには関係ない。なぜこの時間に来ているのだろうか。

「先生にちょっと聞きたいことがあって早く来たんです」

と、荷物を下ろす。畳紙《たとうがみ》に包まれた着物を取り出す。樟脳《しょうのう》の匂いが漂う。

「着物？」

木綿で織られた古風な柄だ。単衣《ひとえ》で作られており、通気性の良さそうな夏向きの着物だ。しっかり織られている生地、手織りで手間がかかっていると絹子は観察する。

「浴衣として着ていたそうです。お母さんから今年貰ったんですけど」

「浴衣かあ。半衿付けたらちゃんとした着物としてもいけそうだよね。この着物は、代々伝わってきた物じゃない？」

「えっ、なんでわかるんですか？」

　伊達に機織りを商売にしていない。生地の雰囲気からして、四半世紀ではきかないだろう。半世紀、いやもしかするとそれ以上になるかもしれない。手織りの紬《つむぎ》で、確かにデザインは古臭い。でも、状態がいい。古い着物はどうしても擦り切れていくのだがそれは見られない。ただ一か所だけ、気になる点があった。布地が足りなかったのか、他は綺麗につないである柄が右片方の袖だけ上手くつながっていなかった。

「なんかおばあちゃんのおばあちゃんか、そのさらにおばあちゃんくらいの時代の物って聞きました」

「うわあ、それはすごいね」

　だとすれば、少なく見積もって百五十年以上前の物だろうか。それが、これだけ綺麗に残っているという。代々、大事に扱われてきたのだろう。

「はい。でも、貰ったのはいいんですけど、着方がよくわからなくて。小物もどう揃えればいいのか、先生なら知っているかなと思ったんで――」

　つまり、絹子が着付けの仕方を教えればいいのだろうか。そんなことくらいなら、もっと気軽に言ってくれればいいのに、なんだかかしこまっているように見えた。他にもあるのかもしれないが、向こうが言わないことを聞くのはよくないので、そのまま話を進める。

「それなら講義中に教えようか。今日から、織機を使って講義するから、その前に簡単に織物の説明するときに。服の上から着物着せるから、それでよければだけど」

「あっ、ありがとうございます」

コムラは頭を下げる。

この場で着付けの練習をするのがよいのかもしれないが、講義が始まる前に卓上織機の準備を済ませておきたい。綜絖《そうこう》に経糸《たていと》を通すのはあと一台で終わりだ。

コムラは手持無沙汰そうに絹子を見ている。手伝おうにも、やることがないのだ。

「せっかくだから、好きな糸選んでていいよ。経糸は固定だけど、横糸は何種類か選んでいいから」

絹子は天井からぶら下げた糸の束を指す。少し太めの麻糸だ。色は十種類ほど用意した。

「なんか、優しい色合いですね」

コムラは淡い橙の糸を取る。

「全部、草木染めだからね。あっ、それは玉ねぎで染めた物ね」

「た、玉ねぎ？」

「うん。その隣の紫色はナスで、薄紅色は紅茶ね」

「……食べ物系ばっかりですね」

なんだか妙に納得した顔で絹子を見るコムラ。

絹子はなんとも言えない顔をして、コムラに舟を渡す。舟とは、横糸を巻き付ける道具で、これを経糸の間に通すことで布を織っていく。

「色が決まったら、これにこうやって巻き付けてね」

「はーい」

しばし、それぞれ作業を続けるが、やはりちらちらと絹子のほうを見ているコムラ。

「ええっと、コムラさん、何か――」

言いかけたところで、コンコンと教室の扉を叩く音が聞こえた。

誰かな？　と思いつつ扉を開くと、すらりとしたスーツ姿の青年が立っていた。絹子が出たのを見て、「あわわっ！」と驚いている。

「何か御用ですか？」

学生だろうか、と絹子は首を傾げる。年齢は二十代半ばくらいに見える。気弱そうな眉と黒ぶちの眼鏡、髪は真っ黒で短く、ステレオタイプのサラリーマンのようだ。

「す、すみません。ちょっとベランダに通していただけませんか？」

「は、はい？」

大人しそうな見た目の割にずかずかと教室の中に入っていく。ベランダに出ると何を思ったのか、柵をこえる。

「ちょっ！　何やってるんですか？」

呆然とする絹子にかわって、慌てて止めに入るコムラ。青年は隣の教室のベランダに移動しようとしている。

「気にしないでください。僕、こう見えて運動神経は悪くないんです」

「いえ、そんなこと聞いていません！　不法侵入じゃないですか！」

コムラの発言に絹子も頷きながら見ている。

「問題ないです。僕はここの教員で、一コマ目はこの教室で講義をするんです。鍵を取りに帰る時間がないのでこうして――」

自称教員は、答えながらも窓を一つずつガタガタ揺らしていく。

「よかった。建付け悪くて、鍵が閉まらない窓があるんですよ」

説明を入れつつ、鍵が開いている窓を見つけ入ろうと、窓枠に足をかける自称教員。

「あっ……」

絹子が間抜けな声をあげるとともにジリリリリッとベルの音が鳴り響いた。

「ちゃんと入口にある防犯ベル解除しないと、音が鳴りますよ」

「先生、それ早く言ってください！」

呆れた声でコムラが言った。


「絶対、こんな真似はやめてくださいね！」

大学事務局の前で、絹子たちは縮こまっていた。

なぜ自分たちまで怒られるのだろうか、と絹子は疑問に思いつつ、事務局員さんに頭を下げた。あのあと、すぐに警備員さんたちが駆けつけ、大騒ぎになった。事情を簡単に説明したが、ただ謝るのだけでは納得してくれなかった。講義がある手前、その場では引き下がってくれたが、終わったあとに事務局に呼び出された。

おかげで準備が遅れ、講義中に着付けを教えることも出来なかった。

「すみませんでした」

絹子の両隣にはコムラともう一人、自称教員こと宇治無《うじなし》准教授が立っている。そう、驚いたことに気弱そうな青年は、本当に教員だったのだ。しかも肩書は准教授。警備員さんから名前と肩書を聞いた時、目を丸くしてしまった。見た目よりも実年齢はかなり上だろう。

「今度から本当に気を付けてください」

ぷりぷりしている事務局員さんが去ったあとで、三人はため息をつく。事務局員さんは「何度目ですか！」と怒っていた。どうやら、彼のやらかしは今回だけではないようだ。

「おなかすいた」

「もうお昼ですね。簡単に書類を提出してって言われただけなのに」

「ひどい話だよね。すぐ終わるって警備員さんは言っていたのに」

やれやれと宇治無准教授が首を振る。

「宇治無准教授は何も言わないでください！」

初対面のコムラに出会って数時間でここまで言われている。

宇治無准教授は眉毛を八の字に下げて、首の裏をぽりぽり掻いている。

「すみませんでした。おわびと言ってはなんだけど、昼食を一緒にいかがですか？」

さらりと言ってのける宇治無准教授を、怪しげな目で見るコムラ。絹子も呼び捨てでいいかなと思い始める。

「な、ナンパしないでください」

「何気にナンパだなんて」

そんなつもりはない、と言いたげに、さらに眉毛を下げる宇治無。

「先生、行きましょう。こっちは面倒に巻き込まれただけなんですから」

「う、うん」

コムラに引っ張られて事務局をあとにしようとしたら、ゴミ箱にぶつかってしまった。

「あー、すみません」

慌ててひっくり返ったゴミを拾う絹子。紙くずを拾い、ゴミ箱に入れていくが――。

その中の一つを取って、絹子は止まる。

「どうしたんですか？」

コムラがのぞき込んだ。絹子が持っている紙くずは掲示板に貼られていた張り紙。先日の髪切り魔への注意喚起のものだ。

髪切り魔の事件は終わったが、どうにも釈然としないものがある。今日の講義に倉敷は来ていたが、やはりどこか元気がなさそうに見えた。倉敷の彼、いや元カレであるたーくんは、警察に捕まった。大家の目論見どおり、器物破損で捕まえて、その後、判明した余罪で逮捕に至ったのだ。余罪はまず倉敷の飲食物に毒を混ぜていたこと。それだけでなく、たーくんは妹の殺人でも起訴されるらしい。

コムラも同じことを考えていたのだろう。動きを止めて張り紙を見ている。

「それって」

にゅっとのぞき込む頭が増えた。宇治無がするりと張り紙に手を伸ばす。

「犯人は人形作りが趣味だったんだって」

「人形？」

宇治無の言う犯人とは、たーくんではなく本物の髪切り魔のことだろう。

「被害女性の髪を材料に人形を作っていたそうだよ」

「……うわあ」

コムラが顔を歪める。

「人形のためにわざわざ事件起こすなんて、なんでまた」

絹子も頷きながら、ゴミを拾う。

「こだわりなんだろうねえ。人形師の中には、人形の髪の毛は人毛なのは当たり前、毛穴まで再現する人もいたんだから」

しみじみと宇治無が言うものだから、コムラがさらに冷めた目で見ている。

「もしかして作ってるんですかぁ？」

「いや、僕は作る方じゃないよ」

宇治無はスーツのポケットから名刺入れを取り出す。

「今更だけど、どうぞ」

名刺には『宇治無　宗次郎《そうじろう》』とある。専攻は『日本近代美術史』。

「今年、急に赴任になったんです。あまり配る機会がないのでこれを機に」

「あっ」

絹子は前にお世話になった佐納教授のあとに別の先生が入ると聞いていた。瑠美奈も、面白い講義をする先生がいると言っていたが彼のことだろう。

「美術ってことは、何か描いているんですか？」

「美術じゃないよ。美術史。だから、美術作品の歴史を教えているんだ。その中に、生き人形という物があって、人毛を使うことがあったんだよ」

「なんか名前からして物騒ですね」

絹子たちはゴミ箱を片付ける。なんとなく流れで、自販機の前にあるベンチに座った。

宇治無は、パソコンを開くと不気味な人形を見せてくる。人間にそっくりでまるで生きているようだが、違うとすれば木目が浮いていることだろうか。

「うわあ、夜、夢に出そう」

「不気味だねえ」

「芸術的には素晴らしい物なんだけどねえ」

楽しそうに画像を見せる宇治無だが、見せる画像はどれもどこか不気味なのが多い。

「調べてみるととても面白いので、今度、是非、僕の講義を受けてみませんか？」

さらりとコムラに言っているので、絹子は遮るように手を広げる。

「宇治無准教授の講義を受けたら、私の講義を受けることができませんので、お断りさせていただきます」

絹子にしてはしっかり言ったほうだろう。

宇治無は、またもや眉を八の字に下げる。新参者の彼も絹子と同じく自分の講義に学生を一人でも多く引き込みたい教員だ。気持ちはわからなくもないが、だからと言って学生をくれてやるわけにはいかない。

「残念だ。あっ、後期でいいから、よろしく」

「すみません。准教授の分野だと単位足りてるんですよ」

絹子の講義で単位は十分だ。

「そうかあ、残念だ」

宇治無は諦めてくれたようで、肩を落とす。落としてからチラリと絹子たちを見る。なんだかあざとい仕草だ。

「では、私たちは失礼しますね。准教授は今度から絶対、鍵を忘れないでください」

これくらい言ったところで失礼にならないだろうな、と絹子は思いつつベンチから立ち上がる。宇治無と一緒にいてはそのままだらだらと面倒ごとに巻き込まれそうだ。

「じゃあ、次回、都合が合えばお昼を一緒に」

「ええ、都合が合えば」

合うことはないかな、と思いつつそのまま去っていく。

「先生、意外だー」

コムラが絹子をのぞき込みながら横を歩く。

「何が？」

「いや、先生ってもう少し押しに弱そうだから、ちゃんとはっきり言えるんだなって」

よく言われる。しかし、絹子はもう社会人だ。ちゃんと断ることくらい出来る。

「ノーと言えます」

大家にいつも言われているから気を付けているのだ。

「そうかな。先生ってぼんやりしているから、隙が多そうに見えるのに」

「……ぼんやりしてるかな？」

「してるしてる。見えているものも見えていない。見えてても気づかない感じする」

そんなつもりはないのに、と絹子は腕を組む。

「先生これからどうするの？」

「一度、教室に戻るけど」

「あっ、うん、そうだね」

「何かある？」

「いや、いいわ。また今度にするね。次の講義の時でいいから、着物の着付け教えてね」

コムラは何か言いたげのままだったが、絹子としてはお腹が空いている。あと、教室の掃除をちゃんとしておきたい。そんなことを思いつつコムラと別れ、教室へと向かった。

三章 てんぐ

ガサガサと音をたてて、絹子の横を軽トラックが通り過ぎていった。荷台には大きな笹、いや竹と言ったほうが正しいだろう。葉を揺らしながら、運ばれていた。

「あと半月かあ」

絹子は立て看板の前に立ち、しみじみ呟いた。

『第六十五回七夕祭　七月八日、九日』

一枚板に大きく書かれている。通称『バタ祭』。西都大学の学園祭だ。絹子は横を通り過ぎて、いつもの芸術棟の教室に向かう。

「おはようございます」

廊下で声をかけてきたのは、宇治無だった。今日もスーツ姿で少し眉を下げて、手には参考書を抱えている。

「おはようございます。今日は、鍵をちゃんと持ってますよね？」

「大丈夫ですよ、ほら」

宇治無は笑いながら鍵を見せる。前回のように騒動を起こされてはたまらない。

「先日は振られましたけど、今日のお昼はいかがですか？」

「あっ、それは」

絹子は重箱の入った大きな布鞄と風呂敷包みを見せる。

「先約が入っているもので」

今回も、しっかりはっきり断った。

「はい。今日の講義はこれでおしまいです。あと三回しか今期の講義はありませんが、テストはありませんので作品を完成させてください。普段の授業態度と出席日数、それから提出物で成績を出しますので」

組紐作りと機織りの二部構成になったので、少々きついスケジュールなのだが、残り三日、頑張ってもらいたい。

絹子の講義が上手くなったのか、それとも昨年ほど不真面目な学生がいないからか、『不可』にする学生は今のところでなさそうだ。時間は少ないがちゃんとやってくれるだろう。

学生が織機を片付ける間に、絹子は風呂敷をほどく。中には浴衣と帯が入っていた。浴衣に反応して女子の数人が近づいてくる。

「先生。もしかしてそれ！」

小柄な女子学生、コムラだ。

「そうだよ、コムラさん」

絹子は帯を広げて見せる。

「講義は終わりましたけど、浴衣の着付けしたいという希望者がいたら、簡単に教えます。ダメなら、来週にします」

パンパンと手を叩く絹子。タイミングよく別の学生が着付けについて聞いてきたので、せっかくだからと持ってきた。コムラだけに教えるのもずるいと思ったのもある。

「ああ、しますします。参加します」

学生の一人が大きく手を上げる。

「そんなのやるなら、浴衣持ってくればよかったあ」

「なんで前回言ってくれないんですか？　来週もやるなら、そっちに参加します」

他の数人の学生も、「そうだよね」と顔を見合わせている。

「ごめんね、思いつきで持ってきたの」

絹子は手を合わせる。

手を上げたは女の子が八人。半数程度だ。男子は興味ないらしく、片付けが終わるとさっさと帰っていった。残ったとしても、女物の浴衣しかないのと着付けなので、いても追い出されるだけだ。懸命な判断だろう。

絹子はカーテンを閉め、教室の真ん中に新聞を二枚敷く。その上にもう一枚布を置いた。

「誰かモデルになってくれる人いる？」

学生たちはみな、恥ずかしそうにしている。コムラがやってくれるかなと、見ると顔を伏せている。真っ先に名乗りでてくれると思ったのに、最近、なんだか元気がない。

仕方ないので、他の学生を選ぶことにした。服の上から浴衣を着せても問題ない服装をしている学生がいいのだが――。

「手伝ってもらっていい？」

ボーイッシュな薄着の子を指名した。

「服脱ぐんですか？」

思い切りがいい子なのか、ジーンズから脱ごうとする。

「下はあとで。まずはカーディガンだけ脱いでくれる？」

カーディガンの下はキャミソールだ。

「キャミの上からでいいから、これを着て」

絹子は白い和装用の下着を渡す。下着と言ってもひざ下まである肌襦袢《はだじゅばん》だ。

「肌襦袢がなければ、白や肌色のキャミソールやタンクトップ、下はスパッツでいいよ」

絹子がいつもより饒舌なのは、得意分野だからだ。こんな感じで、普段から話すことができたらいいのに。

学生が肌襦袢をつけて、ジーンズを脱いだところで浴衣を渡す。今時の女の子が好きそうな柄を、ということで大きな蝶が飛んでいる模様を選んでみた。

「なんかかわいい」

「でしょ？　後染めだし、一番簡単な平織りだから織ろうと思えばできるよ」

「えっ、本当？　どれくらい生地は必要なんですか？」

他の学生が食いついてくる。絹子としても興味を持ってくれると嬉しい。講義が終わっても機織りを趣味で続けてくれればいい。

「一反《いったん》もあればできるから」

「……先生、無理です」

一反は大体三十八センチ×十二メートルだ。どうやら講義で教えたことを覚えていてくれたようだ。目が粗いので初心者でも一時間に二十センチくらい折れるはず。一日二メートル織れれば、七夕祭に間に合うと思ったのに。

そんなことを思いながら、着付け教室の続きをする。とはいえ、着物ほど難しくないのでサクサク進む。おはしょりの作り方や帯の結び方さえちゃんと教えれば、なんとかなるものだ。

「襟はどっちが上かくらいは覚えておいてね。着物は男性も女性も右前ね」

よく左前の死人装束になっている人がいる。それだけでもアウトだが、一度デパートの着物売り場で反対に着せられたマネキンを見て、絹子はショックを受けた。死に装束の上になぜかミニスカートのようにたくし上げられ、フリルがついていたのだ。これが時代の流れだろうかなどと、年寄りくさいことを考えてしまった。

「浴衣は思っているより簡単に着られるし、激しく着崩れさえしなければ難しく考えることもないよ。だから、どんどん着てほしい」

絹子が言うと、学生の一人が手を上げる。

「先生、バタ祭で浴衣着たいと思うんですけど、持ってないんです。どういうの買えばいいですか？　よく数千円かでセットで売られているのがあるんですけど、正直、何度も着るような代物じゃないですよね。下手に買ってクリーニング代のほうが高くつくのも嫌だし、部屋も狭いからかさばらないようにしたいんですけど」

絹子は思わずニヤッと笑ってしまった。実はこんな質問を待っていたのだ。

ささっと名刺入れから『アンテナショップ玉繭』のカードを取り出す。

「無料は無理だけど、うちの神社のお店で浴衣レンタルできるよ。着付けも込み。価格は浴衣の種類によるけど、二千円から」

閑古鳥が鳴く店に少しでも客を呼ぶためのサービスだ。発案者はシロで、「窓際において日に焼け、デッドストックになるよりいいよね」とのことである。

「先生。そのレンタル、浴衣って何種類くらいあります？」

モデルになった子が具体的に聞いてきた。蝶柄の浴衣が気に入ったようで、くるりと姿見の前で回っている。

「何種類と言われると難しいけど……」

絹子は指折り数える。店にあるレンタルに出せそうな浴衣は二十ほどだが、ここは見栄を張るために絹子の手持ちも足してしまおう。

「浴衣は三十枚くらいで、帯は百くらいかな？　下駄は少ないし、別料金になるので持参してくれたほうがいいかも。普通の着物でもいいなら薄手の物がさらに十枚追加かな」

「帯が百？　なんでそんなにあるんですか？」

「帯は着物にも同じものが使えるからね」

喜成村から仕立てあがった商品がどんどんアンテナショップに届くからというのも理由だ。なんとなく売れ残り品を回されている気がするが。そういった類《たぐい》のものはこの際、レンタルに回してしまおうかとシロと相談していた。以前なら無理だったことも、昨年から、喜成村の幼馴染みたちと電話で直接話すようになってやりやすくなってきている。

喜成村の人間にとっては手間暇かけた立派な作品に違いないので、レンタル品にすることを好ましく思わないだろう。でも、村が寂れている理由は、時代に取り残されているからと言ったら否定できないはずだ。

「先生。この神社、大学からちょっと遠いですよね」

顔をしかめる学生たち。

「バス一本で行けるのは行けるんだけど」

利便性が低いのは否めない。

「着崩れが怖いんで、何人以上だったら出張サービスしてもらえますか？　例えば、今度のバタ祭の時にとか」

意外な申し出に絹子は驚いた。絹子は、思わずポカンと口を開けてしまう。

「十人くらいいたら大丈夫ですか？　あと、浴衣レンタルなしで着付けだけとかも出来たら、もっと人が増えるんですけど」

「ええっとそれなら、前もってどの浴衣が必要か選んでもらえたら可能だと思う。着付けのみだと手間賃は千円くらいで」

浴衣と帯を全部持っていくのは無理だ。タクシーに一回で乗り切るくらいの荷物だったら問題ないだろう。

「……」

質問した学生は、器用にスマートフォンをいじりだす。通信アプリで複数にまとめて送っているようだ。すぐさまピロンピロンと返信の音が鳴る。

「レンタルしたいって子が八人います。気に入った柄がなければ、着付けだけでもお願いしたいようです。このあと、さっそく見に行ってもいいですか？」

「こ、こちらは特に問題ないです」

とんとん拍子に進む話に、絹子はぼんやりと返事するしかなかった。

最近の子の情報網のスピードはすごい。


八人が興味あると聞いていたが、実際来たのは十五人だった。着付け教室のあと、さっそくやってきた。

車でまとめて何人かやってきた子もいれば、自転車で来た子たちもいる。自転車──絹子も乗れたらバス通勤しなくていいのだが、乗れないので無理だ。

コムラは来ていなかった。浴衣は前回持っていたのでいらないのかもしれないが、結局、着付けの時もずっと黙っていた。気になりながらも、今は学生たちの案内で精一杯だった。

「これ、もっと明るい色のありませんか？」

「ならこっちのはどうですか？」

絹子は淡い桃色の浴衣を出す。ついでにぼけた色合いにならぬよう少し濃い赤の帯も置いておく。

人数が人数なので、社務所の大広間を解放した。来客の対応をする時に使っているいつもの部屋だ。シロがそわそわと覗いてくるが、男の子なので追い出す。クロには手伝ってもらいたかったが、こういうのにはまったく手伝ってくれないので諦めて一人でやる。

生憎、全員が全員レンタル希望者ではなく、ただ着付けの見学に来た子もいた。倉敷もその一人だ。こちらはコムラと反対に元気を取り戻してきたので安心した。

「これって手縫いですかー？」

学生から、浴衣の一つについて聞かれた。

「ああ、それは私が仕立てたの」

「えっ、手作り？」

「えっ」の中に、否定的な意味合いが含まれているようだ。絹子が作ったので、素人作品だと思ったのか、それとも機械で裁断して縫った既製品のほうがいいのだろうか。

あまり気乗りしないようで戻したところ、違う学生が手に取った。キリッとした顔立ちのボブカットの子だ。ちょっとおしゃれにうるさいのか、いつも少し変わった格好をしている。名前は坂崎《さかざき》で、月曜の絹子の講義を受けてくれている。

「先生。これ、もしかして絹紅梅《きぬこうばい》ですか？」

「あっ、わかった？」

絹紅梅は、高級浴衣の一種で、ワッフルのように格子状の生地全体が凹凸になっているので肌に張り付かない。半襟をつけることで、着物としても使える逸品だ。

「レンタルするといくらになります？」

「帯代は別、浴衣のみで八千円くらいだけど……」

「たかーい」

即座に反応する倉敷を見ると、やはり高いよね、と申し訳なくなる。

「学割で五千円くらいにはしたいと思うけど」

「これ、お願いします」

坂崎は即答した。帯もかなりいい品を選ぶ。若いのに目利きだ、と絹子は思わず感心してしまう。おしゃれにうるさいどころではない。

「ねえ、五千円もあれば普通にセット物買えるよ。いいのー？」

倉敷は声をひそめているが、絹子にも聞こえる大きさだ。本当に苦笑いするしかない。

「これ、反物の時点で十万はくだらないと思うよ」

「……マジでぇ」

マジである。それに実際はもっと高い。

「せっかく着るんだから、いい物着て差をつけようかなって。ほとんどの人がわかんないだろうけどね」

「うわあ、本当に……」

着物の価値をわかってくれるのは嬉しいけど、正直値段の話はしてほしくなかったりする。シロからも注意されていた。着物を普段使いしてもらいたいなら、高級感を出すと敬遠される。そしてもう一つ、盗難の問題だ。

人気がない地味な浴衣が余っているが、あれらが普通に購入すると百万近くすると言ったら、みんな、目の色を変えるだろうか。

「これ、メンズの浴衣とかないんですか？」

「あるけど、あんまり用意できないかな」

どうしても男性は女性に比べて浴衣を着る人は少ない。興味を持つ人も少ないし、ハードルが高いのだろう。今回の浴衣レンタルはまだ試験的にやっているだけだ。正直そこまで手が回らない。

着道楽の大家が浴衣を提供して、着付けも手伝ってくれれば話は違うのだが、断られることがわかっている。他人が袖を通した物は絶対身に付けないのだ。

「古都なら他に浴衣レンタルやっているところもたくさんあるし、うちがイマイチならそこに行くといいよ」

商売っ気がないと思われるかもしれないが、相手に満足できるサービスができないのであれば断るしかない。無理をして用意しても、赤字になるだけだろうし。

「そうかぁ」

ちょっと引いてしまうのは仕方ないと思っていると。

「でも、これだけの浴衣、レンタルしているところないですよね」

目利き女子坂崎が今度は帯を持って言った。

「大体、この帯でも……」

「あっ、ちょっとそれは」

値段を査定されると本当に困る品だった。察してくれたらしく、絹子に耳打ちする。

「先生、ちゃんと学生証の提示をお願いして身元をしっかりしたほうがいいと思います。あと、できれば保険を付けたほうがいいかもしれません。汚した場合、学生のお小遣いでは弁償が難しいので」

保険は難しいが身元の確保することを忘れないようにする。このあたりあとでシロたと相談しないといけないと心の中でメモをとる。

「道理で昼間、騒がしいと思った」

吸い物をすすりながら、大家が言った。今日の晩御飯は全員集合している。絹子が着物レンタルのことで相談したいと集めたのだ。シロクロも一緒だ。

「ちょこっと大家には言ってなかったっけ?」

絹子もお吸い物に口をつける。今日の具は、ぷりぷりした食感の海老しんじょ。薄口しょうゆのおつゆに三つ葉が浮かんで、さわやかな味だ。奥歯で噛みしめると、海老の甘味が口の中に広がる。

「ここ数日、疲れて忘れてた」

確かに、大家は最近お疲れだ。昼間はいつもぐうたらしていたのに、ハジメの稽古に加え、最近、来客が多い。先週は疲れがたまっていたのか、貧血を起こして寝込んでもいた。

「大丈夫なの？」

「お前が心労をかけなければ問題ない」

そんな憎まれ口を言っているうちは大丈夫だと、絹子は大家の湯葉刺を奪う。わさびをちょこんとのせて、甘口の醬油でいただく。これまた、淡泊な湯葉にわさびのツーンとした風味と醬油の甘味がちょうどいい。老舗の豆腐屋さんで売り切れごめんの人気商品だ。

本当に、食べることと着ることに関しては、贅沢である。

「保険ねえ。学生だとお札一枚だしてまで入らないだろうな」

もっともな意見をクロが言った。

「ダメにするような人間はいないって性善説は、世の中通用しない」

しみじみと見た目にそぐわないことを言うクロ。ボーイッシュガールの半生に何があったのだろうか。

「今回は仕方ないから、保険なしで行くしかないよね。それと、着付けのほうが思った以上に人気で、バタ祭でやるならもっと人数が増えるみたい」

七夕祭と言うと、八月にある玉繭神社の祭や、町内の他の場所で行われる祭ともかぶる。大学祭のことは、積極的にバタ祭と呼んでいきたい。

バタ祭では、浴衣の着崩れを気にして長い距離を移動したくない人が多いようだ。中には浴衣ではなく、着物を着たいという人もいる。大学でやらないと無理だろう。

「講義で使っている教室を使えばいいとか思うなよ。一応、金銭に関わることだから、大学側にも許可をとっておけよ」

大家が注意する。明日、確認しなければならない。

「あと、もう一つ、着付けの人数が確定しないと言ってたな」

「うん」

「一人でできるのか？」

「……」

けっこう重大な問題だった。

「一人五分くらいで」

「それはお前が自分で着替えた場合だろ。素人に着せることや、段取りが悪い相手を考えると、少なくとも十五分、長くて三十分は見積もっておけ」

それだと、どれだけ時間がかかるか考えたくない。

「大家が手伝ってくれたら」

「俺を変態扱いさせたいか？」

芸妓《げいぎ》なら男の着付け師が基本だが、今回の場合無理だろう。

「クロくん」

「無理」

ボーイッシュガールは、何気に大家よりも外出しない。

絹子は唸る。

「あのコスプレねーちゃんたちはどう？」

シロが口を挟む。

「崎守さんたちか」

崎守と瑠美奈は、巫女衣装なら自分で着替えられるが他人に着せるレベルまでは至っていない。お金を取るのだから、素人仕事は駄目だろう。

「あー、どうしよう」

絹子が頭を抱える。

「解決方法が一つだけある」

シロの言葉に絹子が反応する。

「けっこう面倒くさいかもしれないけど――」

からかうように笑いながら、シロは提案を口にした。

その内容に絹子はなるほどと手を打ち、クロは怪訝な顔をする。大家は顔を歪め、面倒くさそうにそっぽを向いていた。

名案だが、これはこれで問題がある話だった。

不愛想な女の子が一人、絹子の隣の座席に座っている。ちょっと大きめのリムジンタクシーを呼び出して、大学まで送ってもらっている最中だ。足元には紙袋がいくつもあって、他にもトランクに入れている。

　今日は、七月の八日。バタ祭の前夜祭は十七時からなので、十五時に芸術棟の教室に向かう。前夜祭とはいえ、レンタルの注文が五人、着付けが八人入っていた。絹子の格好は着付けがしやすいように珍しくスポーティな服だ。足はスニーカーのパンツスタイル。前に、崎守たちに選んでもらった服装である。

　それでも、全員の着付けを一人でするのは難しいからと、シロの提案を実行することになった。で、大家が最後まで渋っていたその提案とは――。

「は、ハジメさん。今日はよろしくお願いします」

　――ハジメを応援に呼ぶことだった。キリッとしたまなざしで見られると、絹子は苦笑いを浮かべて誤魔化したくなる。親戚ということもあって、目元が大家によく似ている。困ったことに愛想がないところも似ていた。大家の前では笑うのに。

　でも着付けに関しては問題ないだろう。古都に来る前から、巫女装束に身を包むことは日常茶飯事で、着物を着ることには慣れているそうだ。

　ただ絹子は、ハジメに嫌われている。そういう気がする。

「よろしくお願いします」

　形だけはしっかり挨拶をしてくれるが、それ以上はない。絹子は上手く話題をふることができないし、ハジメもまた話しかけてこようとしない。タクシーという密室移動がそんなに時間がかからないことだけが救いだった。

「今日は手伝いに来てくれて、ありがとう」

「おにいさまから頼まれましたので」

ハジメはなぜか大家を尊敬しているようだ。その大家が渋々だが頼んできたので、こうやって手伝いに来てくれるのだろう。一応、バイト代は十分払うつもりだが、絹子が直接頼んだら引き受けてくれなかったに違いない。

なんとなく絹子がハジメに嫌われている原因は、大家にある気がする。他にも少し引っかかるところもあるが、大きな要因はそれだと思っている。

女の子は年上の男性に憧れるというが、ハジメのケースもそういうことだろう。

とはいえ、大家とは一回り年齢が離れている。親戚のお兄さんを慕うのならそれでいいが、恋愛感情なのだろうかなどと、考えてしまう。

大家が好きなことが原因なら、絹子は嫌われていることも甘んじて受けなければならないと思う。赤の他人の絹子が、本来、大家におんぶにだっこでいるほうが異常なのだから。

そんなことを考えていたら、いつの間にか大学についていた。

校門の警備員さんに許可を取り、芸術棟の前までタクシーを乗り入れてもらう。

荷物を持ち、教室に向かうとすでに待っている学生たちがいた。

「先生！」

コムラと倉敷、坂崎が手を振ってくる。三人は絹子の他に、ハジメがいたことに気が付くと会釈する。ハジメも丁寧にお辞儀で返す。

「早いね。もう来たの？」

絹子は教室の鍵を開ける。時計を見るとまだ十四時半だ。

「せっかくだから、最初に着付けてもらおうと思ってー。早く彼に見せたいんです」

「ええっと、彼？」

ニコニコする倉敷を見ながら絹子は困惑する。

「先生。もう新しい彼が出来てるんですよ、倉ちゃん」

呆れた顔でコムラが言った。

「新しい……」

先日、元カレのたーくんによって毒を盛られていたというのに。すごいな、と絹子は感心するしかない。

「先生、着替えるの場所だけ貸してもらえませんか？　レンタルしてないのに申し訳ないんですけど」

コムラが紙袋を掲げる。例のアンティーク着物が入っているのだろう。

「問題ないから気にしないで。荷物も置いてていいけど貴重品の管理だけはしっかりしてね。責任取れないから」

教室は広いので、着替えに使っても問題ない。ただ、知らない子も来るので盗難だけは気を付けないといけない。

コムラはえくぼを作り、ニッと笑う。心なしか少しやせているように見える。

「コムラさん、ダイエット中？」

「い、いえ、そういうわけじゃないんですけど」

「体調悪い？　浴衣着て大丈夫？」

「問題ないです」

コムラは紙袋からレトロな浴衣を取り出す。先日、絹子に見せたアンティーク浴衣だ。

「かなり古い物ですね」

ハジメがコムラに声をかけた。二人は初対面のはずだが、ハジメはズケズケと言う。

絹子は倉敷の浴衣の準備をしながら、コムラをチラチラ見る。坂崎は着付けが出来るので、自分でさっさと着替えている。

「うん、そうなの。百年以上前の着物だって聞いたけど」

ハジメはじっくり着物を観察する。

「古い割に摩《ま》耗《もう》してませんね」

「たぶん、この着物、ちゃんと着るのは半世紀以上ぶりなので」

コムラ曰《いわ》く、母と祖母は袖を通さず、曾祖母も一度だけしか着たことがないという。

「実はその着物を仕立てた人間が妙な遺言を残していて……」

コムラは着物を服の上から羽織り、紙袋から狐面を取り出して、かぶって見せた。

「……十八になったら、この浴衣を着て祭に出なさい。そして、お狐様に挨拶を、と」

言ってコムラは妙な表情になる。冗談めかして笑おうとしたが、顔が引きつっている。

「ありえないでしょ、訳がわからない遺言、って話です。おかげで母も祖母もそんな話を無視してたんですけど」

　コムラの顔が曇る。

「でも、夢に出てきたんですよね。この着物を着た女の人が、『祭りの日に、社《やしろ》に行け』って。いや、思い過ごしだとは思うんですけど……」

「えー、もしかして、それホラー案件？」

　倉敷が話に入ってくる。絹子は、まっすぐ立って、と倉敷の背中をポンと叩く。

「コムラさんってそういうの信じるタイプなんですね」

　さっさと着替えた坂崎が鏡の前で、写真撮影をしながら会話に参加する。

「うわー、引かないで、引かないでよ！」

　手をパタパタ振りながらコムラは、倉敷と坂崎を交互に見る。

「もしかして、最近、元気なかったのって、そんな理由？」

　絹子は首を傾げながら言った。倉敷の帯は結び終わった。マリーゴールド結びという ちょっと変則的な帯の形にしてみた。小さなリボンが二つ並んだ可愛い結びだ。倉敷のリクエストだ。倉敷は着付けが終わると嬉しそうにくるくる回る。

「そんなって……」

　絹子は慌てて口を押える。コムラにとっては、深刻なことだったのかもしれない。

そういえばここ最近、絹子に何か言いたそうに見ていた。口に出さなかったのは、馬鹿にされるんじゃないかと思ったからだろう。やっちゃったな、と反省する。

「狐ってことは稲荷《いなり》でしょうか？」

ハジメは顎に手を当てて、何やら考えている。動作も大家によく似ている。

「古都には稲荷はずいぶん多いのですが、どこの稲荷かわかっていますか？」

ハジメは愛想がないものの、真面目にコムラの話を聞いていた。

「い、いえ。それがけっこう問題なんです」

コムラは肩を落とす。

「コムラちゃーん。着替え終わるー？」

倉敷が坂崎に写真を撮ってもらいながら言った。

「あー、私のことは無視してー。どうせ別行動するから」

コムラは紙袋から肌襦袢を取り出す。まだ、糊が取れきってないので買ったばかりのようだ。着物には半襟がついており、浴衣としてではなく、着物として着用するようだ。

絹子は他の学生が来るのを待ちながら、ハジメとともに話を聞く態勢になる。

「この大学付近にあったって聞いたんですけど、祖母も母も知らないそうで。曾祖母は早くに亡くなっていて、祖母は先祖代々の遺言は聞いたけれど、肝心の神社がどこか教えてもらってないんです。先生、神社関係者だから、そういうのお詳しいですか？」

詳しいとすれば、大家だろうか。絹子の領分ではない。

「社ねえ」

　ハジメが首を傾げる。

「稲荷っていうのはけっこうどこにでもあるけど、そうやってお参りするということはそれなりのお社があるはずですよね」

「はい、たぶん」

　コムラは襦袢を着おわり、着物に袖を通している。

　ハジメはチョークを手に取り、黒板に図を描き始める。地図を描いているようだ。

「この辺りには、稲荷神社はなかった気がします。元々、この大学は何もない土地を買い取って建てたはずです。北側は山に囲まれていて、南側は商店街に通じる通りですよね。山側には寺はあったと思いますが、神社はなかったはずです」

　詳しいなあ、と絹子は思った。ハジメは古都に今年春に住み始めたばかりなのによく知っている。絹子は十年暮らしているが、そんなこと知らなかった。

「なので、あるとすればこの範囲ではないかと」

　商店街がある南側をぐるりと赤チョークで囲む。

「そうなんだけど」

　コムラは首を傾げる。帯を前で蝶結びにして、背中へと回して出来上がりだ。上手い、と絹子は小さく拍手する。

「もう見て回ってるんだよね。神社はいくつかあったけど、お狐様はいなかったから」

コムラはそんなに長くない髪を一本結びにしようと苦心していた。

「貸して」

絹子はコムラの髪をいじる。倉敷たちは行ってしまい、他の学生はまだ来ていないのでサービスで髪くらい結う。

「髪飾り、何か持ってる？」

「ええっと、何も。これ、つけるからいいかなって」

コムラは狐の面を取り出す。面といっても全部隠れるのではなく、仮面に近い。顔の下半分、口元だけが見えるような形をしている。それに紙製で量産品とは違うようだ。

「これってもしかして、手作り？」

「あっ、わかりますか！　そうなんです、頑張って自分で作りました」

ちゃんと和紙を何枚も貼り合わせ、丁寧に色付けして、綺麗にニスを塗ってある。ただ、ちょっと絵は苦手なのか、あまり狐っぽくはない。

「なんかちょっと鳥っぽい形じゃない？」

「それ、着物と一緒にしまってあったお面を作り直したんです。色が剝げてたので、できるだけ元のデザインに合わせたつもりだったんですけど」

なら仕方ない。絹子はお面を顔の横につけると想定して、コムラの髪を左耳の上で結った。着物の色が暖色なので合わせて似たような色の髪紐で結ぶ。

「あれ、先生、これ？」

「邪魔じゃなければどうぞ、他のみんなには内緒だからね」

「ありがとうございます！」

喜んでくれてよかった。今日、浴衣をレンタルしてくれる子たちに渡すサービス品の予備だ。実は採算に合わないのだが、宣伝してくれればということで、今回だけ用意した。「安売りするな」と怒られそうなので、大家には内緒にしている。

気に入ってくれたらしく、コムラは鏡の前で照れくさそうに笑う。

「今日も神社、探すの？」

「はい。着物も着たし、せっかくなんでもうちょっと遠くまで足を運ぼうかと」

と、教室を出て行くコムラと入れ替わりに、他の学生たちがやってきた。

「こんにちはー。あー、もう着付けしてるー」

どんどん学生が入ってくる。もう着替え終わっていたからよかったものの、次からはノックとかしてもらわないといけない。とりあえず、織物用の生糸をぶら下げている大きなハンガーを衝立《ついたて》代わりに入口の前に置き、ワンクッション目隠しを作っておく。

「レンタルの浴衣は籠の中にそれぞれ入っているので取ってね。名前書いてあるから」

「はーい」

着付けは準備ができた者からどんどんやっていく。大家の言うとおり、余裕をもって時間を取っていてよかった。

「先生、やっぱこれじゃなく、もう一種類あった赤いやつ持ってきてないですか？」

いきなりオーダーを変えようとしてくるかと思えば――。

「えっ？　タオルいるんですか？　紐？　ないですけど」

持ってこいと言っていた物がなかったり、あるいは――。

「飛び入りで着付けてもらいたい子連れてきましたー。お願いしまーす」

などと言い出す始末。結局、全員分の着付けが終わったのは、十八時過ぎだった。予定より一時間以上オーバーした。

「つ、疲れた」

「……」

絹子もハジメも椅子に座り、足をだらしなく伸ばす。だが、ハジメは絹子の視線に気が付くと、キリッと顔を引き締めて姿勢を正した。絹子には隙を見せたくないのだろう。

シロがハジメを連れていくよう言った時は、最初どうなるかと思ったが、仕事自体はしっかりやってくれた。

絹子はお金を数える。今回は計算が大変なので、すべてキリがいい数字にしている。レンタルは、二千円が二人、三千円が二人、九千円一人の、全部で一万九千円。着付けが一人千円で二十五人来たので、二万五千円。

「間違えてないと思うけど」

絹子は、ハジメが着付けた人数を数える。十二人分で、一人五百円の出来高だ、千円札を六枚、封筒に入れる。

「ありがとうございます。本当に助かりました。私一人では絶対無理だったから」

「頼まれたので仕方ありません。気にしないでください」

丁寧な言い方だが、とげがある。

ハジメは封筒の中身も見ずに鞄にしまう。着付けだけ頼んだので、彼女の仕事はもうお終いだ。真面目一辺倒っぽい彼女は寄り道せずに帰るのだろう。

「待って」

絹子はふと自分の鞄を取り出した。小さな巾着からたくさんの紙切れを取り出す。出店の前売り券だ。

「なんですか？」

「せ、せっかくのお祭りだから。ちょっと屋台でもどうかなって。券たくさん貰ったの」

正しくは売りつけられたのだが、そこは黙っておく。バタ祭前に出店する学生が、絹子に泣きついてきたのだ。

ハジメは怪訝な顔をしつつも、とりあえずと言わんばかりに適当な一枚だけを取った。

「ありがとうございます」

そのまま、出て行く。

一応、礼儀で貰ってくれたのかもしれないが、絹子はほっとした。

教室に一人になったところで、片付けをすることにした。学生たちの着替えは、籠におさめて棚の上に置いてもらっているが、そのまま放置している輩もいる。貴重品は責任が持てないから置くなと伝えていたが、着替えをそのまま放っておくわけにも行かない。バタ祭が終わるまで留守番だ。教室を開けっぱなしにして出かけることも出来ないし、閉めている間に誰か帰ってきても困るのだ。

「明日はロッカー借りられないかな」

そうすれば、教室を閉めていてもなんとかなるだろう。でないと、買ったチケットがもったいない。

絹子は籠を棚の上に片付け終えると、カーテンを開けて窓の外を見た。ようやく日が沈み、橙色の提灯の灯りが揺れている。校舎の向こうから騒がしい音が響いてくるのはライブでもやっているのだろう。

絹子は置いてあった扇風機を微風にすると、椅子に座る。今日は簡単にしか作れなかったと言っていたクロお手製のお弁当を開くと、顔が綻《ほころ》んだ。塩焼きそば、フランクフルトに焼き鳥と、屋台を連想させる食べ物ばかりだった。

「あー、楽しかった」

ガラッと扉が開く音で、絹子は瞼を開ける。いつの間にか眠っていた。

ほっこりした顔の浴衣姿の女の子たちが帰ってきた。時計を見ると、午後九時前。もう祭は終わりらしい。

「先生。楽しかったです」

「それはよかった。着崩れてないね。帯解く？」

絹子が聞くと、みんな、首を振る。中には、

「思った以上に動いても大丈夫だったので、自分の着物だしこのまま帰ります。荷物取りに来ただけです」と、言ってくれる子もいた。

気に入ってくれてよかった。問題はお腹に巻いたタオルは、絹子が持参したものということだ。

「あっ、タオルは次の講義の時、持ってくればいいですか？」

「ええ。そうしてくれると助かる」

気付いてくれてよかった。

学生たちは祭りの終わりとともに続々と帰ってくる。浴衣のまま帰る子もいれば、さっさと着替えて解放されたい子もいる。窓を閉め切り、エアコンをつける。

「先生、よく暑くなかったですね」

扇風機だけで二時間以上過ごしていた。たしかに、古い鉄筋コンクリートの校舎は通気性がいいとはいえない。

「寒いのは苦手だけど、暑いのはそれほど」

「虫とか入ってきませんでした？　蚊にけっこう刺されたんですけど」

「血が美味しくないのか、あまり虫に刺されないんだよね」

「何それ、羨ましい！」

帯を解きながら、そんな他愛もない会話をする。着付けよりも簡単なので、すぐに終わる。レンタル品の浴衣は、綺麗にたたみながら汚れやほつれがないか確認する。

九時半を回るころには、ほとんど戻ってきた。まだ一つ籠が残っているが、廊下から足音が聞こえてきたので、これで終わりかと思った矢先——。

「どうしたの？」

やってきたのはハジメだった。何やら手に紙袋を持っている。

絹子は首を傾げる。もしかして、バイト代に文句を言いに来たのだろうか。一応、古都の最低賃金を調べて問題ないであろう歩合に決めた。かつ、人数も予想以上に多かったので、低いことはないはずなのに。それでもやはり足りないのか。

絹子は真剣なまなざしになる。さすがにここはビシッと言わないといけない。

「いくら欲しいの？　適正の給金だと思うけど」

「意味がわからないけど、金銭関連の話じゃないです」

ずばりと言われて、絹子はほっとする。しかし、では一体なんで戻ってきたのだろうか。

「すみませんが。コムラさんでしたっけ？　最初に来た人。彼女はもう帰りましたか？」

「そういえば」

残った籠を見ると、コムラの名前を書いたメモが入っている。レンタルも着付けもしていないが、荷物だけ置いていった。

「一人まだ帰ってきていないのが、コムラさん」

「そうですか、ならよかった」

ハジメは紙袋から大きな地図を取り出した。それから、どこからか持ってきたのか古い本が数冊。

「ええっと、これは？」

「気になって調べてみました。狐のお社ですが、見つからない理由がわかりました」

もしかして、わざわざずっと調べていたのだろうか。

「見つかったの？」

絹子が聞くとハジメはじっと見つめた。強い視線に睨まれている気もしたが、ハジメはすぐ目線を外す。

「はい。これを見て下さい」

意外にも質問には答えてくれるようだ。無視されるかと一瞬思ったのに。

「現在の大学周辺地図です。昼に説明したように、大学の北には農学部のキャンパスがあり、その向こうに山があります。南には商店街。丸をつけたところが、地図記号の神社マークです」

北側にはほとんどないが、南側はこれでもかというくらいある。さすが古都だ。

「稲荷もいくつかありました」

「じゃあ。そこなの？」

ハジメは首を振る。

「まず、最初の盲点としては、『稲荷』が論外でした。コムラさんは、『狐』と言いましたが、『稲荷』とは一回も言ってませんでした」

「あっ！」

確かに。狐の社イコール稲荷、とハジメも絹子も勝手に思い込んでいた。しかし、稲荷以外に狐の社なんてあるのだろうか。

「周辺にある稲荷は、どれもコムラさんは調べていると思います。でも、彼女は違ったと言っていました。たぶん、私たちが知らない何か『違い』があるのだと思います」

ハジメは古い本を開く。古都の昔の地図のようで大学周辺のところに丁寧に付せんが貼られている。背表紙に図書館のナンバーが貼られているので借りてきたのだろう。

「大家そっくり」

思わず口に出てしまった。慌てて口を押えるがもう遅い。ハジメの機嫌を損ねただろうか、と見てみると、意外にも顔を赤らめて口をモゴモゴしていた。照れているようだ。似ているというだけでこんな表情をするほど慕われているのだから、大家ももう少し優しくしてあげればいいのに。

つい可愛く見えて、距離感を間違えた。口を滑らせてしまう。

「髪切り魔に襲われたらしいけど、大丈夫だったの？」

「……あんなの大したことありません」

やはり、突っぱねられた。

「所詮《しょせん》は自分より弱いと思って女性を襲うような卑怯者です。私の顔を見るなり、怯えて動けなくなったくらいですから」

「そうなんだ」

てっきり連れの黒スーツ二人が取り押さえたとばかり思っていた。犯人も今回初めてターゲットに反抗されたのだろうか。

「話を戻します。コムラさんは狐の面を持っていましたよね。古い狐の面を修復したと言っていましたが、私にはあれが狐には見えなかったんです」

ハジメは、もう一冊本を広げる。これは地図ではなく、仏像が並んでいた。

「これに似ていませんか？」

鳥のように尖った口をした仏像だ。片手に剣を持ち、背中には羽が生えている。

「天狗？」

鴉《カラス》天狗に似ていると思った。修験者に見えなくもない。

「正しくは飯縄権現《イヅナゴンゲン》で、内陸部の山岳宗教がベースになっていると言われています」

ハジメは飯縄権現のページをめくる。次は仏像ではなく、絵だった。天狗っぽい修験者の下に白い犬のような物が描かれている。

「飯縄権現は、白い狐に乗った鴉天狗の姿で描かれていることが多いんです」

「それじゃあ、狐っていうのは」

「飯縄権現といってもいろんな形があり、その一つに狐信仰があります。コムラさんの面は元々鴉天狗の面ではなかったのでしょうか。冠部分を耳に、くちばしを鼻に間違えたと考えれば辻褄が合いませんか」

　絹子はお面の形を思い出す。なんだか鳥っぽいと思ったのは間違いではなかったようだ。

「じゃあ、その飯縄権現が祀られている神社を探せばいいと」

「少し違います。飯縄権現は神仏習合、つまり神道と仏教が混じり、再構成された神です」

　つまり、神様だけど仏様でもあるのか。そうなると神社にいるとは限らない。

「ええっと、でも確か神と仏は一緒にしてはいけなかったような？」

「はい。明治政府から神仏分離令が出され、神と仏は分けられましたから。でも、それ以前は共に祀られていました」

「じゃあ、その飯縄はどっちになるの？　神社じゃなきゃ、寺になるんだけど」

　ハジメはまた地図を広げる。大学の裏山、ちょうど敷地の境界のあたりに卍のマークがついてあるのを指す。

「ここなんですけど、迦楼羅《カルラ》天《テン》を祀っています」

　もう一冊の本を絹子に見せる。迦楼羅天と書かれた挿絵には、鴉のような顔をした武人の絵が描かれてあった。背中には羽もついていて、飯縄権現とよく似ていた。

「維新のあと、神仏分離によって、あってはならない飯縄権現は違う形を取らされたと考えたらどうでしょうか」

　維新といえば、百五十年近く前。コムラの着物の年代を考えると、辻褄が合う。

「つまり、仏として祀るために迦楼羅天になったってこと？　じゃあ、狐は？」

「狐については、こちらを」

古い地図と新しい地図を並べる。古い地図には地図記号などなく、ただ建物の絵が描かれていた。それが寺社を表すと予想できたが、新しい地図とは微妙に位置がずれている。たぶん、古い地図の表記では大学の敷地内に入ってしまうだろう。

「大学ができたから移動したということ？」

「いえ、これは二百年以上前の地図です。大学ができる前に、飯縄権現は迦楼羅天に変えられたのですが、コムラさんの言う狐はどこへ行ったかと言えば――」

ハジメは、新しい地図、卍印のやや南側に丸を付ける。ちょうど古い地図の社の場所と一致する。

「ここを狐だけを祀る社にしたということです。狐のままなのか、もしくは稲荷として扱っていたのかはわかりませんけど」

飯縄権現を神と仏、狐と迦楼羅天に分け、それぞれ神社と寺院に祀った。

「あのお面の形から考えると、最初に奉っていたのは飯縄権現でしょうか。でも、時代とともに変化して、狐の社だけに参るようになった。そして、コムラさんのお母さん、お祖母さんがお参りに行かなかった、もしくは行けなかった理由としては――」

ハジメは大学祭のパンフレットを取り出す。校門のところで配っていたものだ。その『第六十五回七夕祭』というところを指で叩いた。

「この大学ができて、神社がなくなったから。たとえ探そうとしても、すでに存在していなかった……」

西都大学は私立として歴史がある。でも、元は別の場所にあったと聞いた。

「ここにある七夕祭の起こりを見てください」

パンフレットの隅に書いてあった。元々、七夕祭は地元であったお祭りだったが、第二次大戦中に一時中断、空襲による神社焼失などもあり、そのまま行われなくなった。その祭を、大学の移動とともに復活させたとある。

七夕祭と言えば、玉繭神社もやっているが、実はここ十年ほどで始めた歴史の浅い祭に過ぎない。日付を旧暦にしたのも、バタ祭とかぶらないためでもある。ややこしいので、神社の七夕祭は星祭とでも名前を変えたほうがいいかもしれない。

「じゃあ、空襲で焼けた神社というのが」

「おそらく、探していた場所だと思います」

ハジメはパンフレットを見て気が付いたようだ。しかし、それを鵜呑みにせずしっかり下調べをしてこうしてやってきたらしい。

やけに疑り深いところが、ますます大家に似ている。

絹子は時計を見る。もう夜十時になりかかっているのにまだコムラは帰ってこない。

「さすがに遅いなあ」

絹子は名簿を取り出す。電話番号を調べ入力すると、携帯電話の発信ボタンを押す。

「……つながらない」

「帰ったんですかね？」

「着替えはこのまま置いてるし、何かあったら連絡があると思うんだけど」

絹子の電話番号は知っているはずだ。

ハジメは顎に手をやって、首を傾げる。

「もしかして、神社の場所がわかったとか」

コムラは一回生だ。昨年まで高校生だったため、今年のパンフレットを見て気付いた可能性は高い。ただ、すでに焼けて無くなった神社をどう探そうというのだろう。何よりなぜこだわるのかが不思議である。

夢に見るとまで言っていたし、ここのところ、ずっと体調が悪そうだった。

ハジメは地図を見ながら、スマホで何か検索している。そのまま、電話をかける。

「夜分遅くに申し訳ありません。そちらに、コムラという者が訪ねていませんか？」

「あっ、コムラじゃなくて大村。大村明日香《あすか》さん！　コムラはあだ名！」

絹子は名簿を見て慌てて訂正する。ややこしいと言わんばかりに、ハジメは顔を歪める。

「大村明日香さんが訊ねてきませんでしたか？」

どこにかけているかと思えば、山の上の寺院だ。

「そうですか。はい、わかりました。ありがとうございます」

ハジメは、電話を切る。

「どうだったの？」

「名前はわかりませんが、浴衣を着た女性が二時間ほど前に来たそうです。昔あった神社について訊ねられたので、ご神木は今も残っていると教えたようです」

地図を見ると神社があった場所と寺院の距離はそれほど離れていない。

「住職は止めたようです。暗いからまた改めなさい、と言ったみたいですが」

「ご神木に向かったと考えるのが妥当？」

「祭の夜に、ご神木へと向かうなんて……」

「夜だし、危ないからねえ」

「そういう意味ではなくて」

ハジメは、何やら言いたげだった。しかし、絹子の鈍い反応に埒が明かないと言わんばかりに、鞄を肩にかけると地図を持って教室を出る。

「ど、どうするの？」

「決まっています。探しに行くんです！」

と、そのまま走っていった。

ハジメは悪い人ではないと思う。でも……、と窓を見る。外は真っ暗闇だ。

絹子はどうすればいいかわからず、とりあえず大家に相談することにした。

○●○

ほぅほぅと鳥の鳴き声が聞こえる。明日香はゆっくりと瞼を開けた。

「しまったなあ」

明日香は寝そべっていた。間抜けとしか言いようがない。

慣れない浴衣と下駄、加えて夜の山道。さらに注意力散漫とくれば、遭難の『そ』の字が見えてくる。

大学の裏山にある寺院から見えた大きな木、ご神木を目指して歩いてきた。住職には心配されて早く帰れと言われたが無視した。言うまでもなく自業自得だろう。結果、山道から転げ落ちた。上ばかり見ていたのが失敗だった。

不幸中の幸いは、下が柔らかい地面だったことだ。落ちた場所は竹林で、腐葉土と落ち葉がクッションになった。揺れる竹がざわざわと涼し気な音を立てている。竹の隙間からミルキーウエイ。少し標高が高いので星空が町中より綺麗に見えていた。

短冊を持ってくればよかったと明日香は思った。いくらでも下げることができるし、何より星が近いほど願いが叶いそうだ。ただ、願い事をかけるには一日遅れてしまったが。

「今、ここで願うとしたら、救援求ム、かな」

自虐気味に言いながら、ゆっくり立ち上がる。ついひとりごとを漏らすのは明日香の癖だ。声に出すことで考えをまとめているのだろう。本当なら泣きたくて仕方ないが泣いたところでどうにもならない。それよりも、早く神木に向かいたい。

どうしてだかわからない。明日香はここ半月ほど、ずっと説明できない衝動に駆られていた。着物を母から受け取ったころからだ。

『お狐さまに会わなければ、会わなければ――』

夢に出て、ときには幻聴も聞こえていた。最近、たびたび「体調が悪いの？」と聞かれていたが、そのとおりだった。

顔と手足に擦り傷を作っていたが、打撲はない。ただ右手が痛くもないのに動かない。おかしいなと引っ張ってみるとビリッと嫌な音がした。

「やっちゃった……」

浴衣の袖が木の枝に引っかかっていた。今更かもしれない。暗闇で見えないが、土埃と草の汁でシミも出来ているだろう。

「先生に汚れ落としの方法、聞かなくちゃ」

若い女講師の顔を思い出し、明日香は額に手を当てる。一体どれくらい気を失っていただろうか。スマートフォンを探すが、財布とともに入れた巾着が見つからない。足を滑らせた際、落としてしまったようだ。

「もー、最悪」

大きく息を吐く。枝に引っかかった袖をゆっくり引き寄せたが、もう半分以上破けていた。竹に寄りかかりながら立ち上がる。葉っぱと泥を払い、巾着を探す。目を細めるが見つからない。一度帰って翌日取りに来ようかと思ったが、家の鍵は巾着の中にある。

腰を屈めながら巾着を探すが、見つからない。どこへ落としたのか。ほうほうと聞こえる鳥の声が不気味だ。竹の揺れる音も、今は涼し気というより、恐ろしさを助長する。

ガサガサっと大きな音が聞こえて、明日香は「ひゃあっ！」と間抜けな叫び声を上げた。恐る恐る後ろを振り返る。暗闇の中に光る二つの目が見えた。野犬のような……、いや人学付近で野犬がいるとは聞いたことがない。けれど犬のような何かがいる。

出てきたのは犬ではなかった。柴犬のようにも見えたが、尻尾がふさっとしている。

「き、きつね？」

明日香はぼんやりと狐を見る。狐はくいくいっと顎を上下させる。何か言いたげだが、生憎、狐の言葉はわからない。狐は仕方なく立ち去ったかと思ったが、また戻ってきた。なんだと思えば口に見覚えのある巾着をくわえていた。

「返して！」

明日香は狐を追いかけた。狐は巾着をくわえたまま竹林を駆ける。動きなれない浴衣姿で野生の獣に追いつくわけがない、しかし狐は時折、明日香を待つように、立ち止まっては振り返る。

いつのまにか竹林を抜けていた。その先には、長い石段が続いている。ごつごつと歩きにくく、苔むしていて、あまり人が通っていないことがわかる。歩きにくい、明日香は前かがみになりながら進む。

狐はとんとんと石段を上がり、明日香もついていく。上っていくと、石柱が二つ、並んでいるのが見えた。

「鳥居だ」

原始的な二本の石柱にしめ縄をかけただけの鳥居。元はそういう形をしていただろうに、とうの昔に縄は朽ち果て、ただの二本の柱になっているだけの鳥居であった。

今は何もかも忘れられている。明日香はそう思った。

鳥居を抜けた先にあったのは何もない広場だった。平地にただ草が生えている。参道だったと思しき石畳の隙間という隙間から、雑草がのびていた。

「ここは――」

からんからんと鈴の音が聞こえた気がした。明日香は前に進む。歩くたびにゆらりゆらりと腰まである雑草が揺れる。草は深い緑から少しずつ淡い黄緑へと変わっていく。周りが段々明るくなっていく。いつのまにか草丈は縮み、地面の中へと消えていた。不揃いな石畳は道となり、その先には小さいが立派な社が現れる。

疲れて猫背になっていたのに、自然と伸びていた。慣れぬ着物と下駄が急に楽になる。まとわりつくような着物の裾が軽くなり、袖の重さが気にならなくなった。

――あれ？

体が明日香の意思とは別に動いているようだ。当たり前のように石畳を歩き、社の前に立つ。ただ、自然と手を合わせていた。

狐がいつの間にか横にいて、お参りするように頭を下げている。

神社は焼けて失われているはずだ。残っていたとしてもこんなに綺麗なわけがない。

夢を見ているのだと明日香は思う。ならば納得できる。空はミルキーウエイから、青空に変わっていた。

明日香の体は、お参りを終えると境内のさらに奥に向かう。大きな木があった。しめ縄を巻き、静かに鎮座している。ご神木だ。二本、対に並んでいる。

そのうち一本のご神木の前に誰かが座っている。作務衣を着た少年で、罰当たりにも神木に寄りかかって昼寝をしていた。横には鴉が懐いた様子で眠っている。雛から少年が育てたと、何故か明日香は知っていた。

明日香の体は自然と走っていた。何をするかと思えば、昼寝少年の頭を拳で殴りつけた。驚くところだが、なぜか当たり前に思った。それどころか、少年に対して説教をしている。

――誰かの夢だ。

やはり白昼夢、しかも誰かになりきっている夢を見ている。不思議だがなんだか懐かしく、悪い気がしなかった。狐も明日香に寄り添っている。

少年は、明日香が見ている夢の人物の幼馴染みのようだ。神社の息子でそこで働いているらしい。しかし、神社にしては仏像があったり読経を唱えていたりとなんだかおかしい。

少年が気ままなのは、神社を継ぐのは兄で自分は自由な立場だというのもあった。仕事をさぼっては、ペットの鴉とよく来る狐と遊んでばかりで、幼馴染みに叱られていた。

狐と鴉は縁起がいいと、皆、可愛がり丸々と育っていた。狐は昔、猟師から親を失った子狐を貰ったものだ。少年は鴉の雛を育てていたので、食べられないようにと、面倒を見ていた時期もある。しかしそんな心配はいらず、鴉と狐は仲良しになり、狐の頭の上が、鴉の定位置となった。

ずっと続いてほしい、気ままな時間。でも、時代が変わるとともに、少年少女が成長するとともに、何も変わらないということはあり得ない。

ある日、少年は見慣れぬ服を着ていた。ちゃんと着物を着ることさえ珍しかったのに、洋服をしっかり着こんでいる。学ランのような上着に下は袴、足にゲートルを巻いていた。

ふざけて笑う少年を、明日香はポカポカ殴る。少年の家は解体されていた。以前から、神社と寺が混じることは許さないと言われていた。時代が大きく変わる前にと、少年の父親は神仏分離を受け入れることにした。今後、寺のみを少年の兄が引き継ぐことになる。神社は他の者が引き継ぎ、長子以外は必要がなくなった。

幕府の終焉の時代だった。少年は行き場を求めて、戦《いくさ》に出ていく。

戦で勝てば、褒章がもらえる。それで、商売を始めると気楽に言う少年。ただ、怒りながら泣く明日香。もう決まったことで、ただの幼馴染みが何を言おうが意味がない。狐は明日香を慰めるように「くぅん」と鳴き、顔を擦り付ける。鴉は少年の肩に乗り、小首を傾げていた。

明日香は少年のゲートルがほどけていることに気付く。鼻水をすすりながら、己の着物の袖を引きちぎった。唖然とする少年を無視し、ゲートルを解き、着物の袖で巻きなおす。着物は祭りに着ていく一張羅として、ずっと縫っていたものだった。お囃子の中で、「綺麗に縫えたでしょ」と見せびらかすつもりでいたのに。

少年はその前に行ってしまう。その前に見せたくて、今日着てきたのだ。

笑いながら去っていく少年。鴉は留守番と言い聞かせたのに、結局、少年と出て行った。明日香はずっと一緒に遊んでいた狐を抱きながら泣いた。ただただ、泣きはらした。

その年、祭りは行われることがなかった。明日香は狐とともに毎日ご神木に行った。

時折、少年の兄のところへ経過を聞きに行く。しかし、いい返事はなく、むしろ忘れろと促すばかりだった。少年の兄は明日香を嫁にしようと考えていた。いつしか明日香もその気持ちに気付いていた。

自然と寺に行くことはなくなり、ただご神木の前で祈った。迦楼羅天でも稲荷でもなく、分かれる前の飯縄権現に祈った。像も絵も処分され、違う神へと変えられたため、明日香はご神木の枝を骨組みに、和紙を張り合わせて面を作った。誰にも見つからぬよう、こっそりと元の飯縄権現を崇拝した。

戦が終わった、と聞いたのは、祭りが再開された年だった。

お囃子が聞こえる。短冊が揺れる。提灯が眩しい。

明日香はあの一張羅の着物を着て、ご神木の前に立っていた。破った袖は残っていた反物で付けたし、作った面をかぶっていた。

手には短冊、願い事を書けと新しい神主に渡された一枚。

短冊に何を書こうかなんて考える必要もない。ただ、会いたい。ちゃんと会って怒らないといけない。怒って、かっこつけるな、待ちくたびれたぞと殴ってやらないといけない。

願い事は、ただ一つ。

——また会いたい。

涙があふれだす。親には早く嫁にいけと言われる。少年の兄なら、ちゃんと面倒見てくれると。悪い人じゃない、むしろいい縁談だ。

でも、違うのだ。そんなんじゃない。

お囃子の音で明日香の嗚咽はかき消える。誰もご神木の前にはいない。ただ狐のみが鼻をこすりつける。

一年に一度、織姫と彦星が再会できるのなら、明日香も少年と会いたかった。

一年に、いや何十年に一度だっていい。ただ、彼が生きているところを見られたらそれでいいのだ。

ふと、背後から音が聞こえてきた。振り向くと黒い小さな鴉がいて、首を傾げながら近づいてくる。

なんで鴉？　しかもこんな夜中に？

鴉なんてどこにでもいる。だが、どこか見覚えのある鴉だった。

疑問を持つと同時に、鴉の足に何か布が巻き付けられていることに気が付いた。その色あせた布に明日香は見覚えがあった。少年の鴉だと明日香は気付く。
鴉に駆け寄る。鴉の足の切れ端。あの時、少年の足に巻き付けた着物の袖だった。
涙があふれる。
逃げもしない鴉にすがりより、ただ笑った。笑いながら言った。
「おかえりなさい」
と。
鴉は笑うように嘴《くちばし》を開ける。
「ただいま」
聞き慣れた声。
ポカポカと数えきれないくらい叩いた相手の声がした。
鴉の体が大きく伸びて、そして少年から青年へと成長した幼馴染みへと変わった。
怒るつもりで、殴るつもりでいたのに、ただ泣いて笑って、そして抱きしめていた。
もうどこへも行かないように、ぎゅっと抱きしめた。
遠い遠い記憶が明日香の体全体にしみわたってくる。
もう自分が何者かもわからない。ただ、この夢のような心地に身をゆだねたくなった。
まどろみのような心地よさに飲まれるように、明日香の意識はふっと消えた。

「まったく、面倒事持ってきやがって」

憎まれ口をたたくのは言うまでもなく大家だった。絹子に電話で呼び出され、至極不機嫌だ。しかも、山登りなんて慣れないことをしているのなら、さらに機嫌が悪い。

大家と絹子は真っ暗な大学の裏山に登っていた。

大家の手には古めかしいランタンが一つ。時刻は日付が変わる直前。二人は、コムラを探しに来ていた。

「そのコムラさんを追いかけて、一女も登ったのか？」

「うん」

あの場合どうすればよかったのかわからない。ひどくハジメは慌てていた。絹子を置いてコムラを追いかけていった。

「山で遭難と言っても、ここら辺には野犬なんていないし、慌てるとよくないと思ったんだけど。下手に追いかけても二次遭難になるだけだし」

「おおむね判断に間違いはない」

大家から珍しくお誉めの言葉をいただいた。でも、それならおかしいところがまず一つ。

「じゃあ、なんで今、私たち追いかけているの？」

大家は来るなり、ランタン片手に山へ案内しろと言ってきた。二次遭難になるフラグとやらではなかろうか。

「むしろ心配なのは、一女のほうだ。ちと特別な理由があってな」

大家が表情を曇らせる。普段ならちゃんと手続きを取ってから物事を始めるのに、今日は余裕がない。せめて大学の警備員に話をしておこうと思ったが、それも止められた。

「大家さあ、そんなに心配するなら、なんで普段からもっと優しくしないの？」

絹子は疑問を口にした。大家が人嫌いなのは知っている。でも、未成年の女の子に対して、しかもあれだけ大家を慕っている人間に対して冷たいのはどうなのだろうか。

「大家好き好きオーラが出ていたよ」

「その言い方、シロに習っただろ？」

「なんでわかったの？」

大家は呆れつつ、速足で坂道を登っていく。なんだかはぐらかされたようだ。

地面は湿ってとても歩きにくい。大家は草履なのでさらに歩きにくいだろう。絹子は珍しくスニーカーを履いていたのでよかった。

「一つ聞いていい？」

「なんだ？」

「コムラ、いや大村さんって子なんだけどさ。なんで、ここまで神社にこだわったのかな？夢に見たとか言っていたけど。ここのところは、それが原因で体調も悪かったようだし」

本人もなぜこだわるのかよくわかっていないようだ。

大家は面倒臭そうに絹子を振り返る。説明しないといけないのか、と目で語っていたので、教えろ、と目で返す。

「おそらく、混じり者だからだろうな」

「混じり者？」

絹子は首を傾げる。雑木林から竹林に移動して、さらに歩きにくくなっている。

「天狗の血でも混じっているんだろうよ。ごくごく稀にそういうのがいる。もちろん、普段はただの人だ。普段はな。前に、神社に来ていた子だろう。シロのことを聞いてきたたーくんの事件の時だ。そう言えば聞いていた気がする。結局、答えることなく警察騒ぎになったのだが。

「混じり者の中には、見えないものが見え、感じ取ることができる奴もいるんだ」

大家は多少不服そうに言った。神職なのに、大家はオカルト話に対して否定的だ。でも、ほとんど否定するけれど、全部が嘘だと言い切らない。

なので、こうやって認めるような言い方をするのが嫌なのだろう。

「血に呼ばれてきたのかもしれないし、何か別のモノに誘われてきたのかもしれない」

「憑りつかれてるってこと？」

「……さあ、わからん。ただ」

大家は立ち止まり、絹子の髪に触れる。何をするかと思えば、根本の髪紐を見ていた。

「お前、売れ残っているからって魔除けの組紐、バンバンやってただろ？」

大家にばれていた。絹子は明後日の方向を向き、作り笑いを浮かべる。

「ええっと、なんのことかな？」

「しらじらしい。今回はいい、ただ今回だけだ。もし『破魔』の役割を果たすのであれば、『悪意がある』変なモノは寄せ付けてねえだろうからな」

絹子の髪を払い、また足を進める。竹林を抜けると今度は長い石段が見えた。石段の上に、ハジメを見つける。

「いた！」

絹子は石段を慌てて登ろうとして、足を滑らせる。

「何やっている」

「ごめんなさい」

転ぶ前に絹子の身体は、大家に支えられていた。大家は絹子を離すと、ハジメを見る。

ハジメはなぜか手に小刀を持っていた。遠目からでも肩で息をしているのがわかる。妙に疲れているようだ。大家の存在にも気付いていないようで、ランタンで照らされてようやくこちらを見た。

「おにいさま……」

安心したような、それでいて気まずそうな声。

「小刀は片付けろ。危ないだけだ」

大家は視線をハジメではなく、その周りに泳がせる。

「でも！」

「もう出てこない」

大家は、絹子には意味不明なことを言っている。説明してもらおうかと思ったが、それよりもコムラのことが心配だ。

ハジメは荒く息を吐いていた。体力がないのだろうか。確かに、山道は長かったが、引きこもりの大家でも登れた。もしかして、方向音痴でぐるぐる回っていたのだろうか。

絹子は勝手に想像して親近感をわかせていた。

「お水飲む？」

疲れているようなので、鞄からペットボトルを出した。

「いりません」

きっぱり断られた。教室ではもう少しスムーズに話せた気がしたのに、今はずいぶんツンケンした態度だ。

「あなたは大丈夫なんですか？」

少し不思議そうに絹子を見るハジメ。

「神社の石段で鍛えているから平気」

「……そんなんじゃなくて」

どこかイライラした顔を見せた。大家はハジメを気遣うこともせず、石段を上がっていく。さっきもう少し優しくしろと言ったばかりなのに。

「祭の夜は普段より、不安定なモノが多い。さらに、山という場所になれば、特にな。教えたはずだろう」

　またわけのわからない話。ただ、ハジメには通じるのか口をきゅっと結んでいる。

「自分を過信するな。犬たちも連れて来ずに」

　石段を登り終えると、石柱が二つ立っていた。その奥に何もない広場があり、大きな木が二本、対になりその存在を誇示している。その根元に、三人の男女と犬。一人はコムラで泥だらけで着物の袖も取れていた。片方の木にもたれかかるように眠っている。

　残りは二人の男女。一人は学生服とも和服ともわからない奇妙な出で立ちの青年、もう一人はコムラと同じ着物を着ていた。顔もそこはかとなく似ていて、愛おしそうにコムラを見ている。犬に見えたが、近くにいる生き物はどうやら狐のようだ。もっさりとした尻尾が魅力的だったが、絹子が近づくといなくなってしまいそうなので遠巻きに見る。

　大家は三人に近づく。コムラの前に立っている二人に向かって何か言っているようだが、聞き取れない。ただ、男女二人は悲しそうな顔をする。

「おい」

　大家が絹子を見て呼んだ。ほとんど名前を呼んだりしないいため、なんだか偉そうだといつも思ってしまう。

　絹子は大家の元へと向かう。コムラは気を失っているようだが、これといって外傷はない。せっかくの着物がボロボロになっているのは、かなりもったいなかったが。

「大丈夫そうだけど……」

その隣の人たちは一体誰なんだ、と聞こうとしたらすでに見えなくなっていた。一体、どこへ行ったのか、周りを確認する。

大家はご神木をじっと見ている。

「さっきの二人は？」

「もういない。それより、あの二人のことをどう思った？」

「どうって言われても」

コムラのことを優し気に見ていたようなので悪い人たちではなさそうだった。あくまで絹子の主観で本当のところはわからないけれど、と正直に大家にそう伝える。

「おまえは？」

大家は後ろを振り向くと、妙に疲れた顔をしたハジメに聞いた。

「コムラさんが今、こんな目にあっている理由を考えたら、悪に決まっています。なんで野放しにする理由があるんですか？」

きつい言い方をするハジメだが、言っている意味がよくわからない。絹子は首を傾げながら、ぺちぺちとコムラを起こす。しかし、なかなか目覚めない。

大家は神木の根元に狐の面が落ちていることに気が付くと、拾い上げた。さわさわと木が風に揺れてざわめく。何か伝えたいような、語り掛けるような揺れ方だ。

「ナギの木か」

「ナギの木？」

「神木に多い木だ。雌雄一対で植えることが多い」

だから二本あるのか、と絹子は納得する。

「移植するにもこれだけ大きければ、さすがに難しいか」

「えっ⁉　なんでいきなり移植とか、言い出すの？」

唐突すぎて絹子は首を傾げる。

「まがりなりにも神ってやつを、住処も与えずに放置するのは忍びないだろ。うちの神社に新居を構えるというのが、平和的解決だからな」

神社には複数の神が祀られていることは珍しくない。主に祀られている神は主神、他は配神と呼ばれる。配神は主神と所縁ある神が多いが、関係ない神の場合も少なくない。神社が神様の家なら、集合住宅があってもおかしくないだろ、と大家に昔、説明された。

「おにいさま、何を言っているんですか？」

ハジメが真っ青な顔をして大家に突っかかってくる。珍しいな、と絹子は思いながら、まだぺちぺちを続ける。

「そのまま放置するわけにはいかないだろう」

「なら、さっさと消してしまうほうがいいに決まっています。現にこのとおり被害者も出たんですよ！」

「……決定事項だ。黙っていろ」

また大家がハジメをぶった切る。絹子も人付き合いが上手いほうではないが、物には言いようがあることくらい知っている。ただ、二人の間には絹子にはわからない大きな溝があることだけはわかった。

とりあえず倒れたままのコムラをどう持って帰るのか、そこが問題だと思った。

結局、目を覚まさなかったコムラを、絹子たちは玉繭神社に連れ帰った。

「ありえないと思うんだけどな」

コムラを背負ったのは絹子だった。

「神社の階段で鍛えているんだろう？」

ひどい話だ。大家は絹子の鞄は持ってくれたが、途中でコムラを背負うのを代わるとさえ言わなかった。

広間に布団を出して眠らせる。さすがに泥だらけの着物を着せたままにしておけないので、絹子の浴衣を着せた。

コムラは命に別状はないようだが、どうにも衰弱しているように見えた。

もしかして、さっき大家とハジメが言い争っていたことと関係があるのだろうか。それとも、ここ半月ほど少し元気がなかったし、祭の疲れがどっと来たのだろうか。

絹子は手ぬぐいを絞り、コムラについた泥を拭う。ちょうどシロが通りかかったので、手招きして呼び寄せる。

「大家たちは？」

絹子の質問に、シロは本殿のほうを指す。

「ハジメちゃんが噛みついているよ。あんまりこっちでは話したくないのかもしれないね」

「……ねえ、私の代わりにここにいてくれる？　別に何もしなくていいから」

起きた時に誰もいないとコムラも不安になるだろう。そのために誰かについておいてもらいたい。

「ええー、仕方ないにゃー」

ふざけた語尾をつけ、シロは座布団とタブレットを持ってきてコムラの横に寝そべる。

本当に何もする気がないらしい。

「お願いね」

絹子は、広間を出て大家のいる本殿へと向かう。中に入ろうとしたところで、ハジメの声が聞こえた。

「なんで、消してしまわなかったんですか？」

ハジメの声は震えている。大家に歯向かった態度をとるのは珍しく、おかげで絹子は出そびれてしまった。

ちらりと本殿の中をのぞくと、ハジメと大家の間には狐の面が置いてある。そして、その隣には小さな鴉がちょこんと座っていた。

あの鴉はどこから来たのだろうか？　なんとも、不思議な光景だが二人は話を続ける。

「なぜ、消そうと思った？　お前は今回の件をどういうものだと理解している？」

「なぜって、呪《のろ》いに決まっているじゃないですか」

「違う」

大家が否定する。だろうな、と絹子は思う。大家はオカルトめいたことには否定的だ。いつものように、科学的根拠を並べて、ハジメを納得させるのだろうと、絹子は思った。

——思っていた。

「あれは呪《のろ》いじゃなく呪《まじな》いだ。短冊に願い事を書くのと一緒だ。最初にコムラって子の先祖が行い、代々、子、孫が七夕になると先祖と同じ行動をする。祭事自体が大がかりな呪《まじな》いの一種だ。それに、上手く混ざったのもあろう」

意外な答えに絹子は首を傾げた。

「祭がなくなることで、呪《まじな》いが変質して、あのような形をとったに過ぎない。元々、才覚があったんだろう。狐もまた、式になりかけていたようだからな。鵺なんて完全に混じってしまったくらいだ」

「呪《まじな》いって……」

「模倣呪術の一種だ。過去にあったことを繰り返すことで効力が発揮される。七夕の願いという形で呪《まじな》いをする。あと数世代続ければ自然消滅していたはずだ。それだけ弱い」

大家は面倒くさそうに答える。大家がオカルト存在の肯定を口にするのは珍しい。ないとは言わないが、どうにもはっきり言及することはない。なので、絹子はいるかもしれないけど、絹子にとってはいないものとして考えている。その考え方のほうが、より楽に生活していけるからだ。

　大家がオカルトを肯定しないことで、絹子は楽に生きていける。もしかして、見えているものを見えないようにしているのかもしれない。大家の計らいに甘えて……。

「実際、呪われた状態にありましたよ、コムラさんは。あんな場所に一人で向かって、害がなかったことのほうが不思議でたまりません」

「害がなかったのは、これのおかげだ」

　大家は懐から組紐を取り出す。絹子が作った紐で、よく髪をくるのに使っている。

「それって……。あの人を山に連れていったのは、これが理由ですか？」

「さあな」

　大家は黙る。

　絹子はなんとなく、居づらくなりそっと本殿をあとにした。呪いだか、なんだかわからない。ただ、そういう話を絹子は聞いてはいけない気がした。

　知らなくていい何かがあって、絹子はそこから遠ざけられている。好奇心で首をつっこむという手段もあるだろう。でも、それをやっては、もうあとには戻れない気がした。

　大家が何も知らなくていい、と言うのなら、絹子はその言葉に甘えて愚鈍な人間でいたほうがよかろう。

社務所に戻ると、ぼんやりした顔のコムラが起きていた。状況を呑み込めていないようだ。いきなり起きたら知らない部屋にいて、しかも着替えさせられていたら驚きもしよう。どう説明しようかと、絹子は悩みつつ、とりあえず目線を合わせる。

「……おなか空いてない？」

「……空いてます」

この回答が得られただけで良しとする。お腹が空いては何も考えられないというのが絹子の持論だ。話を読んでいたかのように、すでに座敷の隅にお膳が置いてあった。クロが置いてくれたのだろう。よく見ると、枕元にペットボトルのスポーツドリンクも置いてあった。『飲んでいい』と付せんが貼ってある。

「ここ、先生の家、でいいんだよね？　社務所？　さっき白髪の子がいたんですけど、前に髪切り魔の話の時にいた子ですよね」

「そんなとこ」

絹子はお膳を枕元に持ってくると、「食べる？」と聞いた。ちゃんと絹子の分も用意してある。コムラはぼんやりした顔で頷く。なんだか喉が渇いているように見えたので、さらにスポーツドリンクをすすめる。

「やっぱり飲んでよかったんですね」

きゅっと蓋を開けて口にするコムラ。

「飲めばよかったのに。言わなかった？　シロくん」

「いや、その子、私が起きたら、さっさと部屋の外に出て行きましたよ。誰が置いたのかわからないのに、飲むのはどうかと思って」

「ここに住んでいる子が用意してくれたから、飲んでいいんだよ。ごはんもほら、ちゃんと用意してくれている」

　さっと渡すと、コムラはお膳を凝視する。お膳にも付せんが貼ってあった。

「すごく気遣いのできる人なんですね。アレルギー表記付き。さっきの白い子かな。私、なんでも食べられます」

「残念、もう一人います」

　付せんには使われている材料が書かれてあった。しゃべり方はぶっきらぼうなのに、やたら面倒見がいいのがクロだ。

　コムラが気を遣わないようにと、絹子が先に箸をつける。つけたのはいいが、出汁巻卵がほどよい甘じょっぱさで悶絶し、ついどんどん食べてしまう。お茶碗が空になったのでご飯をよそいに行こうと思ったら、お櫃《ひつ》がいつのまにか部屋の隅に置いてあった。

「おかわりいる？」

「ええっと、一杯で十分です」

　ちょっと呆れた顔をされてしまった。

　コムラはごはんを半分ほど食べたところで、落ち着いたようだ。ようやく今の状況について確認してきた。

「……私、あまり今日の記憶がないんですけど、どうしたんでしょうか？」

「神社を探して、大学の裏山にいたんだけど、それも覚えてない？」

「寺の住職さんに場所を聞いて向かうところまでならぼんやり覚えているんですけど」

そのあとがかなり曖昧らしい。ただ、どこか顔が晴れやかだった。

「なんだかとても切ない夢を見た気がします」

「そうなんだ」

「でも、最後には少しだけ報われた気がします」

「うん」

夢の話なのに、まるで現実に起こったことのように、コムラは話す。結局、狐の元に行けとはなんだったのか、絹子はよくわからない。ただ、ごはんが美味しい。それで十分だ。

「よくわからないけど、ご迷惑をおかけしました」

深々と頭を下げるコムラ。絹子はつられて頭を下げる。

「ここ最近、何か悪いものに憑かれているんじゃないかと思ったけど」

コムラは最後に出汁巻卵を噛んで飲み込む。

「気のせいだったみたいです」

食事が終わったところで、今度はみずみずしい桃が置いてあった。

「なんか、すごくタイミングがいいですね」

「うん。本当に気が利く」

「どんな人かわからないですけど、マヨイガの話を思い出しました」

「まよいが？」

絹子が首を傾げる。

「東北のお話で、迷っていると見知らぬ家が突如現れるってやつです。誰もいないのに、なぜか入ってきた人をもてなすとか」

「そうなんだ」

今度、大家に詳しく話を聞いてみようと思う。

「ところで先生」

コムラは枕元にあった巾着に気が付いて中から携帯電話を取り出す。

「今日ってバタ祭当日ですよね？」

「そうだね。なんだかんだで、夜が明けちゃった」

柱にかかっている時計を見ると、もう夜明け近くだ。

「大丈夫なんですか？」

「大丈夫って？　ああ、ごめん私、ごはんかなり食べるほうだから、これくらいじゃお腹壊さないよ」

爪楊枝で桃を突き刺しながら、パクパク食べる絹子。少し恥ずかしいが食べだしたら止まらないのだから仕方ない。

「いえ、それもですけど……」

どこか気まずそうに、コムラが続ける。

「浴衣の着付け、今日は朝からじゃないんですか？」

コムラの一言に絹子の表情が一変する。

「そうだった！」

慌てて立ち上がると、浴衣を準備しにアンテナショップへと向かおうとして、立ち止まり、後ろ向きに歩きながらコムラを見る。

「ゆっくりしていっていいから。食器とかそのままで大丈夫。服は教室に置きっぱなしだから、よかったらそこの浴衣着て行って」

それだけ言って、準備に向かった。

幕間　その三

トントンと木槌の音が聞こえる。おじいちゃんが一人、境内の傍らで仕事をしている。

「一息いかがですか？」

絹子はお盆にのせた果物とお茶を藤棚の下のベンチに置く。おじいちゃんは額の汗を拭きながら、ふうっと息を吐いた。

「ありがとうございます」

丁寧に頭を下げるおじいちゃん、全国で百人もいないという今は珍しい宮大工だ。ここ数日、玉繭神社に来て、小さなお社《やしろ》を作っている。

なんのお社かと言えば、この神社に新しい神様を迎えるためのお社だとか。そして、なんの神様かと言えば――。

「久しぶりにコッチの仕事もらえたのは嬉しいが、いきなり二社建てるとはねえ。ここの神さんは、下宿神が二柱も増えて大変だろうに」

「そうですねえ。しかも、あとから来たほうがよりメジャーですから」

玉繭神社の祭神は稚日女命《ワカヒルメノミコト》だ。マイナーではないが、メジャーでもない。対してやってくる神様と言えば。

「宇迦之御魂神《ウカノミタマノカミ》と賀茂建角身命《カモタケツヌミノミコト》ですもんね」

絹子が嚙まなかった理由としては、近くにおじいさんが持ってきた設計図があったためだ。そこに二柱の名前が書いてあった。この名前では一般的にピンと来ない人が多いかもしれない。わかりやすく言えば、稲荷と八咫烏《やたがらす》だ。

本当なら飯縄権現を祀りたいところであっただろう。でも、神とも仏ともはっきりしない存在なので、ちょっと祀るのは面倒らしい。結果、似たような神様を二つ祀るということになった。

正直、こんな適当でいいのだろうか、と絹子は思うのだが、大家がそうすると言った以上逆らうつもりはない。要は祭の体裁をとれればいいとのことだ。

祭と言えば――。

玉繭神社の境内は、祭の様相にすっかり変わっていた。ちりんちりんと鳴る風鈴がいたるところにぶら下がり、竹も立てかけられ、さらさらと涼し気な音を立てている。

学園祭は七夕を七月に祝うが、玉繭神社では旧暦七月で祝う。辺鄙な神社の稼ぎ時なので、力を入れている。今年は去年より二割多く風鈴を仕入れたので、頑張って売っていきたいところだ。

「ここは狛犬《こまいぬ》じゃないんだねえ」

「ええ、養蚕では犬より猫のほうが役に立ちますから。やっぱ犬のほうがいいですか?」

絹子の質問におじいさんは首を振る。

「そんなもん、時代が流れればどうせ形が変わるから気にすることもないよ。狛犬と言うが昔は、片方は獅子だったくらいだ。どちらも犬になった時点でおかしいんじゃないかね」

「片方は獅子」

つまりライオンだ。和風の神社にライオンがいるという時点で違和感半端ない。

「今は、『阿吽《あうん》』の差しかないけどね」

「あうん？」

「阿吽の呼吸っていうだろ。それだよ。片方が口を開いて『阿』、片方が閉じている形『吽』さ。最近はその差異すらなくなっているっていうけどね」

「そうなんですね」

絹子は自分の無知さに少し恥ずかしくなった。でも、おじいさんとしては蘊蓄を語れる場があって少し楽しそうである。

大家といい、このおじいさんといい、男の人は蘊蓄を語るのが好きなのだろうか。

おじいさんは、最後の一切れの梨を食べると満足したようだ。

「いやあ、美味しかったよ、ご馳走様」

おじいさんが「よっこらしょ」とベンチを立って、また仕事を再開する。

小さなお社でも、釘は使わない。柱と柱に切り込みを入れて組み立てていく。おじいさんが張り切っているのは、この手の仕事は最近減っているからとのことらしい。今の宮大工は、普通の建築会社に勤めていて寺社の仕事がある時以外は一般的な建物を作るのが通常らしい。

柱を組み立てていく様は面白いので、もう少し見ていたいが絹子にも仕事がある。お盆を片付けて、元の仕事に戻ることにした。

社務所に戻ると、二つの影が見えた。いつもハジメが連れている黒服の男性たちだ。絹子はペコリと頭を下げる。向こうも軽く会釈するがそれだけだ。

社務所の玄関には段ボール箱が積み重なっていた。注文していた販売用の風鈴が来たのだろう。張り付けてある伝票を見ると、大家の字が書かれてある。

「どうせなら、授与所に運んできてもらったらよかったのに」

絹子は口を尖らせながらも「ヨイショ」と運ぶ。けっこう重い。石段をわざわざ上って持ってきた運送業者さんも大変だ。

運んでいるうちに一つだけ種類の違う箱を見つける。大体、仕入れの業者ではない場合は大家の通販品だ。しかし、今回は違う名前できている。

「……玉繭神社内『一女』さま？」

ハジメとは『一女』と書くのか。読み仮名がついてなければ読めなかった。ハジメの荷物だが、苗字も書かないとは無精すぎるのではないだろうか。

絹子はどうすればいいのか、と首を傾げる。差出人を見るが、名前はない。

「とりあえず置いとくか」

勝手に開けるわけにもいかない。そのまま放置しておくことにした。

四章
しんきろう

古都の夏は暑い。島国特有のじめじめした空気に、山に囲まれた盆地のため気温が上がりやすいのだ。盆地の気候は体力を奪うとつくづく絹子は思う。

「ふぁあ」

あくびをしながら、ぱしゃっと打ち水をするが気休め程度だ。ホースを使って簡単に水まきをしたいが、「風流じゃないよね?」とシロに突っ込まれたので、桶に柄杓となんともレトロな方法でやっている。もっとも、境内に誰もいなくなったらホースでやる予定だ。

境内のあちこちに、風鈴がぶら下がっている。玉繭神社では旧暦に合わせて七夕を祝うので、風鈴の短冊に願いを書いてもらうのだ。ちりんちりんと風鈴が揺れる音と、短冊のカラフルな色は見ているだけでも楽しい。普段、閑古鳥が鳴いている神社だが、この時期は少し参拝客も増える。

「すみませーん、ラムネ一本くださーい」

授与所のほうで声がする。絹子は慌てて向かうと、五歳くらいの男の子を連れた女性がいた。日傘をさし、ハンカチでじんわりにじむ汗を拭っている。子ども連れで境内までの階段を登るのは大変だっただろう。

「はい」

絹子は井戸水で冷やしたラムネを取り出す。パタパタと揺れる『ラムネ』と書かれた旗がいい効果を発揮しているようだ。タオルで水滴を拭いて渡す。

母親は子どもにラムネを渡す。子どもはラムネを舐めるように飲む。母親は子どもが残すのを見越して待っているようだ。

「麦茶はいかがですか？」

ちびちびと子どもが飲んでいるのを見かねて聞いてしまった。

「いいんですか？」

「普通の麦茶でよろしければ」

母親は毛氈《もうせん》を敷いた長椅子に座る。日傘を持ったままでは大変だろうからと、大きな日除け傘を持ってくる。母親にお礼を言われ、男の子も真似して頭を下げる。

ガラスの器に麦茶と氷を入れて持っていく。子どもの分も用意する。茶菓子はどうしようか、と考えたがさすがにそれはサービス過剰かなとやめた。

「あー、おいしい。ここってけっこう段数ありますね」

「はい。百段くらいですかね。その分、ここからの見晴らしはいいんです」

大学で講師をはじめたおかげだろうか。絹子は初対面の人とちゃんと会話が出来るようになったと感じる。

「この子疲れちゃって、途中、だっこだっこうるさかったんですよ」

「そんなこといってない！」

男の子は違う違うと、両手を振る。何か上目遣いで絹子を見るが、子どもの考えを読み取れるほど絹子は器用ではない。

「そう？　秋の遠足、一人で歩ける？　先生も友だちもだっこしてくれないけど？」

「できるよ！」

胸を張る男の子だが、ラムネが飲みきれなかったようで、げっぷをして椅子の上に置いた。母親が苦笑いをしながらラムネを手に取る。

「最近の幼稚園って、けっこうスパルタなんですよ。子どもの遠足なのに、お稲荷さんに行くんですよ」

「えっ？　もしかして頂上までですか？」

お稲荷さんは全国にたくさんあるが、古都で『お稲荷さん』と言うと一つの神社を指す。無限に続くかと思われる鳥居がある、大社だ。

「そう、頂上。中腹で折り返すとかでいいと思うんですけどねえ」

「あれ、大人でもきついですよね」

絹子は一度だけ登ったことがある。参道巡りと銘打っているが、実質山登りだった。大家が「古都に来たなら、一度は挨拶に行け」と言われて行った。でも、引きこもりの大家は歩く気がなかったようで、連れて行ってくれたのはシロだったと思う。確か、五年くらい前だろうか。

ひたすら続く赤塗の鳥居に、周りの木々、横道がいくつもあり、人が住んでいるのかいないのかわからない民家がある。売店で売られている小さな鳥居が奉納された場所は、まるで神様の集合住宅のような、それとも墓場のような、人間が踏み入っていいのかわからなくなった。

あと、シロに唆《そそのか》されて着物を着ていったのも失敗だった。売店で買った狐のお面を背中の帯に勝手に飾り付けられたので、外国人観光客には面白かったらしく何枚も写真を撮られてしまった。しかも、どれもピンボケで写っていたらしく、怪訝な顔で絹子は見られた。

母親は、飲み残しのラムネを飲み終わると毛氈の上に置く。

「無限稲荷で直接練習すればいいかな、と思うんですけど、観光客もたくさんいるし、何より、なんだか不気味で……」

観光客が云々のところは無視しても、不気味というのはわからなくもない。現実世界と逸脱した風景なのは間違いないのだから。

「大変ですねえ」

「たいへんなんだよ！　おかあさんは、のぼらないのに、えらそうに！　えらいのはぼくだからね！」

ふんっと、男の子がいきなり走りだしたりするので、母親は慌てて子どもを追いかける。

「こら！　勝手に行かない！　すみません、ラムネの瓶、どうすれば？」

「そのまま置いといてください」

男の子と母親の後ろ姿を見ながら、絹子はラムネと麦茶を片付ける。ふと、男の子が絹子に何をして欲しかったのか、気が付いた。

「……誉めてもらいたかったのかなあ」

今更、わかってても遅かった。母子の姿は見えなくなっていた。

七月も半ば、早々と絹子は最後の講義を終えた。曜日の関係上、月曜が最後の講義になる。木曜の講義は先週で終わった。

講義を終えて片付けをしていると、コムラと坂崎がやってきた。倉敷はさっさと教室を出て行ったので、新しい彼と約束でもしているのだろう。

「先生は夏休み、ずっと神社ですか？」

「だろうね。お祭りの準備もあるし」

絹子はお祭りと言って、ふとコムラたちを見る。

「ねえコムラさんたち。夏休みって暇？」

「えっ？　暇と言えば暇なんですけど」

「私は、実家に帰りますね」

坂崎は駄目かと、絹子はコムラを見る。

「コムラさん、うちでバイトしない？」

絹子はこれ幸いにと切り出した。去年から崎守たちに短期でバイトに入って貰っているが、今年はさらに忙しそうだ。氏子さんを駆り出すのも悪いし、もう一人、二人くらい人手が欲しいところである。坂崎はいろいろ博識そうだったので、バイトにはいいんじゃないかと思っていたのに残念だ。

「お祭りのバイトってもしかして巫女ですか？」

「そうなるね」

「む、難しくないですか？」

「私がやっているくらいだよ」

「あっ、なら」

あからさまにホッとした顔をされた。なんだか複雑な気分だ。

「なんでもっと早く言ってくれないんですか？　飛行機とっちゃいましたよ」

坂崎が肩をがっくり下げる。巫女のバイトと聞いてやってみたかったらしい。

「坂崎さん、ごめん。コムラさん、まだ少し時間あるから、考えておいて」

「はい。そういえば、お社完成したって聞きました」

「うん。見に来る？」

新しいお社についてはコムラも一つ噛んでいるので、もっと早く教えてやればよかった。

「近いうちに。あと、それとは別なんですけど……」

何かもじもじしながら絹子を見るコムラ。なんだろうと首を傾げる。

「先生、オカルトは得意ですか？」

コムラの代わりに坂崎が言った。コムラが「私が言うはずだったのに！」と言わんばかりに坂崎を見ている。

「いきなり何を言い出すかと思えば」

絹子はどきりとする。先日のお祭りの件、コムラは何かよくわからないものに引き寄せられていた。絹子はよくわからないが、大家とハジメにはその原因がわかっていたようだ。そのためだろうか、コムラの家に先祖代々伝わる着物とお面を玉繭神社内に新しく作った社に奉納し、新たに神として祀ることにしたのだ。

大家は細かいことを説明するのが面倒だと、あたかもそれっぽいことをコムラに説明して着物と面を奉納させた。あれから、コムラもごく普通になんの影響もなく日常をおくっているので絹子も気にしなかったのだが……。

「私はわかんないよ、全然。幽霊なんて見たことないし」

「そうなんですか？　私は、霊感があるように見えますけど」

ジーッと坂崎が見る。ボブカットの少し奇抜な服を着たこの子は、妙な存在感がある。

「そんなこと、ないない」

絹子は否定しながら、箒で床を掃いていく。

「じゃあ、興味はありません？　私、都市伝説研究会に入ったんです」

目をキラキラさせてコムラが言った。

「……うちの大学、変わったサークルあるんだね」

絹子は理解できぬと首を傾げたまま、二人を見る。

「変なサークルというか、けっこう歴史が深いトコなんですよ。古都って妙な事件が多いじゃないですか。最近で言うと、髪切り魔に殺人鬼……」

コムラは口にして、しまったと表情に出す。髪切り魔もそうだが、殺人鬼とやらは、今年の二月までこの教室で講義を受けていた学生だ。

「す、すみません」

「私は別にいいけど」

ただ、他に気にする人はいるので、その人の前で話さなければ問題ない。

「もしかして、オカルトってその話？　なら、私は興味ないから」

「いえ、違います！　神隠し、神隠しのことについてです！」

「神隠し？」

絹子が聞き返すような発音をしたのがいけなかった。興味を持ったかと思われた。

「気になるんですね！　じゃあ、今日のお昼、暇ですか！　このあと、ミーティングあるんですよ！」

「場所は、第二グラウンド前の文化部部室棟です」

すかさず坂崎が付け加える。彼女もその研究会とやらの一員なのか、しゃべりながら器用にスマートフォンを操作している。絹子には真似できないことだ。

「い、いや、私、用があるから」

クロの作ってくれたお弁当を食べるという大切な用事がある。栄養摂取、生きる上で欠かせないことだ。

「本当ですかー？　面倒だからって断ろうとしてません？」

コムラが疑いの眼差しを向けてくるが、心を鬼にして無視する。

「無理強いする気はないので。ほら、行こうか」

坂崎がコムラの肩を叩いて、教室から出ようと促す。

諦めてくれたらしい。絹子はほっとする。

「でも、先生。気を付けてくださいね」

コムラの背中を教室の外へと押し出しながら坂崎が言った。

「何を？」

「神隠しです。今年になってから、古都での行方不明者が多いらしいですよ」

坂崎はスマートフォンを見せる。電柱に貼られた人探しの張り紙の写真だ。中学生の女の子で、夏休みの終わりころから消息不明らしい。

そういえば、以前、ニュースで行方不明について報道されていた気がする。

「最近、こういうの多いんですよ。私が知っているだけで、三、四人、いなくなってます」

「そうなの」

「はい。みんな、中高生以下の年齢ばかりです」

坂崎は無表情で答える。

「家出ではないの？」

「可能性はありますが、数か月戻ってない子もいるので家出では片付けられないですね」

事件にするなとは言えない。

「物騒なんで、先生も気を付けたほうがいいかなって」

「……ちょっと待って。私、中高生じゃないんだけど」

しっかり成人している。

「でも、そういうの引っかかりそう」

坂崎は言うだけ言って、「あっ」と絹子を確認する。

「先生、いくつですか？」

「二十五です」

「失礼しました」

坂崎は敬礼をすると、コムラを連れて教室から出て行った。

絹子はぐぬぬっと表情を変えて、掃除を続ける。やはり、先生としての威厳はまだまだ足りないらしい。


前期最後の講義を終え、もろもろの仕事を終えて帰ると、空は赤みがかっていた。絹子にしてはずいぶん遅くなってしまった。

「クロくん、ご――」

「飯はまだだから、風呂に入れ。腹が持たないのなら、そこにあるブドウでも食べてろ」

絹子の行動パターンを完全に把握している。絹子はテーブルの上に置かれたブドウを摘まむ。皮ごと食べられるマスカットで、お供え物のお下がりだ。

「これ、美味しいね。身がしっかりしてる」

「高級品だからな。味わって食えよ」

「全部食べてぃいの？」

「お前の分と、その他の分を分けるくらいの脳みそあるから」

ならば遠慮せずにどんどん食べる。食べ終えたらお風呂に入ってごはんだ。

「あっ、風呂に入る前にそこにある段ボール、大家のとこ持って行ってくれ」

「はーい」

皿を片付け、手を洗いながら絹子は返事をした。段ボールはいつもの通信販売の物だ。ずっしり重く、絹子は持ち上げて大家の部屋へと向かう。

渡り廊下の先にある離れの部屋をノックする。

「大家入るよー」

返事も聞かぬまま入ると、けだるさを全面に出した大家が布団の上でごろごろしていた。暗い部屋の中にパソコン画面だけが光っている。

「目、悪くなるよ」

絹子は、どすっと、段ボール箱を置く。言ったところで話を聞く大家ではない。さっそく、絹子が持ってきた段ボールを開いて、中を物色している。

「マンガ？」

絹子は座り込み、中を覗き込む。残念ながら、絹子が読めるような本ではなかった。小難しい古めかしい装丁で、開くと旧字体がたくさんある。

「ねえ、現代語訳ってないの？」

「これも現代語訳だ、半世紀前のな」

「生まれてないよ」

絹子は本を段ボールに戻す。どれもカビが生えたような本ばかりだが、見たことがあるタイトルもあった。

有名な作品なので絹子も覚えていた。読んだことはないが。

「大家、これって前も買ってなかった？　もっと新しいやつ」

「ああ、それは、初版だ」

「初版？　何か違うの？」

「前買ったのとは微妙に表記が変わっているんだよ。誤字訂正の他に、時代の流れってやつでな。当時は一般的に使われていた言葉でも、今じゃ差別用語になるからって出せない表現が変わっている」

「なるほど」

しかし、その微妙な差で新しく買うのはどうかと思う。絹子は箱の中に入っていた明細を見て呆れてしまった。こんな古い本なのに、一冊で一般的な価格の十倍以上する。

「一回読んだら片付けちゃうのに、もったいない」

「お前の飯も一回食べたら何もなくなるじゃねえか」

「ごはんは血や肉になるから」

「本も知恵になるんだよ」

大家はそう言って、さっそく本を読み始める。ネットやマンガもだが、大家は知識を蓄えるのが好きだ。絹子がごはんを食べるように、大家も情報を貪るのである。

なので、あれだけ変な蘊蓄が多いのだ。

ふと、絹子は昼間にコムラから言われたことを思い出した。コムラが本当に求めている人物は絹子ではなくて、大家のほうだろう。

「ねえ、大家」

「なんだ？」

ぺらりぺらりと本をめくりつつ、大家が返す。

「神隠しの話って聞いたことある？」

結局、コムラたちが言っていたことが気になっていた。

「ここではよくある話だ」

「ここって、古都のこと？」

「ああ」

大家は否定しない。

「古都は人間が多い。住民はもちろんのこと観光客が多い。人が多いなら、いなくなる人間もまた相対的に増える」

やはり大家だ。もっともらしい理由を述べてくれる。神様に隠されたなんて言わない。

「昔から、神隠しなんて言われているもののほとんどが、人さらいや不慮の事故だ。昔から、消えるのは小さな子どもや精神が不安定な人間が多いってことも考えるとわからなくもないだろう。そして、男よりも女のほうが遭いやすい。力がないからさらいやすい」

人さらいなら女を狙う。さらに子どものほうがやりやすい。

また、人さらいでなくとも精神が不安定な場合、とっさの判断が出来ず、事故に遭うこともあるだろう。

「昔からそういう案件は多かった。想像してみろ、神域で神隠しに遭うからと、細いしめ縄で囲まれているのを」

「ああ、あるね」

古都以外ではあまり見られない光景だろう。

「あれ、言わば工事現場の虎ロープだ」

「と、とら？」

「黄色と黒の縞々のロープな。よく立ち入り禁止の札がぶら下がっているのを見るだろう。しめ縄も似たようなもんだ」

一気にイメージが現実的になった。

「森の中に入ると迷う。そこには、獰猛な動物もいれば底なし沼もあるかもしれない。食われるなり、沼の底に沈むなりすれば死体は見つからない。入らなければいいのだが、言ったところで話を聞かない人間は多い。そこで、神の名前を借りるわけだ」

「『立ち入り禁止』を偉そうに言っているだけってこと？」

「そんなとこだ」

大家はもう本を読み終わったらしく、ぱたんと閉じる。今度はパソコンをカチャカチャいじり始める。

「神さまなんざ信じない現代では、逆効果になるかもな」

「あー、わかるかも」

絹子の大学の学生を見て思う。好奇心旺盛な若者は、深夜に心霊スポットに向かったり、廃校で肝試しをしたりする。もし、神域などと言われ、しめ縄がはってある場所を見つけたら、度胸試しに向かうに決まっている。

「でも、大家。昔はともかく、今はそうそう人さらいなんてないんじゃない？」

「お前の言うトラブルは、これのことだろ？」

大家が見せたのは、ネットのホームページだった。『行方不明者一覧』とある。大家は地域を指定する。

「古都でこんだけいなくなっているってことだ」

顔写真付きで簡単な情報が羅列されてある。中には、『見つかりました』と書かれてあるものもあるが、見つかっていない情報のほうが多い。

「こんなに？」

大家がスクロールしても、まだまだ続いている。下へ行くほど、解決済みの情報が増える。

「このサイトはちと盛りすぎだな。おそらく親族に許可を取らずに情報を転載しているみたいだ。実際はもっと解決している事件も多いはずだろうな」

大家はネットを鵜呑みにしない。情報の海には嘘がたくさんちりばめられているので、どれが真実か選び出す能力が必要だそうだ。そのため、絹子にはまだ早いと言われて止められているが、それ以前にパソコンを使えない。下手に触ると壊れそうで怖い。

「実際の数は半分ってところだ」

「本当に？」

「言っただろ。人が多いところほど、消えても目立たない。ここは観光地に加え、大学も多い。上京してきた一人暮らしの大学生も消えることくらいある。自殺だと言われたら、納得するだろ？」

「……確かに」

絹子が働く西都大学でも、一年間に何人か自殺しているらしい。周りに誰も友人がおらず、心を病んで死を選ぶそうだ。自殺した形跡が見つからないのであれば、自然と行方不明者になるだろう。

他殺でも同じだ。実際、大学で連続殺人犯が捕まっている。

「でもさ……」

絹子は恐る恐るパソコンのマウスを手にする。くるくる回して、ページの一番上に戻す。

「ここ最近の、特に多くない？」

コムラが言っていた。春から行方不明者が増えていると。そのとおり、このホームページを見るだけで十人以上いなくなっている。全員とは言わないけれど、コムラの言っていたとおり、中高生以下の子どもが多い。

「もしかして、これって誘拐かなぁ」

「誘拐だったとしても、そんなに連続して起こるわけがない、あるとすれば……」

大家は切れ長の目を細めて、急に身を起こした。寝転がって着崩れた着物を軽く直す。

「どうしたの？」

「知り合いに電話をするの忘れていた」

と、スタスタ部屋を出て行く。

「ちょ、ちょっとー」

絹子はパソコンがつけっぱなしなのが気になって、マウスに触れる。画面がいきなり下に下がってびっくりした。どうやら一番下まで移動するボタンを触ってしまったらしい。古い事件ほど、解決済みばかりで顔写真が残っているものは少ない。年代も古く、二十年近く前の事件がある。

「……あれ？」

絹子は未解決事件を見る。そこには黒髪の女性が写っていた。誰かに似ているなと、詳細を開こうとしたところで、ブツッと画面が黒くなった。

絹子と電化製品は、本当に相性が悪い。パソコンはそのまま動き出す気配はなく、電源が落ちてしまったようだ。

「……」

絹子は冷や汗をタラタラ流しつつ、そっとマウスを置くと部屋を出た。早くお風呂に入ってごはんを食べなければならなかった。

風呂を終えて、夕飯を食べていると、玄関先でインターフォンを鳴らす音が聞こえた。お膳が五つ並んだ中で、四人が座っていた。またお膳の数が増えていた。

「うるさい」

という割にまったく動こうとしない大家。何度も鳴らされて確かにうるさい。全員そろっているが、大家もシロクロコンビも表には出ないので、絹子が仕方なく出る。

「はーい」

鍵を開けるとそこには真っ青な顔をした女性が立っていた。どこかで見たことがある顔だが、どこで見ただろうかと絹子は首を傾げる。

「あっ、あの！　う、うちの子、うちの子はここには来ていませんか？」

うちの子、と言われて、絹子は思い出した。数日前、遠足の練習のために神社にやってきた母子の母親だ。というと、子どもはあの男の子だろう。

「帰ってきてないんです！　しらみつぶしにどこへ行ったか探しているんです」

「すみません、見ていません」

境内に子どもがいたら、お手伝いの神職さんが教えてくれるだろう。ただ、絶対とは言い切れないので、他のみんなにも聞く。

「五歳くらいの男の子が神社に来てないかだって」

「聞こえている」

大家は食事を終えたようで、ゆっくり茶をすすっていた。

「神社には誰もいないぞ」

「言い切れるの？」

「言い切れる」

こうも堂々と言われると仕方ない。ただ、そのまま追い返したとしても、向こうは気がすまないだろう。

絹子は固定電話近くに置いてあったメモ帳とボールペンを取る。玄関に戻ると、さっきの母親に渡す。

「すみません。ここには来ていないと思いますが、念のため見回ります。見つかったら連絡しますので、よければ名前と電話番号を教えていただけませんか？」

絹子ができる精一杯だ。

母親は不安な顔のまま、メモ帳に連絡先を書くと頭を下げつつ社務所を出て行った。

絹子はメモ用紙を一枚破り、固定電話のところに戻す。

「ねえ、懐中電灯ある？」

クロに聞いた。他の二人はあてにならない。

「これでいいか？」

クロはそう言って、絹子の携帯電話を取る。操作してライトがつくようにしてくれた。

「なんか心許ないね」

「おまえ、ライトなくても夜目きくだろ」

「うん」

「なら、いらんだろ」

「気分的に」

クロはついてきてくれるようだ。茶碗を流しに置くと、絹子の後ろについてくる。

「男性陣は？」

「いないって言ってるだろ」

「右に同じ」

シロに至ってはやる気なく、テレビをつけている。

絹子は目を細めて男衆をにらむ。

「おら。どうせいねえだろうけど、見ておかないと気が済まないだろ？」

「クロくん、男前」

「当たり前のことを言うな」

クロは絹子の携帯電話を持ったまま外に出る。大家も引きこもりだが、クロはそれ以上に引きこもりだ。外出するところを見たことがないし、社務所から出るのも珍しい。せいぜい、中庭の畑の手入れをする時くらいだ。

紺色の作務衣に真っ黒な髪のクロが夜の境内を歩くと、そのまま闇に溶けていくように見える。

「名前、聞いているか？」

「あっ、うん」

メモ帳の切れ端を見せる。

「大和《やまと》くんって言うんだって」

「そうか」

クロはすたすた歩いていく。絹子は見失わないように後ろについていくことにした。

にゃーんと、まさに猫撫で声が聞こえた。歩くクロの足元には、いつのまにか猫が集まってきている。絹子は猫たちを驚かせないように、少し離れて歩く。

「なんだ、お前たち？」

猫たちに話しかける姿はまるで会話しているようだ。見ていて可愛らしいのだが、それを口にしたら怒られるだろう。

クロは立ち止まり、絹子に振り返る。

「帰るぞ」

「えっ？　探すんじゃないの？」

「やっぱここにはいないから」

いないけど、一応見に行こうとしたのはクロだ。なぜだ、と絹子は首を傾げる。

「お前、ここ以外に、子どもが行きそうな場所知らないか？」

「行きそうな場所と言っても……」

絹子は腕組みをして記憶をたどる。

「そういえば、この間来た時、遠足の予行練習だって言ってたな」

「どこの？」

そう言いながら、クロは社務所へと速足で戻っていく。猫たちは散り散りになる。

「無限鳥居だよ。よく学校の遠足で使われるあの神社」

「ああ」

納得したような、呆れたような声で頷く。一匹だけ残った猫がクロについていく。社務所に入ると、猫は玄関の前で止まる。

「おい、大家」

社務所に戻るなり、大家を呼びつけるクロ。

大家は居間でノートパソコンをいじっていた。

「ガキは見つかったか？」

「わかっていること聞くなよ」

クロの答えに呼応するように、大家はパソコンのキーを押す。それと同時に電子音が鳴り、部屋の隅に置いてあったプリンターが動き出す。印刷物が出力された。

「これ、地図？」

絹子は出てきた印刷物を手に取って聞いた。古都の地図のようで、Ａ４の紙一枚では出力しきれない。何枚も出てくる。シロは器用に重ね合わせ、テープで貼り止める。歪な一枚の紙になったところで、大家が鉛筆をくるくる回す。

「古都の地図なら、ちゃんとしたでかい地図があるんじゃなーい？」

シロがテープに指紋を付けて遊びながら言った。

「書き込みたくねえんだよ」

「ケチだねえ」

「うるせえ」

大家は鉛筆で玉藺神社の位置に丸をつける。

「連絡先はどこだ？」

「はい、これ」

絹子は連絡先を書いた紙を渡す。

大家は書いてある住所の位置に丸を付ける。

「まだ園児だとすれば、公共交通機関は使わない、使えないと見ていいな」

と、どこからか取り出したコンパスで丸を大きく描く。

「けっこう大きめにとってる？」

「昔から、迷子ってもんは予想以上に遠くに行っていることが多い。子どもの足だと決めつけて、その範囲しか探さない結果、見つけるのが遅れる場合もある」

「それでも、無限鳥居まではかなり距離あるよね」

絹子はつぎはぎの地図を見ながら言った。

「ああ」

大家は、マーカーを取り出して、地図にまっすぐ線を引いていく。碁盤目状になった古都の道はわかりやすく、線は道に沿って引かれてある。

「家の位置から考えると、この道のどれかを通るのが普通だよな」

「子どもだから、どの道かわかってないかもしれないじゃない」

大家の考えはもっともだが、相手は子どもだ。予測できない行動をすると言ったのは大家のほうだろうに。

「それを今から調べるんだよ」

大家が丸をつけていくのは店や、寺社だ。

「古都じゃ、防犯カメラに助成金が出るようになっている。観光都市であると同時に、見知らぬ人間が出入りするため、カメラを設置する店はけっこうある」

「お寺や神社も？」

「むしろそっちのほうが多いだろうな。どこぞの馬鹿が火付けでもしたら、重要文化財が全部燃えカスになっちまうだろ」

なるほどと絹子は頷く。しかし、防犯カメラの映像を簡単に見せてもらえるものだろうか。

「別に全部調べる必要はない。めぼしい何か所かを調べて、そこで見つかったら、周辺を調べていけばいい」

「でも、一つ一つ頼みに行かないと」

「必要ない」

大家は「よっこらしょ」とおっさんくさい動きで立ち上がると、電話台の前に立ち、古めかしい黒電話の受話器をとる。

面倒くさそうに電話帳を開きながら、ジーコジーコと番号を回す。

「ああ……、そういうわけだ……、この間のやつも……、頼む。写真は、あとで送る」

とぎれとぎれにしか聞こえないがとても偉そうな口調だとわかる。一方的に頼んだあと、大家はガチャンと電話を切る。一仕事終えたと言わんばかりに、座布団にどかっと座る。

「ねえ、一軒しか電話かけてないみたいだけど?」

「大元に一回かけりゃそれですむだろ」

「……」

時折、この大家は何者なんだと思わなくもない。しかし、普段ならもっと消極的で何もやってくれない男だ。手伝ってくれるだけ感謝しよう。

「珍しいね。ここまでしてくれるなんて」

「ガキがいなくなるのは、寝覚めが悪いだろ。それに……」

大家はスマートフォンをいじる。中を覗き込もうとしたが、ぐいっと頭をはねのけられてしまった。

「ここ最近、変な依頼が多いんだよ。子どもが神隠しに遭ったから、探してくれって」

大家は神職なせいかオカルトめいた依頼を受けることが多い。そのほとんどはもちろん、幽霊や妖《あやかし》の類ではないのだが、たまに変わった依頼もあるという。

詳しいことについては、絹子は触れさせてもらえない。何しろ、幽霊とかそういうものに全く縁がないし、いたとしても見えないのだから関係ない。大家もまた「お前だけは、その手の心配はない」と太鼓判を押すくらいだ。

大家はあえて絹子を近づけないようにしているし、だったら絹子も近づかないほうがいいだろう。

「子どもの写真あるか？」

絹子は首を振る。

「なら、連絡先だな」

大家は絹子の携帯電話を持つと、器用な手つきでメモ用紙に書かれている連絡先のアドレスに送った。しばらくして、写真付きのメールが送られてくる。

「個人情報じゃない？」

「仕方ない。変な風には使わない」

絹子の携帯からさらに大家のパソコンに転送してどこかへ送っている。

「とりあえずこれで調べてもらおうか」

「ねえ、大家。その依頼された神隠しってまだ解決してないの？」

「……」

無言が答えだ。

大家はつぎはぎの地図を引き寄せる。そして、コンパスで大きく新しい丸を描く。

「何？」

「ここらへんなんだよ。他に神隠しって言われている子どもたちが監視カメラから見えなくなった場所は」

古都の中央より北西。円の大きさは半径三百メートルくらいだろうか。

「もしかして他の子どもたちも全部、防犯カメラに写っているか確認してたの？」

道理でさっきの流れがスムーズだったわけだ。別の子がいなくなったことで相談を受けた時に、すでに確認していたということだ。

「確実な証拠だろ」

大家らしいと言えば大家らしい。だが、大家の表情は少し曇っている。

黒電話が鳴り、絹子が取ろうとすると大家に先を越された。何か話していたかと思うと、大家は絹子を見る。

「俺の着替えあるか？」

大家は室内着の着流しをつまむ。

「えっ？　今から出かけるの？」

「時間がないからな」

「これでいいか」

クロが着物を持ってきた。大家は受け取ると、さっさと着替える。帯を締めなおせば、立派な若旦那が出来上がる。

「狩衣じゃなくていいの？」

シロがにやにやと笑いながら言った。

「街中歩くのには向かん格好だろ」

「そお。じゃあ、僕は行ったほうがいいわけ？」

シロが立ち上がる。

「ついてこい」

大家とシロは口喧嘩が多いが、たまに同行することもある。

そんな二人を絹子はうずうずしながら見る。

「ついてきたそうだよー、つれていきなよー」

絹子の気持ちをシロが代弁してくれる。クロは出かける気はないらしく、台所で洗い物を始めていた。

「……留守番してろ」

絹子はむすっと口を膨らませる。

「そんな顔してても連れて行かねえ。連絡が来るかもしれねえから、大人しくしていろ」

そう言われたら仕方ない。絹子はむくれながら、戸棚を漁ると煎餅を取り出した。テレビの前にどかっと座って、普段はさほど興味ないバラエティ番組を見ることにした。

○●○

古都の道はわかりやすい。碁盤目状に出来た道筋だ。さらに観光地なので各所に看板が立っている。夜を出歩く観光客にもわかりやすいように、足元に灯りが点在している。

そんな道でも迷う人間はいる。方向音痴か、あるいは——。

「大家、ほんとに連れて来なくてよかったのぉ？」

いちいちイライラする言い方をするのがシロだ。大家は舌打ちをしながらまっすぐ歩く。

古都では和装の男が歩いていても変な目で見られないのがいい。ごくたまに洋服を着ることがあるがあれは疲れる。体のラインに合わせて断裁された服は、なぜか落ち着かないのだ。もっとゆとりが欲しい。

草履で石畳を歩きながら、行方不明者が多い地点に向かう。

「大家、本当は古都の地図、すでに書き込んであったから使えなかったんだよね」

「知っているなら、突っ込むな」

大家の懐から取り出したのはさっきのつぎはぎの地図ではない。別の神隠しの依頼があった時点で作成したものだ。

「それ見せたら早かったのに」

「……」

大家の持つ地図はコピーしたものだ。書き加えた物は伝手を使ってすでに警察に渡している。大家の仕事はそこで終わったはずだったが――。

「警察は何もなかったと言ってな」

「そりゃ、素人の推測をほいほい聞くわけないよね。それとも――」

シロがやれやれという顔をする。

「――幽霊に話を聞きましたとでも言ったの？」

シロのからかうような言葉に、大家は顔を歪める。神職という仕事につきながら、大家はオカルト話が嫌いだ。毎回毎回、神職だからといってその手の案件が持ち込まれるとうんざりするし、そのほとんどがオカルトとは無関係である。ごくたまに、本物が混じっている場合があるので、無下にもできない。

いっそ、「ナニも見えない」のであれば、無視できるのだが。

大家の前には、ブレザー姿の少女がぺたりぺたりと歩いている。土気色をした肌に髪が張り付き、ひゅうひゅうと呼吸をしている。

――呼吸なんてする必要ないのに。

神隠しにあった娘を探してくれと依頼してきた親たちに会った時から、社務所に住み着くようになった。両親は娘の無事を信じたいところだが、もう遅い。

娘はとうに死んでいる。

夕飯時に一つ余分に用意された膳は、この娘の分だ。クロはぶっきらぼうだが優しい性格のため、毎回、客人の膳も用意する。

「警察も周辺の聞き込みはしたらしい。ただ、怪しい人物はいなかったと言われるとそれで終わりだ」

「せっかく物言わぬ証人がいるのにね。君も無念だねえ」

シロが土気色の少女に話しかける。少女は、すうっと消えた。

「何やってんだよ」

「フレンドリーに話しかけただけなのにー」

「向こうから見れば、お前は猛獣みたいなもんだ」

「そんなことないにゃん、かわいいにゃんこだにゃん」

大変腹が立つ言い方をするが、相手にしていたら夜が明けてしまう。大家は少女がいた方向へと進む。

「大和くんだっけ？　大家が依頼を受けた神隠し事件と、関係なかったらどうするの？」

シロは本題を忘れていなかったらしい。大家に聞いてくる。

「だったら、そのほうがいい。まだ生きている可能性がある」

「まるで例の神隠しにあった人が、全員死んでいるみたいな言い方だねえ」

大通りの近くは深夜でも人通りが多い。酔っ払いやタクシー運転手がいる。コンビニで買い物をする若者にもすれ違う。

「えっと、あそこの防犯カメラまでだね」

シロが寺の周りをうろうろする。線香の匂いが漂ってくる。

軽快な足取りで進んでいく。シロの白い体が闇の中にぼんやり浮いて見える。見つけやすいという点では、クロよりもわかりやすくていいが、どうにも性格が合わない。しかし、こういう場に連れていくとなれば、クロではなくシロなのだ。

夜中に中学生くらいの子どもが出歩いていたら、補導されてしまうだろうが、こいつに限ってそうではない。それ以前に、人の形として見られているかどうかも怪しい。

シロとクロの付き合いはもう二十年近くになる。その間、大家の目に映るこの生意気な餓鬼の姿が変わらない。おそらく大家よりもずっと年上だろうに。

人であるのか獣であるのかさえわからない。だが、今現在、シロクロ二匹と大家は共生関係にある。

シロクロは大家に居場所を求めた。大家もまた、人ならざる力を求めた。利害関係が一致している間は、上手く付き合っていくつもりだ。

大家は、自分が人であると断言できない。以前、コムラという女子学生を混じり者と言ったように、自分もまたそれなのだ。人の身体に何か混ざった者の子孫だ。

故に古都では、現人神《あらひとがみ》として崇められている——、『斎』として。

本当なら、大家はシロクロ二匹に頼らずとも生きていけるはずだった。そして、蜘蛛が作る破魔の衣に身を包まずともよかったのだが——。

「大家、またくだらないことでも考えてる？」

にやにや笑いながらシロが振り返る。

「別に」

「ならいいんだけどさあ。ここの道って、ちょっと騙されちゃうよね」

大家が持つタブレット端末を奪い、シロがいじり始める。繁華街から離れ、周りは薄暗くまばらに街灯があるのみだ。

「古都の道は碁盤目になっている。だから、北に向かった道を進めば、北に着くとみんな思っちゃう」

シロが端末の地図を大きくする。

「中には斜めに走っている道もあるのにね」

そうだ。現にこの道はどんどん市街地から離れていく。

いつの間にか空気がぬるく湿っていた。緑が多くなる。

古都には何本も川が通っているが、湿り気の原因は別にある——。

「道は間違っていないようだな」

先ほどの少女がまた現れる。大家たちが少女のほうへと向かうとまた消える。大家が警察に怪しいと提示した場所はこの先だ。こうして直に歩いていくと、わかることがたくさんある。

「泥の匂いがするな」

「そうだねえ。ここらの沼って言ったら、すごく古い沼地だよねえ」

石畳からコンクリートにかわった道を歩きつつ、シロが聞く。大家は知っているが、答えない。答えなくても、絹子と違いシロは自分で調べる能力を持っている。

器用にタブレットを扱いながら、検索を始める。

「ええっと、何々、餌恋沼《えごいぬま》って言うんだって。底なし沼とか言われているけど、水深はせいぜい数十メートル。でも沼って普通、五メートルくらいだよね、深さ。沼って区分でいいのかな。泥が堆積していて、うーん、魚がいるとしても鯉やドジョウかなあ。釣る？」

「食えねえだろ」

「いけるよ、クロに頼めば。しっかり泥抜きしないとダメだけどね」

たとえいたとしても、捕まえるような道具は持ってきていない。戯言だと無視する。コンクリートの道が、あぜ道に変わる。いつのまにこんなに歩いたのかという気分だ。

「どれくらい歩いた？」

「直線距離にして二キロないくらいかな？　なんか変だよねえ」

「何が変だ？」

「三十路のおっさんに疲れた様子が見られない」

いけしゃあしゃあと言ってくる餓鬼に拳骨でも食らわせたかったが、近づこうとしない。

「大家なら絶対へたばる距離だと思うのにねえ」

「……」

それもそうだと思ってしまうのも悲しい。だが、まったく疲れを感じていない。

「今、何時かわかるか？」

「もうすぐ日付が変わる時間帯」

「歩きはじめてから一時間くらいか」

話しながらだが、どうにも時間が経つのが早い気がした。

大家はふと違和感を覚えて着物の袖をめくり、二の腕をさらす。

「……」

肌に感じたのは舐めまわされるような気持ち悪い感触だ。ぬるく湿った風とはまた別の物、二の腕には鳥肌が立っていた。

「ねえ、何かいる？　さっきの女の子の幽霊？」

わざとらしい。わかっていて言っているのだ。あんな無害なものではない。

「すぐさま縊《くび》ってやりたい、白猫が一匹いる」

「ああ、こわーい。動物愛護の精神がないのぉ」

シロはふざけて返す。

「ただでさえ夜道で怖いのに、これで悪いことしようものなら、誰も助けてくれないよ」

車も通らない道幅になった。古都の中心部からそう離れていない場所でも、こんなに人通りが少ない場所がある。

街灯もとうになくなった。

手元には持ってきたカンテラが一つ。夜目がきかなければ、心許ない。

ほうほうと、土鳩の鳴き声が聞こえる。空にはうっすら月明りが見えていたのにいつのまにか雲に隠れてしまった。かわりに、乳白色の霧がじわりじわりと立ち込めていく。

空気が重い。一般人であれば、息を吸うのも苦しくなるだろう。人が足を踏み入れるべきではない、そんな場所に踏み込んでいく。

シロが笑いながらふらふらと畦道《あぜみち》を歩く。

「おやおや、どんどん霧が出て来たぞ」

視界が白く霞んで、シロの影を飲み込んでいく。声だけが陽気に聞こえる。

「こんな格下に馬鹿にされるなんて、威厳もへったくれもないね」

シロの姿が完全に消える。一寸先は真っ白になった。湿った空気が頬を撫でる。

大家は、ただまっすぐ歩く。ふわりと白い靄の中に影が見える。シロ、ではない。さっきの少女の幽霊でもない。それよりも大きく、何より髪が長い。

影はだんだん色濃くなっていく。白い着物を着た姿。切れ長の目が見えた。女だ、まだ二十にもなっていない、それでいて妙に色香が漂う女がいた。

長い髪。こんな状況でなければ、絹子かハジメと間違えたかもしれない。事実、その顔はハジメにそっくりだ。

ドクンッと大家の心臓が鳴った。じとっと脂汗がにじんでくる。

「……っ」

大家の口から女の名前が漏れそうになる。

ハジメによく似た、でも違う人間。

いるわけがない。とうの昔にどこかへ消えてしまった人間だ。

どこか小馬鹿にしたような余裕のある笑み。七つ下の子どもをからかっていたあの笑みだ。

他の使用人と同じく、大家は利用しようとした。しかし、逆に利用されてしまった。とても美しく、二度と見たくない顔だった。

大家は舌打ちをする。

なるほどと、納得するしかない。行方不明者が出るわけだと。

着物から懐紙を取り出す。中に包まれた塩をさらさらと振りまきながら、歩いていく。

正面で両手を大きく広げ、大家を受け止めようとする女をにらむ。

「消えろ」

塩を女に振りかける。

塩が清めの作用があるというが、実はあまり関係ないことだ。ただ、塩にそのような作用がある、そう信じ込むことが大切だ。

塩を振りかけられて、女の像が歪む。

大家は白い靄を突き抜けていく。

「へえ、あっさり通り過ぎるねえ」

見えなくなっていたシロが、いつの間にか大家の横を歩いていた。

「もっと未練がましく、すがりついて離さないもんだと思っていたのに」

大家は無言で、シロを殴る。

「いったいなあー」

「うるさい」

シロには女が見えていないはずだ。あれはまやかしだと大家もわかる。人間をたぶらかす。シロも大家が何を見たのか予想して煽っているのだろう。

「おまえには何か未練はないのか？」

「うーん。僕はクロがいればそれでいいからー」

シロは惚気るようにニヤニヤしながら歩き、くるりと振り返った。

「ねえ、ここはどこだろうね」

「さあな」

「気が付けば化け物の腹の中、なのかもよ」

「なんでそう思う？」

シロは口角をさらに歪める。

「大きな蛤《はまぐり》に化かされているのかもってね」

「蜃気楼か」

蛤でなぜ蜃気楼というかと言えば、蜃気楼の蜃は大蛤の意がある。大蛤が気を吐き作った楼閣であるが故、蜃気楼だ。

実際は、周りにあるのは霧であり、蜃気楼ではない。でも、確かにシロが言ったこともわかる。

ただの自然現象とは言い切れない何かがある。物理的に説明できる現象ではなく、人の心理に付け込むような不可解な現象が起こっている。

妖と大家が呼ぶモノ。

「こんな沼地なら蜃は大蛤というより、蛇のほうがいいかもね」

蜃は龍という説もある。龍といっても、手に玉を握った立派なものではない。蛇に似た見た目だ。確かに、草むらに一匹や二匹いてもおかしくない。

妖は人の心の隙間に入り込む。だが、直接、害をなすことはない。

ただ人を惑わすだけの妖ならば、こちらの気持ちがしっかりしていれば問題ないのだ。

それに、そんなものよりももっと怖いものはいくらでもいる。

「あー、なんか看板あるよ」

シロが元気に走りだす。足元からのライトに照らされた看板があったのだ。だがなぜかライトは新しいのに、看板はすすけて古い。

「ここって一応、お社があるんだねえ。ほうほう、『恋愛成就』となあ、他はなんだろう。読めないなあ。ええっと、『餌恋《えごい》神社』だってさ。沼の名前と同じだね」

看板の文字はところどころ消えかかっている。道が二つに分かれているが、どちらに行けばいいのか示す矢印さえ消えていた。

シロは周りを見渡す。看板の近くには家らしき建物が見えた。神社が近くにあるということは、社務所だろうか。警察もこの周辺を聞き込みしたはずだ。

「大家。一応、近隣住民に話でも聞く？」

「本題はちゃんと覚えていたな」

大家たちは散歩に来ているわけじゃない。まだ帰らない園児を探しているのだ。

「……やめておこう」

大家は眉をぴくりと動かし、首を横に振る。

「初対面の人間は怖いからな」

「大家にとっては、人間は誰でも怖いんじゃないかねえ」

「真夜中に、知らない人間が訪問したところでまともな話が聞けると思うか？」

「そりゃそうだ。大家、怪しいからねえ」

茶化すシロは、分かれ道を交互に指さしながら、「どちらにしようかな」と歌っている。

「右かな？　いや、やっぱり左」

ライトは左側の道に向けて照らされている。

シロはが陽気に歩き出す。また靄が濃くなる。

「……おい」

大家はシロの衿を摑んだ。

「どうしたの？」

シロの片足が宙に浮いたままだった。そして、それを降ろしたところで地面はなかった。もう一歩分遅かったら、沼に落ちていただろう。

「おやまあ？」

シロは一歩下がり、姿勢を低くした。

一寸先は真っ白。たとえ、灯りを持って歩いていたとしても、視界は悪い。気付かずにどんどん歩いて行った者は、そのまま足を踏み外して沼に落ちるだろう。

大家はタブレットを開いて、さっきの看板に書いてあった社の名前を検索する。

「つながんの？」

「つながる」

読み込みは遅いがつながった。検索結果の中に気になる見出しがあった。タップすると古めかしいホームページが出てくる。文字と写真だけのシンプルすぎるサイトだ。

「『こいにおちる』おまじないがある神社だそうだ」

「ぶはっ」

わざとらしくシロが噴き出す。大家は見出しを読んだだけだ。頭に来て拳骨を落とそうとするが避けられる。

「大家の口から恋とか、似合わねぇ」

「うるさい」

苦々しい顔をする大家をスルーして、シロはタブレットを奪い、見出しをタップする。

ゆるやかに表示される文字を二人で一緒に追う。

「深夜に一人で神社へと向かう。目を瞑り、社に一直線に走れば『こいにおちる』ってさ。流行ったなあ、こういうの。小学校の時とかさあ」

「おまえに義務教育時代があるのか？」

大家はわりと真剣な表情で聞いてしまった。

「失敬な、あるに決まっているだろう」

シロは非難めいた顔をするがにわかに信じられない。

「変な日本語だよね。『こいにおちる』って、こういうのは普通『願いが叶う』とか、『縁が結ばれる』とかそういうもんだよね」

普通に考えればそうだ。縁結びの社なら、恋愛成就のまじないの類だと思うだろう。そして、いかにも胡散臭いそれを信じる者もいるとして、それを実行したなら。

「試した人が、看板の曖昧さとか、危険性を教えそうなものなのに」

シロが検索する限り注意書きはない。一つや二つくらいあってもいいはずなのに。

一体、誰が作ったホームページだろうか。

「『こいにおちる』」

大家は反芻しながら、足元の小石を拾い、沼に投げた。ぱしゃん、と水音がするとともに、何かが跳ねる音が聞こえた。魚が集まる音だ。こんな沼地にいる魚で、落ちたものをなんでも食べようとする。

「洒落にしても趣味が悪いねえ」

落ちたものの生きが良ければ、食べやすくなるまで待てばいい。

「鯉に堕ちる。餌恋沼に、餌恋神社とはよく言ったものだな」

大家は魚偏を空中に指で書く。元は、『餌恋』ではなく『餌鯉』だったのだろう。

「へえ、畜生道ってやつだねえ」

シロの言うとおりだ。畜生道、六道の一つで罪を犯した人間が輪廻転生する世界のことである。神社に住む餓鬼《がき》が仏教について語るのもなんともおかしい。

すうっとまた少女の幽霊が出てきた。沼を見て震えている。

「ここで何があったのかな？」

シロが問いかけるように言った時だった。

カサッと後ろで音がした。大家はぴくりと動こうとした。だが、振り向かず、沼を見る。

「まあ、落ちるのか、堕ちるのか。それとも——」

じゃりっと地面を蹴る音が聞こえた。大家は、気配を感じるとともに身をひるがえす。

何かが大家に飛び掛かろうとした。しかし、大家が上手く避けたので無様にこける。人家を沼へと突き落そうとしたらしい。

どんな人物かと思えば、老人がいた。

「――おとされるか」

シロが容赦なく男の頭を踏みつけた。

「ははは、おじいちゃん、なんでこの性格悪そうな能面野郎を突き落とそうとしたの？　何か気に食わなかったの？」

シロがにやっと笑い、頭を踏んだまま老人の顔を見る。顔は泥にまみれているが、ごく普通の老人だ。部屋着のようなスエットを着ている。じたばたともがくが動けまい。頭にちいさな白い前足を置かれただけで、動けないのだから。

「ごく普通の人間だね」

シロは笑いつつ、大家を見る。

「だから怖い」

大家は面倒臭そうに懐からスマートフォンを取ると、電話をかけることにした。

「おっ、おい。何してる！　こいつの前足をどけろ！」

暴れながら老人が言った。

「何をしているかといえば、見てのとおり。前足については、俺に言われても困る」

「何が、見てのとおりだ！　ここは私有地だぞ！　勝手に入るな！」

「それは失礼したが」

大家は沼を見て、視線を男に移動させる。

「この沼の底には一体何があるのか、気になってな」

幾年も堆積された沼の泥に何が沈んでいるのか。

少女の幽霊が老人を見ている。濁った眼は、何かを訴えかけているようだ。

「あんたは、さっきみたいに誰かを落とそうとしてきたんじゃないのか？」

「し、知らんな」

「警察も聞き込みに来ていたんじゃないか？」

「知らんと言っておるだろ！」

元気なじいさんだ、と大家は思う。

シロが目をまん丸にしながら口を大きく開けている。

「食うなよ」

「強情そうなおじいさんだから、ちょっと齧《かじ》っておいたほうがいいよ」

「……加減しろよ」

老人の頭に置いたシロの手が大きくなる。白い毛が生えてきて老人が言ったように前足へと変わる。白い髪が伸び、全身を覆うようになる。しゃがみこんだ姿から四つん這いになり、ふさふさした尻尾が生えてくる。

獅子とも虎ともいえぬ大型の肉食獣がそこにいた。

「……ば、ばけも」

老人の目には、先ほどまで白い猫が写っていたに違いない。だが、今のシロは猫というには可愛げが無くなっている。興味津々のまん丸の瞳孔だけが、その巨躯にチグハグな印象を残していた。

『あんたさあ。どうして、こんなことをしたのさ？　説明してくれない？』

低い地響きのような声が響く。イントネーションだけが、元のシロの名残がある。

『理解できるだろ？　それともさっきみたいに「にゃあ」とでも鳴けばいい？』

シロは前足に力を入れる。爪が老人の右頬に食い込み、左頬は泥にめり込んでいた。

「わ、私は、悪くない！　私は、私はただ……」

静かに暮らしたかっただけだ、と――。

――老人は餌鯉神社の氏子だ。代々、付近の地主で沼の周辺は老人の私有地である。何もない静かな場所だが、老人は気に入っていた。定年退職し、身内も誰もいない老人は、静かに余生を過ごそうと思っていたのだ。

一日の仕事は神社の手入れと、痴呆防止に始めたインターネットくらいだ。神社は宮司不在のまま何十年も経っていたが、老人の父の代で、管理を引き受けていた。

老人は困っていた。若者が勝手に私有地に入る。神社に向かう道は別にあるのだが、老人の敷地を通り抜けるほうが近いからだ。仕方なく看板を付けて入らないように注意したが、今度は夜にやってくる。何度も注意したが、「看板が見えなかった」と腹立たしい言い訳を言われて終わる。

たとえ、注意してもまた次の若者がやってくる。

古い小さな神社になんの用があるというのだ。困ったことに、その古めかしさに若者たちは惹かれるらしい。やれ肝試し、やれ恋のまじないだとやってくる。

老人は腹が立ち、友人に相談をした。友人は学者で頭が良く、何かいい知恵を貰えないかと思った。

友人は、どうしようもないと苦笑した。

ただ、ちょっとふざけたことを老人に話した。

「目立つところに看板を置けばいい。二つの道に分かれたところで。そして、関係ない反対側の道にライトを照らしてあげればいいよ。せいぜい、迷わせてやればいい。些細な嫌がらせくらいなら問題ないだろうさ」

友人の学者が言うには看板には間違いはない。ただ、ライトをずらしただけだから、こちらに非はないと言った。

老人は真に受けて、素直にそのとおりにした。単なる嫌がらせのつもりだった。

ある日の深夜、外でばしゃばしゃと大きな音がした。鯉がはねる音にしてはうるさい。

何事かと思って表に出た老人は、沼へと向かう。

そこには沼で溺れる少女がいた。なんのつもりでこんな深夜にやってきたのかはどうでもいい。助けなくてはいけない、しかし、少女はどんどん沈んでいく。沈んでぶくぶくと泡だけが上がっていく。ここは底なし沼になっている。暴れれば暴れるほど沈んでいく。底は少女の身長よりも深い。

ここで老人がロープを持ってきて投げていれば、少女は助かったのかもしれない。

しかし、老人には出来なかった。

この沼は一度入ったら抜け出せない、絶対入るな、と親から言われていた。実際、知っている。昔、飼っていた犬と遊んでいた時、ボールを沼に投げた。犬なら泳いでとってくると思った。しかし、沼に入った犬はそのままずぶずぶと沈み、悲壮な鳴き声を上げた。子どもだった老人はそのまま見ているしかなかった。

沼には龍の子が住んでいる。それは、今は魚の形をした主であり、沼を荒らしたものを底まで引きずり落とす。

飼い犬が二度と浮かび上がってこなかったように、少女もまた浮かんでこなかった。

今は恋愛成就の神を祀るとされる神社も、昔は沼に人が立ち寄らぬよう作ったものであると聞いていた。神隠しの地には、結界がはられる。社は元々そのためのものだと。

沈む少女を見た時、老人は思った。

――ああ、そうか、こうすればよかったのか。

ずっと自分が我慢する必要はなかった。

ただ、うるさいやつらは、沈めてしまえばいい。みんな、沼の底に沈んでしまえ。そうすれば、沼の主の糧となってくれるだろうと——。

「何が龍の子だ」

大家が吐き捨てる。老人の独白を聞いたところで、同情する気はさらさらなかった。

シロは前足をどけたが大きく口を開け、老人の頭に近づけた。

「っ……」

叫ぶことも出来ずに、老人は失神してしまう。

「食べるわけないじゃない。まずそう」

シロは大きな舌を見せる。シュルシュルと体が小さくなっていく。小豆色の作務衣を着た少年の姿に戻る。いやそれとも、白猫の姿だろうか。

妖が何かをしたなんて思わない。人間に害をなすのは人間だ。やらかしたのはこの老人に他ならない。

妖に人を害するような力はない。人の意思が加わってようやく妖は力を得るのだ。

「さて、君はもう現世《ここ》にいるべきじゃないよ」

シロは優し気に少女の幽霊に話しかける。今度は消えずにその場にいる。

「成仏と言ったら変な感じだけど、まあとりあえず、ここじゃないどこかへ行きな」

ゆっくりと少女の姿は消えた。

シロは小さく手を振る。

大家に対してはぞんざいな扱いしかしないシロだが、女子どもには親切なところがある。

「おまじないとか好きな子だったんだろうね。縁結びなら玉繭神社に来たらよかったのに」

「今更言っても遅い」

大家は沼を見る。

沼の底は深い。泳ごうにも、もがけばもがくほど泥に沈んでいく。

沼の底に沈んでいるもの。悪食の鯉たちにはご馳走だろう。

老人が龍の子と言った何かが沼に住んでいるはずだ。

蜃という伝説上の生物がいる。蜃気楼を作り出すというその生き物は、大蛤と言われるが一説によると龍ともいわれる。

蝮《まむし》は五百年生きると鯉のような顔の蛟《こう》になり、それがさらに千年育てば手足が生えて龍になると言われる。蜃は蛟の一種である。

蜃気楼は、光が屈折することで見えないはずの像が見える自然現象だ。今、ただ中にある霧とはまた違う。

地形的に、沼地は霧が起こりやすい。幽霊が直接引き起こしているわけではない。

男はそれを利用しただけで神隠しでもなんでもなかった。

ただ、あるのが沼の底に積もった怨嗟だけだ。大家が見た女の幻影もそれらが引き起こしたものだろうか。それとも――。

「大和くーん。いるなら返事してくださーい」

「できねえだろ」

このまま老人を地べたに寝かせておくわけにもいかない。一体、何人がここに沈んでいるのかもわからない。

大家は持っていたスマートフォンをタップして電話をかけた。

――ポチャンッ。

背後で水音がしたようだが、ちょうど電話がつながって確かめることはなかった。

ただ池の鯉が跳ねた音だと思うことにした。

○●○

大家の帰りはまだだろうかと、絹子は社務所の座敷で待っていた。何もしないのもなんなので、ひたすら組紐を組んでいる。糸に触っていると気持ちが落ち着くのだ。

糸を巻いた玉を移動させながら、ぼんやりしているとチャイムが鳴った。

慌てて絹子は玄関に出ると、若い男女がうとうとしている男の子の手をつないでいた。

「や、大和くん？」

絹子はびっくりした。行方不明の男の子だ。

「あっ、よかった。知っているんですね」

若い男がほっとした顔でしゃがみこんで大和くんの顔を見る。

「よかったね。おにいちゃんたち、これで帰るから」

「……う、うん……」

眠たそうな大和くん。絹子は時計を見る。時間は深夜一時を回っている。

「す、すみません。大和くんをどうしていたんですか？」

若い二人は顔を見合わせて、慌てて手を振る。

「ち、違いますよ。僕たち別に誘拐とかそういうわけじゃなくて、この子がうちのアパートの近くで迷子になっていたんです！」

「本当です！」

女性のほうも訴えかける。

「おうちどこ？　と聞いてもわからないっていうので、交番に連れて行こうとしたら、こちらの神社に行ったことがあるって」

絹子は首を傾げつつ、女性の話を聞く。舟を漕いでいる大和くんをとりあえず座らせる。

「おい」

クロが地図とメモ用紙を持ってきた。客人の前に出るのが嫌なのか、そっと廊下に置く。

「あっ、ありがとう」

絹子は地図とメモ用紙を取る。

「すみません、どこら辺で見つけたか教えてくれませんか？　あと、この子は預かりますけど、念のため連絡先を教えていただけたらと」

　二人組はちょっと困った顔をする。

「ええっと、僕たち本当に何もしてないんで。ただ、連れて来ただけなんです」

　妙に慌てている二人。絹子は首を傾げて、後ろを向く。台所からクロが顔半分だけ出してじっと見ていた。

「最近、あるんだよ。親切心で子どもを交番に連れていったり、助けたりしたら、なぜか犯罪者扱いされたって話。その二人は本当に親切心みたいだから、疑わなくていいぞ」

　クロが親切に注釈をくわえる。そういうことね、と絹子は頷いた。

「ちゃんと親御さんには説明しますので、一応、連絡先とどこで見つけたかだけ教えてください。私のほうも困ってしまいますから」

「……それなら」

　男性は地図を指す。ちょうど、大家が丸で囲んだ場所と少しずれている。そういえば、大家はどこまで行ったのだろう。一回くらい連絡をくれてもいいのに。

「これでいいですか？」

「ありがとうございます」

　二人には母親に一緒に説明してもらいたかったが、長居はしたくないらしくさっさと帰ってしまった。

　こんな深夜に眠りかけた子どもを連れて、玉繭神社まで連れてきてもらったことを考えると、引き留めるのも気が引けた。

「ちゃんと残ってもらうべきだったぞ」

「そんなこと言われてもなあ」

クロの言い分はわかるが、そこまで社交的な性格ではない絹子は無理に頼むことは出来なかった。大和くんはいつの間にか眠っていた。

「お布団、私のとこでいいかな？」

「もう敷いてある」

さすがクロは察しがいい。絹子は大和くんを広間の布団に寝かせる。そして、大和くんのお母さんに電話をかけようとした。

玄関先でシロの声が聞こえた。

「ただいまー」

「おい、シロ！　そのまま上がんじゃねえ！　なんだよ、足、泥だらけじゃねえか！」

クロが慌ててタオルを持ってきて、シロの足を拭く。どこまで世話焼きなのだろうと思いながら、絹子は広間から玄関を見る。

「おかえりー。あれ、大家は？」

シロのみで大家はいない。

「大家はちょっと別のところに用があるみたいだよ。もう少し時間がかかるのと、明日は忙しくなると思うなー」

他人事のようにシロが笑いながら言った。

「そうなんだ。でも、大和くん帰ってきたよ」

絹子はシロを手招きする。足を拭いたタオルを投げ捨てながら、シロがやってくる。

「おやまあ、ぐっすり眠ってらっしゃる」

「あっ、電話しなきゃ。電話」

絹子が電話台のほうへと向かうと、シロが大和くんを見ながら語り掛けていた。

「君はよかったね。コイにおちなくて。というか、どこへ行っていたんだい？　行き違いみたいにずいぶん都合がいいじゃないか」

意味がわからないことを言っている。シロを問い詰めたら話してくれる内容かもしれないが、きっと大家は嫌うだろう。だから、意味不明のままにしておく。

「もしかして、鯉じゃなくて、大家を誘い出すための餌になったのかな？　重い大家の腰を浮かせるためにね」

「シロくん、大和くんを起こさないで」

「起こさないよー」

絹子は注意しつつ、電話を掛けた。

早く母親をほっとさせてあげようと思った。

大和くんのお母さんは連絡を受けたあと、すぐ玉繭神社にやってきた。

「本当にご迷惑をおかけしました」

若い男女のやりとりから、もしかして絹子たちが誘拐の疑いをかけられるのではと思ったがそうでもなかった。大和くんが起きて、なんで遅くなったのか説明してくれた。

「広いおうちにいれてもらって。そこでおやつたべた」

食べたら眠くなって、気が付けば夜だったらしい。そして、不可思議なことに。

「いつのまにか、お外にいたの」

そして、男女二人組に保護されたらしい。

「変なことされなかった？　誰と一緒にいたの？」

「うーん、わかんない。よくおぼえてない。でも、ねたらげんきだよ」

それが一番心配だったが、おやつを食べた以外は特に問題はなさそうだ。母親は不安になりつつ、しっかり身体測定までしていたので大丈夫だろう。

「不可思議な話だった」

不安になりつつ、帰っていく母子を見ながら絹子は思った。

何より、大家が頼まれていた神隠しの件とは関係なくてよかったのだが、これはこれで問題がある。一体、大和くんは誰と一緒にいたのか不明のままだ。

ただ、絹子が首を突っ込むことではない。今はただ、行方不明の男の子が無事だったことを喜ぼう。

大和くん行方不明事件の数日後、テレビではまた大きなニュースが取り扱われていた。

神隠し事件の顛末だった。

「十人近いってさ」

古都周辺の沼地から遺体が上がった。暑い時期なので、遺体の損傷が激しい。だが、被害者の年齢はみんな、未成年。ここ最近の行方不明者リストと照らし合わせれば、確認はすぐできたようだ。

「あそこの沼は昔、禁足地だったんだよ」

クロが座布団に胡坐をかいて、針仕事をしている。いらない布を使って手作りのハタキを作っているようだ。ごはんだけでなく、いろいろやりくりも上手いので驚く。口に出かかった言葉を出したら、顔を真っ赤にして怒りそうだけど。

「大家が言っていたの？」

「ああ、昔から底なし沼で、ただでさえ人を引きずり込んでいたらしいんだが、今回は悪意ある人間がその場所を利用したんだとさ」

霧が濃く、誰も来ない静かな沼地を利用して、何人もの人がその場所に沈んだそうだ。

「あえて沼に落ちやすい状況を作り、悲鳴が聞こえていても無視していた。さらに、故意に落とした可能性もある。さて、裁判じゃあ、殺人になるかどうだかなあ」

クロは縫物が終わったらしく、針を針山に戻した。早速、ハタキを使って掃除を始める。

絹子は、もうニュースに興味がないとテレビを消す。

「洗濯物干してくれ。ちゃんと叩いて広げてな」

「わかったー」

絹子は風呂場へと向かう。風呂場の洗濯機には、衣類が入っている。家事の類は大体してくれるクロだけど、洗濯物だけは自分でやれという。

籠に衣類を入れて中庭に向かう。良いお天気だが、この季節は夕立があるので気を付けなくてはいけない。大家の着物は日陰に干す。

「洋服にすれば楽なのにねえ」

シロがいつのまにか木陰でごろごろしていた。手にはタンポポに似た花を持っている。弄《いじ》って遊んでいたようで、白い指先は花びらの色素が移り、赤い色に染まっていた。

「仕方ないよ。慣れてるしそれほど苦ではないから」

着物だと素材によっては手洗いだ。普段着の白い着流しは色移りの心配もないし、デリケートな素材でもないので、ネットに入れて洗濯機で回している。ただ、陰干しと皺が寄らないようにちゃんと伸ばしておかないといけない。

絹子の服だとそこまで深く考えずに干している。

「そうそう」

「何？」

「洗濯物、下着類を外に干すのはどうかと思うんだ」

「中庭なら外からだと見えないけどダメ？」

中庭は社務所が影になっていて境内から見えないようになっている。大家は客人を社務所の広間以外に上げることは滅多にないので問題ないと思うのだが。

「大家の部屋からは丸見えだけど」

「ならいいや」

絹子は気兼ねなく下着を干す。シロが笑いつつ、あくびをする。中庭には、洗濯場とともに家庭菜園がある。濃い緑の葉の中に、トマトの赤い実が際立って見える。

風が吹くと境内の風鈴の音が中庭まで響いていく。カラフルな短冊がぶら下がった境内は見ものだ。普段、地味で目立たない神社だが、この季節はＳＮＳ映えとかするので、若い観光客が増える。

旧暦の七夕まであと一週間もない。のんきに洗濯をしていたが、終わったらいろいろ準備をせねばならない。今年も、崎守たちに手伝いを頼んでいるが、さらにコムラもバイトで入ってもらうことになった。快い返事がもらえてよかった。

大家もそのため最近、ずっと石舞台にいる。いや、大家だけではない。ハジメも一緒だ。

「そういえば今年の舞台って——」

絹子は洗濯ばさみでタオルを止めながら言った。

「あの子がやるの？」

「さあね。大家はあまり乗り気ではないようだけど」

シロが体を丸めながら言った。どこからともなく子猫がやってきて、そっとシロの身体にぴとっとくっつく。シロのいる場所がちょうど木陰の石の上なので、ひんやりしてして気持ちいいらしい。

玉繭神社の七夕祭の名物は、石舞台での巫女舞だ。巫女舞だが実際踊っているのは三十路のおっさんである。

年齢といい、性別といい、大家ではなくハジメが踊るのが普通に良いだろう。でも、なんとなく絹子はそれについて居心地が悪かった。

ハジメは絹子のことをよく思っていない。確かに血縁でもない女が、尊敬する親戚の家に居座っているのはあまり気持ち良くないだろう。

同時に絹子もまた、ハジメに対して思うところがある。元々、玉繭神社は絹子の故郷が本社で、こちらは分社だ。巫女舞と言っても歴史は浅く、十年も経っていない。大家が客寄せに始めただけのものなので、わざわざハジメがそれをやる理由もないのだ。

大家も乗り気ではないのはそのためだろう。なのに、わざわざ玉繭神社に通ってきて大家に習っている。

元々、玉繭神社の巫女は機織り女であるのが条件なのに、こうして入ってくることもおかしいと絹子は思う。

さて、そんなことを思っていても、口に出すわけにはいかないので、絹子は絹子なりにもやもやしている。

気分がすっきりしない時はどうすればいいだろうか。考えるまでもなくやることは、畑のトマトをちぎって齧ることだった。

「一応洗おうねえ」

シロに言われたので水道の水で冷やしながら洗う。完熟のトマトは頬張ると汁があふれでる。酸味と甘みがほどよいゼリー状の種をすすってから、果肉を食《は》む。

「あと夕飯に使うから、一個までね」

「一個だけ？」

「うん、全部なくなると僕が怒られるから」

野菜の管理はシロもやっている。一応、怠け者に見える彼も仕事を持っているのだ。

絹子は、残ったヘタの部分を生ごみ用のバケツに入れると、空になった洗濯籠を持って家の中に戻った。

ちりりんと、風鈴の音が響く。

幕間　その四

とある女の話をしよう。

「こんな家、出て行ってやる」

それが口癖の、気が強い女だった。

女の家は古い家だった。自由恋愛が当たり前になった現代でも、さびついた風習に囲われていた。異様とも思えるしきたりは、家が特別であることを示していた。

古い血脈を守るため、決められた相手と結婚させられる。

昔なら血筋を残すという言葉で終わらされただろう。しかし、現代の常識を知ってしまうと異様さが引き立つ。血統などと聞こえはいい、実際あるのは、品種改良のほうが近い。より力を持つ優秀な子を残すため、時に近しい血縁同士を引き合わせる。

そのための道具なのだ。

女はそれを嫌った。嫌がった。結婚は自分で選び、自分で好きな人としたいと言った。

自分にはふさわしい男がいる。ちゃんと結婚の約束もしてくれた。

――恋人のために家を捨てたい。

どうすれば女は家から逃げられるだろうかと考えた。女は自分よりも頭がいい弟に頼ることにした。女は弟もまた、自分と同じように家に辟易していると思った。だから、きっと協力してくれると考えた。

弟は準備した。女が自由になるための手段を。

女の代わりになるために、より優秀な手駒を用意することにした。

○●○

奇妙な荷物が届いたのはいつだっただろうか。名前だけ書かれた宛名に、これまた奇妙な物が入っていた。

手紙が一通と人形が一つ。人形は白い着物に包まれて、真っ黒な髪をしていた。日本人形かと思いきや、頭身が高くやたらリアルな顔をしている。

何かの悪戯かと捨ててしまおうとしたが、手紙を開いて読んでしまった。

手紙の内容に驚き、どうしようかと悩む。

悩んだ結果、手紙に書かれていたとおりに行動に移すことにした。

手紙には「沼に向かえ」とあった。さっさと確認したかったが、凶悪事件とやらが起こったせいで、しばらく近づけなかった。

警察の捜査が終わり、人が寝静まった夜に沼に行った。手紙と人形を携えて。

指定の場所には、小さな桟橋がかかっているがもう腐りかけている。その端っこに鎖が引っかかっていた。手を伸ばし、引っ張る。

がちゃんと音がする。何年、水に浸かっていただろうか。ゆっくり引き上げると、その先に白いものがついている。

沈めたと書いてあった。手紙には、求めるものは沼の底にあるとあった。

ずるずるっと鎖を引き上げた先には、もう溶けかかった藻だらけのずた袋がついている。

泥に埋もれたそれには汚れた布とともに白とも黄色とも言えないものがはみ出している。

かろうじて袋の中に残っていたのは骨だ。声を上げてしまいたくなった。我慢するためにハンカチを自分の口に突っ込んだ。

腐敗臭で鼻がもげそうになる。沼の汚泥とはまた違った独特の臭い。

段々、感覚がマヒしていく。それとともに、頭は妙に冷静になる。

先日あった凶悪事件の現場とは離れている。行方不明の未成年が沼の底で何人も発見された。沼地は広いので、全部調べることは警察にも難しかったに違いない。

沈められた遺体が念となり、悪いよどみを引き寄せたのかもしれない。

引き上げて、ばらして、並べる。ところどころパーツが足りない。左足首と右手、それから頭蓋骨。

奇妙なことをしているとは自覚していた。しかし、怖さがない。

――どこへ行ったのだろう。

沼をのぞき込むと、何かが近づいてきた。なんだろうかと思ったら、大きな魚が飛び跳ねた。霧がはれ、月明りにその異形はくっきりとうつった。

鯉の身体、しかし、その頭は異様な形をしている。魚は何を思ったのか、女に飛び掛かってきた。鯉は悪食《あくじき》というが、まさか人間まで襲うものだろうか。

飛びかかってきた鯉を手で払い落とす。地面に落ちた鯉はびちびちと跳ねる。

奇妙な形の頭部、そこには人間の頭蓋がはまっていた。きっと顔を突っ込んだまま取れずに成長したのだろう。不気味に盛り上がっていた。

「……久しぶり、って言うのかな？」

近くに落ちていた枝を拾う。そして、鯉に突き刺した。魚の返り血を浴びながら、まだ痙攣《けいれん》する魚をそのまま解体していく。

頭部を引きちぎって、剝き出しにする。月明りの中で赤く塗れ光るしゃれこうべ。ところどころ黒い毛髪が残っていた。それを先ほど組み立てた骨の中に組み込む。

「十八年ぶりかな、記憶にはないけど――」

骸骨に話しかける。

異常だとわかっている。わかっているが、なんとも言えない感慨が浮かんでくる。

骨の傍《かたわら》には輪郭の曖昧な女性が立っていた。何度か見たことがある――写真の中で。黒髪に少しきつめの目――毎日、鏡の中にそっくりな人物を見ている。

「――女です、お母さん」

ぼんやりとした女性の身体が、骸骨に重なる。

骸骨はカタンと音を鳴らした。

カタカタカタカタッ！

骸骨は歯を鳴らし続けた。何か話そうとしているように見えるが、何を言っているのかわからない。ただ、不気味な音だけが鳴り響く。

「……お母さん？」

ハジメは骸骨をじっと見る。骸骨はカタカタ鳴りながらハジメに手を伸ばす。黄ばんだ布が淡く輝き、白に変化していく。そして、白い着物姿へと変わった。

白い着物、あのリアルな人形がしていた恰好と同じ。

頭にふわりと白い布が被さる。

白無垢、骸骨が花嫁衣裳を着て立ち上がると、ハジメに覆いかぶさった。

「お母さ……」

ハジメの身体に骸骨の手が触れた。そのまま、すうっと身体の中に入っていく。

このまま受け入れてはいけない。たとえ母でもいけないのだ、とわかっているが、ハジメの身体は動かなかった。足が縫い付けられているように。

「……」

そっと眼球を地面に向ける。手が、泥だらけの溶けたような手がハジメの足首を摑んでいた。手は足首からふくらはぎ、そして太腿へと上に上に登っていく。

「……って」

——やめて。

ハジメの願いは届かなかった。

白無垢を着た骸骨は、完全にハジメの身体へと埋まった。ビクンと痙攣を起こし、ハジメはにやりと笑う。

もうその身体は、ハジメでありハジメでなくなってしまった。

「クゥン」

犬の鳴き声。黒い犬が二匹、森の中からやってきた。ついてくるなと言っていたはずなのに、お目付け役の二匹は我慢できずにやってきた。

ハジメはにこりと笑う。

「ずいぶん大きくなったね。金児《きんじ》、銀児《ぎんじ》」

ハジメは犬たちを撫で、褄《つま》を摑む。

泥人形たちが沸き上がり、赤い傘をハジメにさしてくれた。

「さあ、行こうね」

どこへと聞かれたら言う間でもない。

花嫁はどこへ向かうのかといえば、旦那様の元しかない。

シャランと鈴の音を立てて、ハジメは歩き始めた。

五章　きつねのよめいり

シャラン、シャラン。

鈴の音が聞こえる。

とんとんからん、とんとんからん。

機の音が混ざり、不協和音になる。

時刻は午前五時半くらいだろうか。時計がない機織り小屋では、絹子の腹具合が時刻の目安だ。いつもなら機の音だけが鳴り響いている時刻だ。

「早朝から大変だねえ」

大家、いや大家たちは朝稽古をしている。つまり、ハジメも一緒だ。石畳の大舞台で、巫女舞を踊っている。

今年、玉繭神社で行われる七夕祭、そのメインである巫女舞をハジメがやるそうだ。

「部外者が巫女舞をするのは、問題だろうか？」

珍しく大家から意見を求められたが、絹子としては思うところはあれど「問題あり」と言える立場ではない。確かに玉繭神社は絹子の故郷に本社があり、絹子はそこの神職の家系になる。でも、古都にある玉繭神社は大家にすべて任されているし、何より巫女舞を始めたのも大家だ。今更、大家の親戚が踊ることについてとやかく言う気はない。また、絹子が反対しないのには、もう一つ理由がある。

「大家もおっさんだからねえ」

三十路を過ぎた男が、女装して舞を踊るなど苦痛だろうに。自分で始めたこととはいえ、年々恥ずかしくなってきたのかもしれない。

絹子は機織りを続ける。今織っているのは正絹《しょうけん》の綸子《りんず》だ。正絹は絹百パーセントのこと、綸子は生地に柄を入れながら織る織り方だ。

絹子はそっと懐から手紙を取り出す。絹子の幼馴染みであり従姉妹である姫香《ひめか》からだ。絹子と同じで今年二十五歳。昨年、会った時に結婚すると聞いていた。手紙にはようやく結納を済ませたとある。結婚式は今年の年末に行うらしい。

絹子が織っているのは、その花嫁衣裳になる白無垢の生地だ。少々急だが、姫香に頼まれたら、断れるわけがない。手紙には、生地のデザインが同封されていた。

めでたい鶴や菊、鳳凰が多く使われる柄だが、姫香が指定したのは蝶の絵柄だった。複雑な織りになると、絹子一人では難しい。喜成村では、空引機《そらひきばた》というほぼ絶滅危惧種のような機織り機を使ってやっていた。二人一組でやる機織りなので、絹子一人では無理だ。ジャガード織機を使えば、一人でも複雑な物が織れるのだが、これは機械織りなのだ。難しい模様などは手織りでもやるが、模様を電子化しなくてはいけないので、絹子にとって最悪の相性になる。

仕方ないので、単純な綸子の生地に刺繍をすることにした。生地は重くなるが出来上がりはより豪華に見える。

花嫁衣裳を作るということで、長めに生地を用意する。白無垢なら角隠しも必要だろう。手織りは機械織りに比べて時間がかかるが、絹子は機織りに関しては玄人だ。しかも織るのが早いので、どちらかといえば刺繍にほとんど時間を費やすことになるだろう。

――本業の人に頼んだ方がいいのに。

全部、絹子の仕事でやってもらいたいという姫香の頼みなら仕方なかった。刺繍も一針一針丁寧に刺させてもらおう。

とんとんからん、とんとんからんと織っているうちに、鈴の音が聞こえなくなった。代わりの近所の寺の鐘の音が聞こえる。

絹子は機織り機を片付けて、社務所へと戻ることにした。


「今年の七夕祭のことなんだが」

朝食のあと、クロが大家にたずねてきた。手にはチラシを持っている。一応、お祭りということもあって、業者に祭の広告をプリントしてもらっている。その原案だ。

シロが器用にチラシをパソコンでデザインし、クロが修正を加えて大家に提出する。絹子はその手の仕事はノータッチだ。

「おい、絹子。先着でストラッププレゼントって本当にいいのか？」

クロが確認する。絹子が用意したストラップを持っている。

「大丈夫だよ、ちゃんと売る分とは別に三十本用意しているから」

何か客寄せになるものはないかと、絹子も考えた。考えた結果、粗品進呈くらいしか思いつかなかった。

「用意したっていっても――」

大家は目を細める。

「――アンテナショップのストラップは定価二千円で売っていたよな」

「そうだけど」

値段がちょっと高めなので、さすがに百本は無理かなと諦めた。喜成村から送ってこられた商品を出すのはためらってしまうので、全部絹子が作った。

「転売する奴がいるかもしれないぞ」

絹子は口を尖らせる。

「そんな顔してもする奴はするんだよ」

「ならどうすればいいの？」

「せめて、売り物より少し落ちるものにしろよ。頑張っているのはわかるが、無料でもらったストラップより店で買った物のほうが見劣りするとなったら購買意欲が下がるだろ」

大家はそう言いながら、明日、アンテナショップに追加する予定の商品を絹子に押し付ける。大家宛ての通信販売の荷物と間違えて社務所に運ばれたものだ。

「これは確かに見劣りするかもね。粗品の材料に絹使ってるでしょ？」

「あ、余った糸だし」

シロが段ボールから売り物のストラップを取り出した。絹子が用意した粗品のストラップより二センチほど短い。あと紐の組み方が簡素なデザインだ。わかる人にはわかる。

「絹子は人件費や採算とか考えずに、ポンポン物をやる。学園祭の組紐もそうだ」

「だよねー」

クロの言葉にシロが同意する。

「せ、せっかくお祭りに来てくれるんなら少しでもいい物って思うじゃない？」

絹子はもじもじしながら弁明すると、三人から同時にため息をつかれた。

「伝統文化を守りたいなら、価値をわかったほうがいいよ」

シロがタブレットの画面をタップする。見せられたのはフリマサイトのようで、ずらっと商品が並んでいる。素人細工に中古品、雑多な中にたまにいい品物も並んでいる。

「フリマで売るなら、売り手の好きな値段で売ればいいけどね。ただ、付加価値がしっかりついた商品を無料で配るのは好ましくないよ」

シロは画面をスクロールする。

「素人仕事のミサンガで数百円。伝統工芸安売りしたいならいいけど」

「うーん」

ストラップにはさらに、つまみ細工を付けようかと考えていたことは黙っておこう。

絹子はそのままスクロールした画面をじっと見る。たまにいい物が混じっているのに、ずいぶん安い値段で売られている。絹子が思うのもなんだが、もったいない。

「……うわっ。ひどい物も出品されてるー」

「ほんとだ」

組紐というカテゴリの中に、ひときわ異彩を放つ写真が混じっている。絹子とシロの声を聞いて、大家とクロものぞき込む。

「趣味悪ぃな」

「誰が買うんだよ……」

写真は髪の毛を編みこんで作った『ミサンガ』らしい。ミサンガは切れると願いが叶うというが、これは代わりに呪いが発動しそうだ。

「芸だけは細かいね。模様作るために色分けしてる」

茶髪と金髪、黒髪と模様が出来ている。出来が良くてほつれもないのがむしろ不気味だ。こだわりが見えるからこそ、放つ異彩というものがある。

「そういえばさあ――」

絹子は髪の毛で思い出す。

「この間の髪切り魔事件なんだけど、犯人ってやっぱり髪フェチだったみたいだね」

「その話か」

大家がシロからタブレットを奪い、いじり始める。

「うん。聞いたんだけど、人形作ってたみたい」

「人毛を使って人形ねえ」

「生き人形って、大家知ってる？　市松人形みたいなものかな？」

宇治無が言っていたことを思い出す。とてもリアルな人形だということは写真を見てわかったが、まだピンと概要がつかめないでいた。

　大家は呆れたように息を吐く。

「市松人形は今でこそ高級品のように扱われるが、昔はただの子どもの玩具だったものだ。今でいう着せ替え人形だ」

「そうなの？」

　綺麗な着物を着て、床の間にでも飾られているイメージが強いのに。

「着物は子どもが自分で作る物だった。遊びと手習いを一緒に出来るもんだが、時代の流れには勝てない。子どもの玩具にはもっと壊れにくいほうがいい。より頑丈な素材で人形が作られるようになると、そっちにうつるわけだ」

「そうだねえ」

　絹子も小さいころ欲しかったのは、頭身が高い着せ替え人形だった。ソフトビニール製で目がぱっちりした洋風の人形だが、生憎、買ってもらった記憶がない。物心ついた時には機織りをしていたし、人形の服ではなく自分の服を作っていた。

「よく市松人形の髪が伸びるなんて話を聞くだろ？」

「昔テレビでやってた気がする。そういえば今、全然ないよね、ホラー番組」

「俺みたいなうるさいのが、視聴者にたくさん増えてるからだよ」

　絹子は大変納得した。そして、面倒くさい視聴者の一人である大家はタブレットに市松人形を拡大して見せる。着せ替え人形と言われても半端にリアルな顔はやはり不気味だ。

クロとシロは話に興味ないらしく、洗濯物を畳みはじめたり、ゴロゴロと横になって漫画を読み始めたりしていた。

「髪の毛が伸びるかどうかなんて髪の付け方よって説明できる。懇切丁寧に作るわけじゃない、髪の毛を一本一本頭部に植え付けることはないだろ。結ぶなりなんなりして束ねて接着剤でくっつけたってところだろう」

大家は自分の尻尾のような髪を摑んで、折り曲げる真似をする。

「経年劣化によって、髪がずれて伸びることもあるだろうさ」

折り曲げた反対側が短くなる代わりに、もう片方が長くなるという。

「なるほど」

絹子は納得する。テレビ局も大変だ。ネットやら何やらで無駄に知識をためた人間ばかりいると、番組一つ作るのにも苦労しそうだ。

「で、次は生き人形だ」

大家はタブレットに、『生き人形』と『活き人形』、二つの単語を打ち込む。

「どっちが正しいの？」

てっきり絹子は『生き人形』が正解だと思っていた。

「どちらでも。『生き人形』のほうが一般的だろうな。元は、見世物として作られた人形で、売りは本物そっくりの精巧さだ。子どもの手遊び人形とは、その点で完成度が違う」

大家はまるで生きている人間のような人形を見せる。表情や服のしわ、髪の毛のほつれまでリアルだ。歯も一本一本焼き物で作られているようだ。少し暗い所に置いていたら誰も人形とは気が付かないだろう。

「リアルすぎて不気味」

「それが売りだからな。江戸後期から明治にかけて主に作られたものだ。からくり仕掛けにして動く物や、妖怪や死体を作って暗い部屋に置いた物もある。後者はお化け屋敷の元祖と言われている」

「お化け屋敷……」

怖がりな崎守が聞いたら、人形制作者を恨みそうだなと絹子は思う。

「例の髪切り魔が人形を作っていたとして、生き人形ってなると、基本は等身大だな」

「等身大」

話はようやく戻る。

「邪魔だよね」

「邪魔だろうな。たぶん、もっと小さいサイズだろ、さすがに」

大家はそのとおりと言わんばかりに頷いている。

絹子は少し首を傾げる。

「大家、もしかして犯人が人形作りの材料のために髪を切っていたって知らなかった？」

「おまえが連れて来たのは模倣犯だろう？　真犯人については一女のほうがよく知っているはずだ。聞いてみたらどうだ？」

「いや、一度聞いてみたけど。全然、大したことない相手だって言ってたかな？　ハジメさんを見て、怖がっていたみたいなこと言っていたような……」

「怖がっていた？」

「詳しくは聞いていないからわかんないよ」

大学祭の時に少し聞いただけだ。

それにしても、髪切り魔事件についてはあまり大きく取沙汰されなかった。大学でもひっそりと張り紙が取られていたくらいだ。

「ずいぶんあっけなく終わったけどさ。あれ、ニュースにはならなかったのかな？」

複数人の女性が髪を切られたとならば、地元メディアくらいは取り上げそうなものなのに、まったくその後の話を聞かなかった。

「真犯人はちょっと有名な人だと」

大家はばつの悪そうな顔をしながら、首の裏を掻いている。

「有名人？」

「大物政治家の息子で、しかも医者だってさ」

漫画を読みながらゴロゴロしていたシロが話に混じってきた。大家がぎろりとシロをにらんでいる。

「大物政治家？　医者？」

どこかで聞いたことがあるような、どこにでもありそうな話のような。

「ほうら、忘れたの？」

シロが勿体ぶっている。クロは洗濯物を終えたので、片付けに行った。

「おい、シロ」

大家が怒るが、シロは絹子の背中にまわって両肩に手をかける。そして、絹子の耳元でそっとつぶやく。

「二口女のお医者さん。他にもいろいろやっていたんだね」

「二口女……、あっ」

絹子は春に相談に来た男女を思い出す。オクトの紹介でやってきた二人組。不倫関係にあった政治家と愛人。事件の真相は、その二人に恨みを持った政治家の息子がやらかしたものだった。確か名前は『笹山　和也』とかいっただろうか。

「大家。あの時の事件って……」

「愛人の首のできものはなくなった。事件は解決、そんだけのはずだったんだが」

大家は舌打ちをする。

「今度は本当に違う方法で呪う気だったんだろうってさ。女の髪を使って、呪い人形を作っていたと話に聞いた」

「呪い人形……。生き人形じゃなかったの？」

大家が不思議そうにしていた理由がわかった。

「わからん、そういう形をしていたのかもしれん。話を爺さんに聞いただけだ」

「じーさんって、オクトさん？」

「ん？　ああ」

大家が一瞬考えてから答えた。『オクト』というのは本名じゃないので、一瞬ピンとこなかったのだろう。

「女の髪で呪いって、なんかありそうだけど実際どうなの？」

「本人の髪を使った呪いはあるが、他人の髪を使っても意味ないだろう。まあ、呪い自体が意味ある物とは言い難いが」

現実主義者の大家らしい言い方だ。

「でも呪い人形なんでしょ？」

「俺は、『人を呪うような不気味な人形』と伝えられただけだ」

「なんでもっと聞いとかないの？」

「俺だって暇じゃないんだよ」

大家はタブレットを畳の上に置くと、立ち上がる。そのまま、居間を出て行った。

「ふふふふっ」

シロが大家の後ろ姿を見て笑う。

「どうしたの？」

「いやさあ。表沙汰にされたほうがまだマシだったんじゃないかってね」

「どういうこと？」

「ひた隠しにするとなれば、それに怒った人たちが私刑に走るかもしれないってことだよ」

「何それ、どこの漫画の世界なの？」

ちょうどシロが読んでいるのは古い少年漫画だ。大家は本といったら見境ないので、漫画もよく購入している。

「なあに。現実は物語より奇なり。大切なお嬢さんが危ない目にあったら、身内が制裁加えるのは珍しくもない話だ」

「どこの時代の話って思うけどなあ」

絹子は笑いながら、立ち上がる。クロが洗濯物を持ってけ、とぽんぽん畳んだ服を叩く。

「そうだ。クロくん。私、明日出かけるから」

「言ってたなあ」

クロは壁に掛けられたカレンダーを見る。明日の日付に『絹』に丸を囲んで『出かける』と書いている。カレンダーは酒屋さんにもらった物で、日ごとに書き込みが出来るのが便利だ。大家は風情がないと嫌うが、使わないと勿体ないので有効活用させてもらっている。

「また、崎守サンだっけ？」

シロがカレンダーをのぞき込んでくる。

「うん。お祭りの手伝いの打ち合わせ。大学近くの喫茶店で会うんだ」

「バイト増やすとか言ってたよね。瑠美奈ちゃんも来るとして、誰か当ててあるの？」

「それは大丈夫！」

絹子は鼻息を荒くした。すでにコムラには了承を得ている。

「小遣い大丈夫か？　外食になるだろ？　学食と違って持ち込みできないぞ」

クロが心底心配そうに絹子を見る。

「……だいじょうぶ、だと思う」

ちょっと不安になりつつも、あとで財布の中身を確認しないといけない。

「五時までに帰って来いよ」

「ねえ、クロくん、私をいくつだと思っているの？」

「二十五歳児」

冗談でもなさそうに言ってくれる。

絹子は「ちがーう！」と大きく手でバツを作りながら反論したが、横にいるシロにゲフゲフ笑われた。

絹子は唇を尖らせ、念のためもう一度カレンダーを確認してお風呂に入ることにした。


「あー、ごめーん。またせたー」

古き良き喫茶店に明るい声が響く。瑠美奈だ。今日は、チューブトップというずり落ちが心配な恰好をしている。

「おそーい。あと声でかーい」

崎守がアイスティーを飲みながら言った。店内はクラシックが流れている。瑠美奈の声と服装は店の雰囲気から浮いていたが、他に客がいないので良しとする。カウンターの向こうに商売っ気のない店主、客は絹子と崎守、瑠美奈、それともう一人コムラだけだ。

「ねえ、それ、どうやって止めているの？」

絹子は瑠美奈の服を指しながら疑問を口にする。

「根性」

「いや、落ちる時は落ちるよ、センセ」

冗談めかした瑠美奈の言葉を崎守が切る。

「もー、そんなこと言うんだ」

瑠美奈は椅子に座ろうとして、もう一人、一緒に座っている人物に目をやる。

「あっ、新しくバイトに入る子？　私、瑠美奈。三回生ね」

簡単に自己紹介する。

「よろしくお願いします。一回生の大村です。コムラって呼ばれてますって……」

コムラは瑠美奈をじっと見る。先に来ていた崎守にはもう紹介済みだ。

「って、瑠美奈先輩じゃないですかー」

「あれ、知り合い？」

絹子と崎守は二人を交互に見る。

「知り合いというか、同じ部活なんですよー。まだ一回しか顔合わせしてないんで、私の顔覚えてないですよね、先輩」

「えっ？　そうだっけ」

瑠美奈は気まずそうに目をそらす。

「ということはフットサルサークル入ってるの？」

だとすれば、崎守も同じサークルのはずだが。

「あっ、違う違う。私、いくつか掛け持ちしてるの」

「ほんと、物好きだよね。瑠美奈」

崎守は呆れている。今日はキャミソールに日焼け防止のカーディガンを羽織っている。

「先生にも言ってましたよね。都市伝説研究会に入ったって」

「ああ、あれか」

絹子も一度集まりに誘われていた。

「先生、どうです？　気持ち変わりました？」

「あー、ちょっとそこダメー」

コムラに待ったをかけたのは瑠美奈だ。

「下手に勧誘すると、学生課に目をつけられるからアウト」

「そうなんですか？」

コムラが目をぱちぱちさせる。

「そうだよ。一人暮らしの大学生狙って宗教勧誘とかあるからさ。以前、頻繁に部活やサークル騙って勧誘があったせいで厳しくなってるの」

崎守が瑠美奈にかわって説明する。

「まだ古都だからいいほうかも。大物の神社仏閣が多いから、変な新興宗教入り込みにくいから」

崎守は懐からお守りを取り出す。玉繭神社で売ってある物だ。

「何かあれば、『こちらに入信してますので』とでもいえばさっと引いてくれるよ」

「崎守さん……」

いや、役に立っているのならいいのだろうか。

「あー、それ私もやってるー。ノーメイクでうろつくと駅前で捕まりやすいから注意ね」

「えっ？　何それ、ノーメイクだと何かあるの？」

絹子は話に食いつく。

「勧誘の人もどういう人間が引き込みやすいかわかってるのよ。眼鏡かけている人を狙ってコンタクトレンズのチラシ配る人と同じ。若いのに化粧もしない純な子や地味で幸薄い人のほうが、神頼みしそうだって思うんじゃない？」

絹子は自分の頬をぺたぺた触りながら、頷く。

ちょうどやる気のない店主が、注文した品とメニュー表を持ってやってきた。メニュー表は来たばかりの瑠美奈に、ナポリタンは絹子の前に置く。ここのナポリタンは自家製の麺とソーセージを使っているそうで、絹子にも安心して食べられる。話によると、店主が趣味で始めた喫茶店なので、商売っ気がない分、料理にはこだわりがあるらしい。

「私はアイスコーヒーでお願いします」

瑠美奈が注文すると、店主は無言でカウンターへ戻ると、アイスコーヒーと共に、残りの追加分を持ってきた。

「先生だけメニューくるの遅くない？　二人ともとっくに来ているみたいだったけど」

崎守はアイスティーを飲んでいるし、コムラはとうにパンケーキを食べ終わっている。絹子のナポリタンは今来たばかりだが――。

「センセのは、追加分」

「あっ、そういうことね」

納得している瑠美奈をよそに、絹子はフォークを使い、トマトケチャップたっぷりのスパゲティを口に入れる。ケチャップも自家製のようで、まだ形が残っているトマトが口の中でいい感じにはじけてくれる。あらびきウインナーも美味しく、洋食もたまには悪くないなと絹子は頷く。

「センセ。食べるの忙しいと思うから、話進めていい？」

「……」

絹子はもぐもぐしながら首を縦に振る。当分崎守に任せておこう。

「とはいえ、大したこと話してないんだけどね。瑠美奈なら、これ見たらわかるでしょ？」

崎守は絹子が持ってきたバイト内容および日程が書かれたプリントを渡す。シロが作成したもので、ご丁寧にイラスト入りだ。絹子なら逆立ちしても出来ない。

「はーい。今年も頑張って売るよー。先生、巫女姿写真についてなんだけど——」

　昨年は瑠美奈がＳＮＳに写真をアップしたことで、大きなカメラを持った参拝客が増えたのを覚えている。

　絹子はプリントの端っこを指す。『ＳＮＳにアップする場合、文面と写真をこちらに見せて許可を貰ってからにすること』としっかり書かれている。抜け目がない。

「これ、よく出来ているね。別に集まる必要もなかったんじゃない？」

　思わず絹子は他人事のようなことを口にしてしまった。

「いやあ、わかってないなあ。センセ。そこは気分というものでしょう。何より、ここのナポリタン美味しくないですか？」

　崎守が人差し指を振りながら言った。

「すごくおいしい」

　サラダとガーリックトーストも美味しい。

「穴場なんです、隠れ家的な。これは教えないといけないと思って。あとラストにすごいの頼んでるので期待してください」

「ラスト？」

　どんなものなんだろう、と絹子はガーリックトーストを齧る。

「一応、何か質問あったらどうぞ」

　絹子の言葉に、おずおずとコムラが手を上げる。

「あの、先生。巫女さんやるのって礼儀覚えなくちゃいけないんですか？」

「簡単なものをいくつかかな。参拝の仕方なんかは、境内のあちこちに注意書き張ってあるし、見ればわかるものだよ。それより、暗算が得意かどうか大事」

「なら大丈夫だと思います」

実はコムラは、スーパーでレジ打ちをしていたらしい。教える時間は少ないので、何かしら経験者だと助かる。

「でも巫女さんの格好かあ。先生が着ているところ一度見たけど可愛いですよね」

「いいよー。なんなら髪型もセットするよー。付け毛たくさんあるよー」

瑠美奈が手をワキワキさせる。着飾ることだけでなく、着飾らせることも好きらしい。

「バイトあるし、そろそろ髪黒くしようかなー」

崎守が髪を摘まんで言った。今の髪色はオリーブがかった栗色だ。微妙にマイナーチェンジを繰り返しているが、基本、明るい髪色をしている。

「染めるスプレーあるよ。落とすのが面倒なら全ウイッグもあるけど」

瑠美奈も己の髪をつまむ。一応、巫女をやるにあたって最低限の身なりはそろえてもらうので、去年は即席でスプレーで黒くしてもらった。

「いや、そろそろ就活の準備かなって」

「ああ、そういうことね。早くない？　三月からっしょ、企業説明会」

瑠美奈が首を傾げる。

「私は来年になってからどこ行こうか決めて、始めようかと思ってたんだけど」

「あー、非経団連とか外資系はもう始まるの。別にそこに行くって決まったわけじゃないけど、どのみち、バッサリ切って染めなきゃいけないからね。キリがいいと思って」

「就職活動、やっぱり大変なんですか？」

一回生のコムラはきょとんとした顔で見ている。

「うーん。就職自体は昔より楽になってるらしいよー」

でもね、と崎守がつけ加える。

「ただ、人間らしい生活をしたいなら、いい会社を選べ。そのために、いくつでも選択肢を用意しておけって言われて」

「誰に？」

「プログラマになってブラック就労、半年で倒れた先輩に」

とても説得力がある。

「しゅーしょくかつどーしたくなーぃ」

瑠美奈がテーブルの上に突っ伏す。

「だらだら学生したい。社会人になりたくない。夏休みもまともにとれないなんてイベントにもいけないわー」

「ピーターパン症候群だっけ、これ？」

「確かそうだったと思います、ただ、本当は男性に使う言葉らしいですけどね」

崎守の問いに、コムラが答える。

絹子は追加をもう一品頼もうかとメニューを見ている。

「センセ、ちょっと待った。何、追加しようとしているの？」

「えっ、ちゃんとお金は持ってるから……」

「いや、そうじゃなくてもう一品、すごいのを私が頼んでるからそれまで待って」

「う、うん」

何を頼んだのだろうかと不思議に思いながら、メニューを置く。そういえば、崎守はアイスティーしか頼んでなかった。

瑠美奈は現実逃避がしたいのか、ぼんやりと外を見ている。外は明るいが、パラパラと小雨が降っている。

「コムラちゃんだっけー。そーいえばさー、同好会のほうで『狐の嫁入り』の話聞かない？」

瑠美奈が手持無沙汰そうにメニューをめくりながら言った。

「何それ？　天気雨のこと？」

天気雨が降ると、狐が嫁入りをしているという言い伝えがある。今の小雨を見て言ったのだろう。

「先生、博識だねえ。でも違うんだな」

ノンノン、と人差し指を振る瑠美奈。

「あっ、最近聞く話ですよね。知ってますよ。っていうか見たって人、知ってます」

「見たって⁉」

他の三人が驚く中、コムラがスマートフォンを触る。何やらブログを見せてくれる。

「昼間に花嫁行列が見えるってやつですね。ちゃんと会長が記事にしています」

会長というのは、さっき言っていた都市伝説研究会とやらの長のことだろうか。ブログの管理人名には、『西都大学・都市伝説研究会』とある。

「えっ、ちょっとやめて。ホラー系の話ならやめて」

怖い話が大の苦手である崎守は引き気味だ。

「大丈夫ですよ。うちの研究会、都市伝説を研究する。すなわち、都市伝説は一体何が元になって出来たのかを研究する会なんです」

コムラは鼻息を荒くする。

それでも崎守は目を細めつつ、恐る恐るコムラのスマートフォンを見る。

記事は『狐の嫁入り』の説明から始まっている。天気雨の説明や、つながって花嫁行列に見える狐火のことについて書いてある。

「最近、古都周辺で花嫁行列を見かけるという話が増えているんです」

コムラは、噂を知らない絹子と崎守にブログを見せながら説明する。

「けれど、古都では花嫁行列なんてものは、神社の境内ならともかく、歩道では禁止されているんですよ」

「だろうねえ」

古都は観光都市だ。花嫁行列を公共の道路で行うのは許可が必要だろう。

「でも、花嫁行列を見たという人が何人もいるんです。もちろん、そんなイベントはないにも関わらず」

「一般人が面白がってやってるんじゃない？」

瑠美奈が至極冷めた意見を言い出した。最初に話を振ったのは瑠美奈ではなかったかと思いつつ、絹子は水を飲む。

「会長が写真撮ってました。花嫁だけですが」

「そうなの？　一般人の悪戯かな？」

コムラは絹子にスマホをスクロールさせて見せる。

「望遠で花嫁をズームしてとったんで、少しぼやけてますけど」

確かに白無垢を来た女性が映し出されている。

「本当にぼやけているね」

「よく顔見えないんだけど」

「横になんかいるね。やっぱり狐？　にしては黒っぽくてシュッとしているけど」

各々感想を述べる。

絹子は目を凝らして写真を見る。誰かに似ているような気がするがはっきりわからない。

「他にも何枚か写真撮ったらしいんですけど、ピンボケばかりだったそうです」

「会長って写真下手だもんね。いい一眼持ってるのに、カメラマンとして使えないの。そのせいで撮影会も無駄になったわー」

　瑠美奈が両手を広げて首を振る。なんの撮影会かよくわからないが、たぶん、巫女写真をSNSにアップするみたいな物だろう。

「瑠美奈って、一眼貸してもらうためだけに在籍してるもんね。カメラだけ貸して貰えずに、カメラマンもセットだけど」

　崎守は頬杖をついて呆れていた。

「でもね、不思議なんですよ。話によると、一緒にいたのに花嫁行列を見たという人と、会長のように花嫁は単体だったという人に分かれているんです」

「つまり、行列が見えなかった人がいたってこと？」

「そうです。一緒に見た人の意見が違うというのはおかしくないですか？」

「まー、うーん……」

　うなずきながら絹子は写真をもう一度見る。

「会長も花嫁一人に見えたんだね」

「ええ。お付きの狐？　ですかね。そいつはいたみたいですけど」

「……」

　絹子は唸る。

　ここで大家だったら、どう考えるだろうか……。ふと頭にピンと浮かぶ。

「そういえばさっき、新興宗教がどうとかって言ってたじゃない」

「はい」

「これ、そのデモンストレーションとかじゃないのかな」

絹子は我ながら名推理だと思う。

「デモンストレーション？」

コムラが腕を組んで唸る。

「あり得るかもしれませんね。確かに」

「言われてみると、ないとも言えないわね」

瑠美奈も頷く。

「私は幽霊とかの類じゃなければ、どっちでもいいわ」

崎守は話にあまり興味がないらしく、小さく両手を上げる。

「つまりこういうことですね」

コムラが紙ナプキンを一枚とって広げる。ボールペンで小さくデフォルメした狐と棒人間を何人かを描く。

「狐の花嫁が現れる。周りには何人かの目撃者がいるが、行列を見たという人と花嫁だけを見たという人がいる。行列を見たという人は信者で、騒ぎを大きくするためにわざと嘘の発言をした」

嘘を上手につくには、真実を織り交ぜると良いと大家が言っていたことを思い出す。

「無理はないね。意見が食い違うと不思議に感じて人の心に残るから。先生は、新興宗教って言ったけど、もしかしたら劇団とかかもしれないし」

「あっ、そっちのほうがしっくりきます」

古都には学生が多い。西都大学は、芸術面で大きく支援がされている大学なので、学生の劇団活動もあるだろう。

「そう考えると、これ、狐の嫁入りとはちょっと違うかも」

「違ったらなんなの？」

「『斎』さまの嫁入り行列かなって」

「なるほど」

『斎』、古都で崇められている神様だ。ちょっと変わった神様で、生き神、すなわち人間が神をやっている。毎年、年に一度、年始にお祭りがあり、その祭の中で舞を踊る時だけ人前に出てくる。

「『斎』さまなら、神様の花嫁だもの」

そうだったのか、と絹子は納得した。『斎』関係の話は、十年も古都にいながらあまり詳しくない。観光客に祭の概要だけ教える程度しか知らない。

「『斎』さまなら、表沙汰にしたら駄目だわ」

「なんでなの？」

絹子が率直に疑問を投げると、コムラと瑠美奈だけでなく崎守にまで呆れた目で見られた。

「センセ、そんなんでよく巫女やれるね？」

「古都ではモグリ扱いされるよ」

「先生の食べっぷりより呆れますね」

「食べっぷりは関係ないんじゃない⁉」

三人はやれやれ、と揃えて首を振る。

「『斎』さまを題材に勝手に何かする行為は、いわば世界的に有名な鼠なんかのマスコットキャラクターのパチモンを売ることに等しいんです」

「音楽の歌詞を無許可でネットにあげることに近いわね」

「訴えられたら確実に負ける」

「……つまり、著作権にうるさいということでＯＫ？」

絹子なりに理解した。

「で、『斎』さまの嫁入りって？」

「そこから説明しないと駄目なわけかー」

崎守がちょっと偉そうに腕を組む。

「『斎』さまって言うのは、元は巫女なの。でも神様のお嫁さんになっちゃったから、半分は人である生き神になったわけ」

なんで神様なのに、神に捧げる舞を踊るのか不思議に思っていた。ようやく理解できた。

「花嫁行列は神様のお嫁さんになるための物。本来、斎祭は年に二回あって、この時期には花嫁行列があるらしいの。でも、ここ二十年ちょっとくらい花嫁行列は行われていないんだよね。だから、勝手にやったと考えれば合点が行くでしょ」

「行ったことない、斎祭」

「「「なんで？」」」

「うち、神社だから」

三人は納得する。

年始の忙しい時に出かけるわけにはいかない。大家は他の仕事で留守になるので、絹子が切り盛りしないといけない。二十年以上前から行われていない花嫁行列も、絹子が古都に来たのは十年前なので知るわけがない。

「ねえ、大家さんは斎祭について教えてくれなかったの？」

崎守が氷だけになったアイスティーを揺らしながら目を細める。

「大家は『斎』さまのこと嫌いみたいだからね。簡単にしか教えてくれなかった」

「ネットで調べたこととかは？」

瑠美奈も不思議そうな顔をする。

「私がネットを使いこなせると思う？」

「あっ、ごめんなさい」

瑠美奈に納得されてしまった。

「いろいろ話し込んでいるところ悪いけど」

後ろからやる気がない声が聞こえた。振り返ると、大きな器を持った店主が立っていた。

「注文の品が出来たよ」

「あっ！　待ってました！」

崎守が小さく拍手する。彼女が言っていた、頼んでいた物はこれだろうか。

テーブルの上に置かれたのは、巨大なパフェだった。透明なバケツのような器にフルーツ、コーンフレーク、アイスクリームに生クリームの層がいくつも重ねられ、あふれるほどたっぷりの果物が塔のようにそびえたっている。ワッフルコーンが角のように突き刺さり、駄目押しと言わんばかりに花火がパチパチ音を立てていた。

「食べきれるのかい？　アイスをたくさん使っているから、お持ち帰りには向かないぞ」

店主が心配そうな顔をしている。

「先生は生クリーム苦手だから私が対応するね。ここ、アイスも手作りであっさりしてるから食べやすいよ」

「……ねえ、崎守。あんた、まず相談してから注文してよ」

「崎守先輩、無計画すぎます」

二人が冷めた目で崎守を見るのに対し、崎守は絹子に期待の眼差しを向けていた。

「センセ。ナポリタンはまだお腹に残ってる？　どれくらいならいけそう？」

「生クリームとコーンフレークを排除してくれたら、他は全部いける」

絹子はそびえたつ塔を前に、にっこりと笑った。

外食でこれだけ食べたのは初めてではなかろうか。

絹子はお腹をさすりながら、バスを降りた。

パフェは美味しかった。

料理にこだわりがある店主だけのことはあった。フルーツはどれも新鮮でおいしかったし、アイスもちょうどいい甘さだった。最下層にあったフルーツも缶詰ではなくわざわざコンポートした物を乱切りして入れてあった。

一つ残念だったのはコーンフレークが市販品だったことだが、さすがに手作りしろとは言うことはできない。崎守にしっかり食べてもらった。

「また、食べたいな――」

思わず口に出しながら、神社へ続く石段を昇っていくと、巫女装束のハジメが見えた。

今日も稽古だろうかと、絹子はちらりと見る。挨拶したほうがいいだろうか、と思ったが、絹子はそのまま通りすぎることにした。

ハジメは俯いていた。俯いた下の地面は雨も降っていないのに濡れていたのだ。

また、大家がしごいたのだろうか。

絹子は社務所に黙って入っていった。

「大家、またハジメさんにひどいこと言ったの?」

台所にお茶を飲みに来た大家に、絹子は言った。大家は風呂上りだったらしく、首にはタオルをかけていた。

「おまえには関係ないことだろ」

「ハジメさん泣いてたけど？」

地面が濡れていた。ということは泣いていたのだろう。

「わー、泣かしてるー。ひどいよー」

シロが茶々を入れる。手には棒アイスを持っていた。夕食前なので、クロに怒られそうだが、生憎クロは家庭菜園に野菜を取りに行っている。

うるさいと大家がシロをにらむ。

「別に大したことは言ってない。稽古をする気がないなら、巫女舞はやらなくていいと伝えただけだ。別に泣くようなことでもない」

大家が心外とばかりに、顔をしかめる。

「やる気がないって。朝稽古も毎日やってるでしょ？」

「気付いていたか」

「私、早起きだからね」

ちょっと誇らしげに胸を張る絹子。

「体調管理はしっかりしろと言ったのに、睡眠不足で稽古中に寝ていた。ここ数日、なんか様子はおかしいが、別にそこまでしごいてない」

「……。学校も行っているようだし、疲れているんだよ」

絹子なら間違いなく寝てしまう。学校生活もようやく慣れたころだろうし、大変だ。

「朝稽古は、大学が休みになってから始めたんだ。上京したといっても爺さんの家にいるから、家事と言えるようなこともしていない」

「うーん」

絹子はどうフォローを入れればいいのかわからない。大家にはまったく悪気がない。

大家は面倒そうに髪をタオルで拭く。絹子ほどではないが尻尾のような髪が背中まである長さなので渇くのに時間がかかる。

「夏風邪とか、体調不良とかじゃないかな」

「そうかもねえ――」

同意するのはシロだ。アイスの棒を口にくわえて、ぶらぶらさせている。

「――なんか、つかれてるんじゃないかなあ」

「……」

大家はコップを流し台に置くと、台所を出る。

「大家、夕飯は？」

「部屋で食う」

「冷めちゃうのに」

「今日は冷めるメニューじゃない」

大家の言うとおり、鍋を開けると薄口の出汁が入っていて、素麺の桐箱が置いてあった。

「あと棒棒鶏《バンバンジー》と冷や汁ね。絹子はご飯がないと駄目だからね」

シロが付け加えるように冷蔵庫を開ける。こちらにも大鍋が入っていて、中には夏野菜が刻んで入れられていた。

大葉に茗荷《みょうが》、胡瓜と胡麻を、冷めたご飯にかけると、歯ごたえと風味がたまらない。見てしまったら、今すぐ食べたくなる。

「本当は鶏飯作るつもりだったらしいんだけどさ。若鶏で、クロがしょげてた」

「若鶏じゃダメなの？」

お肉は柔らかいほうが美味しいのではないか、と絹子は思う。

「若鶏じゃ出汁がでないらしい。親鶏じゃなきゃ作れるかって、妙にこだわるんだよね」

シロはもう一本アイスを食べようと冷凍庫を開ける。ちょうどその時、畑からトマトを収穫して帰ってきたクロがすかさずシロを殴った。

「夕飯が入らなくなるだろ！」

さらに食べ終えたアイスの棒を見つけ、絶叫する。

仲がいいなー、と思いつつ、絹子はコムラたち用の巫女服を準備することにした。

祭一週間前になると、予行練習も兼ねてみんなにバイトに入ってもらうことにした。

バイト経験者ということもあり、コムラは仕事をすぐ覚えてくれた。崎守と瑠美奈は、昨年から行事ごとに手伝ってもらっているので、特に教えることもない。

絹子はおかげで、空いた時間に機織りに専念することが出来た。

「思った以上に早く出来ちゃった」

トントンと最後の糸を整えながら絹子は思う。

出来た部分に指を滑らせると、絹のひんやりとした手触りがする。

仕上げたら、ほつれがないかよく確認しないといけない。生地が出来たら一度姫香が古都にやってくる手筈になっている。採寸し、着物を仕立てて、それから刺繍だ。

経糸にはさみをいれる。残った房はほつれないように丁寧に始末する。

残った経糸は、またより合わせて新しい糸を作る。機織りに使うでも、組紐に使うでもない。大家がなぜか、この余り糸を欲しがるのだ。もちろん、再利用するので強度が下がるのだが、これがいいと言う。

一体、何に使うのだか。

出来た反物はまとめて、桐箱の中に入れる。正絹は日に当たると黄ばんでしまうので、扱いに気を付ける必要がある。社務所に戻ったら、柄を写真に撮ってもらって姫香にメールで送ってもらおう。

絹子は桐箱を持って、機織り小屋を出た。

大家が神妙な顔で機織り小屋の前に立っていた。

「どうしたの？」

普段なら自室に引きこもっている時間だ。しっかり袴を穿いて神職姿になっている。

「爺さんに呼び出された。出かけてくる」

境内には、袴姿のオクトが立っていた。絹子と目が合うと軽く会釈して近づいてきた。

「絹子さん」

「なんでしょうか？」

「貴方も来ていただけないでしょうか？」

「何を言っているんだ……」

オクトの頼みに突っかかってきたのは大家だ。目を細めてオクトをにらみつけている。

「そのほうがいいだろうと思うのだよ」

「こいつを連れていっても、なんの役に立たない」

大家ははっきり断言する。絹子はカチンとくるが、問題は本当に役に立たないことだ。

絹子は機織り関係以外のことは、大体がダメダメなのだ。

「ええっと、どんな用ですか？」

一応、オクトに確認しておく。

「なんでもない。大人しく留守番していろ」

大家は絹子の質問を跳ね除け、つんとした態度で出て行ってしまう。

「な、なんなの、あの態度」

絹子は啞然としながら、社務所に戻った。

夕食の時間になっても大家は帰ってこなかった。

絹子は食べ終わった茶碗を片付けると、まだ手を付けていない大家のお膳を見る。

「長引くなら、ごはんいらないって言ってくれれば、クロくんも楽なのに」

「そんなこと言ってなかったんだけどな」

おかずにラップをかけるクロ。絹子はじっと見る。

「食うなよ」

「た、食べないから……」

でも、外食してきたら結局いらなくなるのでは、とも思わなくもない。

「大家、今日は夕飯無理かもね」

絹子の心を読むように言うのは、シロだ。普段、へらへらと笑っていることが多い彼だが、なんだかちょっと困った顔をしていた。

「どうかしたのか？」

クロがシロを見る。

「うーん。今回はちょっと面倒くさいことになるかなーって」

そう呟きながら、シロは冷蔵庫を開けて、瓶を取り出す。粒入りのミカンジュースだ。

「大家としてはなかったことにしたい問題だろうけど、僕はそう思わないんだよね」

蓋を開けて、中のジュースをゴクゴク飲む。

「なかったことにしたい問題？」

「大家にもいろいろあるんだよ。ああ見えて」

シロとクロは知っているのに、絹子は知らない。

「いつかは知らなくちゃいけないかもしれないことなんだけど、聞きたい？」

シロが絹子をのぞき込む。

「別にいいよ。大家が秘密主義なのはいつものことだし。下手に聞いたところで、私が何か出来るとかって思わないから」

絹子は何も知らない。気付かないほうが幸せなことがたくさんあると知っている。

「ふーん」

シロの「ふーん」には、いろいろな意味が込められているような気がした。

「ねえ、絹子さあ。今、眠たい？」

「別に眠たくないけど」

唐突な質問をされて困惑する絹子。

「断言できる？　本当は今、起きている夢を見ているに過ぎないのかもよ」

「それって、なんだっけ。コチョウのなんたら？」

「胡蝶の夢だろ」

クロが訂正する。

「うん、胡蝶の夢。もしかしたら、今、本当の絹子は布団の中でスヤスヤ眠っていてるのかもしれない」

絹子は頬を指でつまもうとした。だが、すぐさまシロに手を掴まれる。

「何してるの？」

「夢なら覚めるでしょ」

「わかってるけど、僕としてはもう少し眠っていて欲しいんだ」

シロは絹子の手を離さない。そのまま引っ張っていく。

「クロ、ちょっと留守番をお願いね」

クロは了解と言わんばかりに、手を上げる。

「少し、散歩に付き合ってほしいんだ」

「なんで散歩？」

「このままだと、ハジメちゃん。いなくなっちゃうからね」

シロに引っ張られるまま玄関を出る。

意味がわからない。

ただ、嘘を言っているようにも思えない。普段ふざけている彼の横顔はちょっと真剣に見えるのだ。

「それって、大家が関係しているの？」

「たぶんね」

だから、オクトと大家が出かけたのか。ハジメが、誘拐でもされたのだろうか。確かに、育ちは良さそうなので身代金を払ってくれそうだ。

でもそれなら、大家の言うとおり、絹子には出番がなさそうだ。

手を引かれたまま、石段を駆け下りる。

走っているのに、不思議と息苦しくない。本当に、シロの言うとおり夢ではないかと思ってしまう。

「前にさ、首に腫物が出来た女性が来たの、覚えている？」

「うん。オクトさんの紹介で来た人だよね」

確か、依頼人の男は大物政治家だったはずだ。妙に偉そうで、人目を気にしていると思ったが、愛人の相談なら納得できた。

「どういうつながりだったんだろう？」

「ああ見えて、あの爺さん、書家として有名だからね。書いた文字に言霊が宿るとか言って、政界でも顔が利くんだ」

なるほど、と絹子は納得する。

「あと、爺さんとその政治家の子ども同士、同級生だったってのもある」

「子どもって言うと、死んじゃった子？」

「上のほう。兄貴かな。医者になったけど、内に抱えるものはいろいろあったみたいだね」

「確か髪切り魔の正体ってその人でしょ？」

女の髪を集めて、呪いに使っていたのでは、という話だ。笹山和也という名前だった。

「うん、髪を使って何かしようとしていた。っていうか困ったことに本当に呪いだったわけ。そして、呪いというものは──」

走っているうちにポツリと絹子の手に水滴が落ちた。続けてポッポッと雨粒が落ちてくる。しかし、空は晴れている。雨粒は太陽に反射してけぶるように視界をぼやかしていく。

「──呪いって、失敗すると変な方向に跳ね返ってくるんだ」

シロの髪が雨に濡れる。真っ白な髪は、水気を帯びて絹のように艶がかかって見える。どれだけ走ったのだろうか。シロに引っ張られるままついてきたので、どこへ向かっているのかわからない。

絹子はけぶる周りの景色を眺める。玉繭神社は古都の南のはずれに位置する。さらに南に下れば、どんどん建物は減っていく。

絹子はいつのまにかアスファルトの道路ではなく、土の上を走っていることに気付いた。

こんな場所が古都にあっただろうか。

霧のような小雨の中に見えるのは田園風景だ。

確かに、古都から離れれば田んぼの一つや二つあるが、それにしても田舎すぎやしないだろうか。

絹子はそんなに長い距離を走っただろうか。いや、それ以前にさっきまで夜だったのにと首を傾げる。

シロは、ようやく速度を緩め、牧歌的な風景の中を歩いていく。だが、絹子の手を摑んだままで離さないので、逃げることも出来ない。

絹子が疑問を口にしたところで、シロはちゃんと答えてくれるだろうか。大家と同じく、この白髪の少年もまた秘密主義だ。絹子とて少しは脳みそがある。最低限の質問には答えてもらいたい。

「ここはどこなの？　大家のいるところに向かっているの？」

「ほら、あそこ」

シロが見ている方向には、ぼんやりと光が見える。なんだろうか。一列にゆらゆらと揺れている。

近づくにつれ、光の正体は提灯の光だとわかる。しゃんしゃんと囃子の音が聞こえた。黒い着物を来た集団が、列をなして歩いている。ゆらりゆらりと揺れる光、独特の音楽。けぶる雨の中、古い時代劇映画のような光景があった。

列の先頭には赤い傘が見える。ぼやけた視界の中、鬼灯《ほおずき》のような傘の色は、絹子の目に鮮明に映る。その傘に守られるように、白い角隠しがのぞいていた。

「花嫁行列？」

なぜ、こんなところに。

絹子はコムラの話を思い出す。まさにこれは狐の嫁入りではないだろうか。

シロはゆっくりと進む花嫁行列を追いかける。もう走っていないが、絹子は引っ張られるままついていくしかない。

しかし、絹子たちはすぐに追いつくと思えたのだが、どうにも追いつけない。

追いつけないが、置いていかれるわけではない。

「早くしないと危ないかなあ」

シロはつぶやく。

「ハジメが……てしまう」

いつのまにか、絹子たちは森の中にいた。ざわざわと木々が揺れる。揺れる緑の中、赤い傘と白無垢、そして黒い行列。小雨がけぶっているせいで、これまた古いフィルム映画に見える。

木々が揺れる中、何か音が聞こえてきた。

花嫁行列の囃子ではない。あどけない子どもたちの声。

かーごーめ、かーごめー

わらべ歌だ。木々の向こうにちらちらと子どもたちの姿が見える。着物を着て手をつなぎ、輪を作っている。その中心に子どもが一人しゃがみこんでいる。

くるくるくるくると回る子どもたち。わらべ歌が終わると、子どもたちははしゃぎながら散り散りになって消える。

残されたしゃがみこんでいた子どもが立ち上がる。白い着物を着た子ども。ゆっくりと絹子のほうを振り返る。顔は見えない。いや、白い半紙のようなものを額からぶら下げて顔を隠していた。

巫女舞を踊る時の大家のように――。

――急に雨が大降りになった。濡れては嫌だと頭を隠しているうちに、またけぶるような小雨に戻る。

一瞬目を離した隙に、半紙を付けた子どもはいなくなっていた。

絹子は探そうとするが、手はシロに引っ張られたまま。森は広く、子どもたちは消え、花嫁行列には追いつかない。

また別の木々の向こうに、人影が見えだす。

セーラー服を着た女の子、恰好と見た目の年齢からして女子高生だろうか。にこにこと笑いながら、同年代の学ランの男子高校生と話している。

人に目を取られているうちに、いつのまにか街中の光景に変わっていた。

――あれ？

セーラー服の女の子はハジメだろうか。いや、似ているが違う。ハジメよりも大人っぽい顔立ちだ。長い髪を束ねもせずに軽く流し、顔には軽く化粧。弾けるような笑みは、ほんの少し頬が赤かった。似ている別人。ハジメも笑ったらあんな風に見えるのだろうか。

――この人は……。

以前、一瞬だけ見た写真を思い出す。ネットにあった行方不明者一覧が載ったサイトだ。

あの時、掲載された人物に見覚えがあると思ったのはハジメに似ていたからだ。二十年も前に行方不明になった人は、今笑っている女子高生にそっくりだ。

女子高生は隣の男子高校生と顔を近づけて楽しそうに笑い合う。友達というには親しすぎる、恋人なのかもしれない。二人で冗談めかして笑い、露店で揃いの指輪を買う。少女ははにかみながら、左手の薬指に指輪をはめる。呆気にとられる男子高校生を見て、冗談だよ、と言わんばかり右手に指輪を移動させる。

普通の女の子ってこういう生き物なのだろうか、と絹子は思う。

普通に学校に通って、同級生と他愛もない話をして、気になる異性がいたりして。

家ではやりたくない受験勉強をして、気分転換にペットの黒い犬二匹と散歩して、体重が気になりつつ買い食いをして帰ったり……。

一人の女の子の他愛ない日常が流れてくる。

絹子は普通とは違った青春時代を過ごした。幼いころから機織り漬けの生活で、中学、高校には通ったことはない。大家に拾われなければ、きっと今よりもずっと愚鈍で物知らずのまま、機を織り続けていただろう。

そんな絹子ほどではないが、ハジメもまた特異な環境で生活してきたみたいだ。普通の女の子であれば黒服の護衛がいつもついているなんてありえない。

ハジメとよく似た少女は一体何者だろうか。ハジメが見たら、自分とよく似た少女がころころと表情を変え、普通の生活をしているのをどう思うのか。

少女の姿を絹子は目で追いかける。

ザザーッとまた雨が降って、木々がしなると、ぱっと場面が変わった。

セーラー服の少女は男と口論している。相手の中年の男、見覚えがある。オクトによく似ていた。若いころのオクトはきっとこんな顔だろう。何を話しているのだろうか。

ただ少女の顔には先ほどまでの笑顔の代わりに、怒りと悔しさが満ち溢れていた。

少女の訴えは聞き届けられることはなかったようだ。肩を落とし、ゆっくりと歩く少女。

少女の顔から化粧が剝がれ落ちる。長い黒髪は、切りそろえられ、後ろできっちり結われた。黒いセーラー服は、真っ白な巫女装束に変わる。

そして、笑顔が消えた。巫女姿の少女は、そっくりどころかハジメそのままだ。ただ、左手の薬指には露天で買った指輪がはまっていた。

少女は広いお屋敷にいた。寝殿造りというのだろうか、広く簡素だが美しい屋敷で働いている。特定の人間以外、入ることは出来ない場所。世間と隔絶された、静かな牢獄だ。

少女は、子どもの世話をしていた。少女よりも頭半分小さな子。背丈からしてまだ中学生にもなっていないだろう。白装束を着て、顔に半紙をかけていて、男女の区別が出来ない。ただ、その仕草はどこか男の子っぽく思えた。

さっきの子どもの輪にいた子だろうか。いくらか身長が伸びているが、顔は見えないままだ。だが、半紙の下は笑顔なわけがないと確信する。

少女の表情は屋敷で生活するうちに、どんどんなくなっていった。指輪を眺める時だけ、ほんの少しだけ昔の笑顔が戻る。

少女の周りの空気がどんどん濁っていくように見えた。

そんな中、少女の耳元で誰かが語りかける。顔は見えない。ただ、言葉を紡ぎ出す口元だけが見えた。ちらちらと覗く赤い舌はまるで蛇のようだ。

その言葉に少女は顔色を変える。否定するように首を横に振るが、赤い舌は少女にささやき続ける。

大家が見たら、聖書の一説を例にあげそうだ。

あれは、なんというタイトルだったろうか。絹子は一瞬目を瞑った。

「――楽園追放」

シロの口から聞こえた。

たしかに、そんな題名だった気がする。

少女は左手の薬指を撫でる。撫でたまま、半紙をつけた子どもの元へと向かう。

少女の顔は虚ろで、ただ目の端っこに一縷の光を求めているように見えた。

いきなり、絹子の視界は真っ黒になった。

真っ暗な中、赤子の声が聞こえてきた。ぴちょん、ぴちょんと水がしたたる音がして、赤い色が見えてきた。そこから、次第に明るくなり、風呂場に血が流れているのがわかった。まだへその緒をつけたままの赤子がバスタオルにざっくりと包まれている。しわしわの顔は血と羊水でぬれ、グーを作った拳はクルミのような大きさだ。

誰かの庇護下になければ死んでしまう小さな小さな個体。本来いるべき母親はいない。

母親――、ハジメによく似た少女は、腹を押さえながら歩いていた。まだ安静にすべき身体なのに、歩くだけでもきついのに、真っ白なワンピースを着て、大きな鞄を持っていた。その目には、片隅に残っていた光が、次第に大きくらんらんと輝き始めた。

左手の薬指には安っぽい指輪。希望に満ち溢れた少女が向かった先は、彼女に指輪をくれた男子高校生だった。あれから数年が経ったのか。恋人の男子高校生はもう大人になっていた。少女を見ると、ゆっくりと笑った。そして――。

少女は何が起きたのかわからなかっただろう。

頭に衝撃が走る。恋人は、歯をむき出しにして、右手にハンマーを持っている。

地面に横たわる。ぬるっとした血が側頭部からあふれ、こめかみを伝い、目の縁から流れ落ちる。

逃げ出そうにも、頭を殴られた上、子を産んだばかりの身体には体力が残っていない。

恋人は少女に向かって何か侮蔑の言葉を吐き捨てて、もう一度ハンマーを振り下ろした。

そして、もう一度、もう一度、もう一度……。

少女はやはりわからなかったようだ。なぜ、恋人が怒っているのか。なぜ、自分を殴り続けるのか。

数年、普通とは違った生活を強いられているうちに、どこか麻痺してしまったのかもしれない。

少女が産んだ子どもは男子高校生の子ではなかった。

男子高校生はそれが許せなかった。自分の前から長い間姿を消した理由、結果生まれた子どもが何よりも裏切者の証拠だと、思ったに違いない。少女が動かなくなるまで彼はハンマーを振り続けた。

そして、少女が動かなくなると、恋人は彼女の黒髪を摑み、ごっそりと切り取った。

あの髪切り魔のように——。

——やっぱり夢なのだろうか。

夢なのかもしれない。絹子は普段からぼんやりしているので、いつの間にか眠っていて気付いていない可能性もある。

「ついたよ」

手を引っ張っていたシロが立ち止まった。ようやく摑んでいた手を離してくれた。

花嫁行列に追いついたのだろうか。いや、行列は見えない。代わりに立派な門構えの屋敷にたどり着いた。

絹子の貧相な知識では、ヤクザの大親分が住んでいそうな平屋という例で精一杯だ。長い白壁の塀に囲まれて、大きな木製の門がある。

「旅館みたいだね」

シロがそう言って、門に手を伸ばす。

ギギギギッと門が開く。シロは我が物顔で入っていく。

「不法侵入じゃない？」

「大丈夫だよ。客人の連れです、とでもいえばいいよ」

「つまり大家はここにいるんだね」

外壁から見て立派な屋敷は、中も立派だった。大きな庭石がいくつもあり、玉砂利が綺麗に敷き詰められている。ぴちょんと水の中で何か跳ねる音がする。どうやら鯉がいるようだが、けぶるような雨のせいで確認できない。飛び石をぴょんぴょん飛び越えてシロが歩くので、絹子も速足で追いつかないといけない。

「こっちこっち」

玄関に向かうかと思いきや、シロは庭にどんどん入っていく。

「いいの？　本当に」

「だいじょうぶ、だいじょうぶ」

本当に大丈夫なのかなあ、と思いつつ、これが夢なら問題ないな、と進んでいく。

「ここだね」

シロは蔵の前で止まる。重い金属扉になまこ壁の蔵だ。これまた、扉に触れると重い音を立てて開く。

中に荷物らしきものは何もない。代わりに床が開いていた。地下へと通じているらしい。どうにも秘密基地めいている。

「すごいところだね」

一歩一歩階段を下りていく。思った以上に奥行きがあり、絹子はきょろきょろと周りを見渡しながら行く。

「ほら」

シロが指差す方向を見る。木の格子が見えた。その奥には畳が敷かれている。畳には、紙切れがばらまかれ、達筆すぎて読めない文字で埋まっていた。

「や、やめて、やめてくれ」

頭をかきむしりうずくまる男がいる。その周りに二人、大家とオクトがいた。

うずくまる男は怯えた目で何もない壁を見ている。

「わ、悪かった。俺が悪かった」

何を謝っているのだろうか。四十路になったかなっていないか、という年齢の男だ。ブランド物のマークがついたスラックスに白いシャツを着ている。

大家たちはじっと壁を凝視して、絹子たちには気付かない。

絹子はどこかで見たことがある顔に思えた。いや、ついさっき見た。

「あの人が、お偉いさんの息子さん、お医者さんで髪切り魔。それでもって――」

シロが絹子の耳元でささやく。

「爺さんの娘の恋人だったたんだ」

爺さん、オクトのことだ。

「えっと、じゃあ、ハジメさんの……」

オクトの孫がハジメだ。なので、ハジメのお父さんなのかと聞く前に、指で唇を押さえられる。

「違うよ、彼は、笹山は。彼女は駆け落ちをしようとした。でも、失敗した」

「なら……」

「笹山は彼女を受け入れることが出来なかった。他の男の子を産んだあとの彼女をね」

ぞくりとする笑顔を見せるシロ。

「爺さんとこ、しいて言えばその血族全体はかなり特殊すぎるところなんだ。男よりも女が尊ばれる。女が本来世継ぎになるから、彼女は必ず子どもを産まなければならなかったんだよ」

淡々と語るシロ。

「より良い血統を残すために、相手は親類縁者の中から選ばれていた」

「つまり近親婚？」

「そだね。彼女には二十も年上の従兄弟が許嫁だった」

「二十……」

絹子の従姉妹が今度結婚するがそれでも年齢差は一回り程度だ。

「彼女は割り切れるほど、大人じゃなかった。だから、蛇の甘言に乗った。ぶっとんだやり方でね」

にいっとシロは笑う。目を細めるとなんだか猫っぽく見える。

「周りは血筋を残したいのだから、自分の代わりになる者がいればいい。より濃い血を残せばなお良い。自分は用済みになるはずだと、同じ血族の人間の子を産んだ。それがハジメちゃんだよ」

絹子はぎゅっと拳を握った。

ハジメの身内はオクトだが、両親は一度も見たことがない、話にも出たことがない。こんな理由があったのだ。

「ねえ、じゃあどうしたの。そのハジメさんのお母さんって」

「ハジメちゃんを産んだその日にいなくなった。誰もが出産したあとに体力も残っていないだろうからって逃げるとは思わなかった。それから、ずっと行方知れずだ」

行方不明者のリストを思い出す。やはり、あの写真の女性だったのか。

さっき、ちらちらと見えていた女性の半生は、ハジメの母のものだろうか。だとすれば、彼女の最後はもうわかっている。

「今怯えている彼にも所在を聞いたよ。でも、父親が例の政治家だったので、深く立ち入ることはできなかった。何より手引きした相手がわかったから、彼は関係ないとされた」

「手引きした相手？」

「彼女の弟だね。彼も行方がわからなくなっている」

「もしかして、お父さんって……」

その弟ではないだろうか。

恐る恐る口にしようとするが、シロが首を振って否定してほっとした。

「父親は当時十二歳の少年だよ。形としては、性的虐待に他ならないね」

「……」

違う意味で、声にならなかった。

「血筋は良かった。とても。だから高い才能に恵まれたハジメちゃんが産まれた」

ぽりぽりと首の裏を掻く絹子に対し、シロは何食わぬ顔をしている。ただ淡々と絹子に説明をしてくれる。

「爺さんの二人の子どもはそのまま消えて、ハジメちゃんは爺さんに育てられた。爺さんも姉弟でどこかで暮らしているんだろうって思っていた。でも、髪切り魔が捕まったことで事態は変わった」

確か髪切り魔こと笹山和也は、ハジメを襲った時に捕まったはずだ。ハジメを見て怯えていたという話は、ハジメが元恋人とそっくりなら辻褄が合う。

「ハジメちゃんを爺さんの娘、一葉《いちよう》と間違えたんだ。恋人が生きていると思った彼は、奇しくも呪詛を完成させてしまったみたいなんだ」

ゆっくりとシロは大家たちのほうを指す。

彼等はただぼんやりと立っているだけではなかった。その視線はじっと壁を見ていた。じめっとした空気が肌に張り付いてくる。地下だから、湿度が高いのかと思うが、そんな程度ではない。さっき、霧雨が降っていたような、水気に満ちたけぶるような空気が充満していた。

「く、くるな！　お、俺は悪くないんだ！　おまえが、おまえが」

笹山和也は、叫びながら畳の上でうずくまる。

しゃらんと鈴の音がするとともに、囃子が聞こえてきた。祝い唄らしき歌も響いてくる。

歌う声は若い、数人の女性の声だ。

しゃらん、しゃらん。

すっと白い影が浮かんできた。

白無垢の女性が現れた。角隠しの奥には、切れ長の目が見える。軽く伏せられているが、
絹子には誰かわかった。

先ほどの花嫁行列の花嫁の正体は、ハジメだった。

「はっ――」

「静かに」

シロに口を押えられる。

「まだ、見ているといいよ」

シロは絹子を離すつもりはなく、がっちりと摑んでいる。

大家とオクトは神妙な面持ちで、ハジメを見ている。

「その身体を返せ」

大家はハジメに向かって言った。

ハジメは首を傾げる。

『なんのことかしら？』

ハジメの姿だが、声はハジメじゃない。もう少し低く、色気がある声だ。

『それよりもどいてくれないかしら？　旦那さまを迎えに来たの』

ハジメが一歩前に進むと、ばちっと大きな音がした。ハジメの足は散らばった紙片を踏んでいた。着物の裾が少し焦げている。

紙片はお札なのだろう。なら、ハジメには何か憑りついているのか。

大家はいつも言っている。妖は人の心に付け込むだけで、直接何か出来るわけではない。人間に害を与えるのは人間であると。

でも、例外だってある。妖と人間が混ざりあい、時に人間でもなく妖でもない存在が生まれると聞く。なんと大家は言っていただろうか。

「混じり者……」

「そうだよ、ハジメちゃんは元々混じり者だ。混じり者同士の親を持てば当然混じり者になる。でも、ハジメちゃんの場合、ちょっとその血が濃いんだよ」

ツツツーッとシロが絹子の唇に、眦《まなじり》にと指を滑らせる。

「絹子ほどじゃないけどね。さあ、そろそろ出てきてもいいんじゃないかな？　僕はもう説明に飽きたんだ」

シロの指先は赤く染まっていた。血かな、と思ったがどうやら紅らしい。

「はい」

シロはどこからともなく手鏡を取り出して絹子に渡す。鮮やかな紅で、口紅とアイラインを引ひかれた絹子が写っている。シロの手にはタンポポのような花があった。紅花《べにばな》だと今更気が付いた。神社の中庭で、シロが弄っていた黄色い花。

「ここは夢みたいなものだから、そろそろゆっくり眠ってもいいんだよ」

『そうね、あとは私にまかせてちょうだい。あなたは何もしなくていいの』

どこからともなく、女性の声が聞こえた。聞き覚えがあるような、ないような声。

「そうだね、絹子は何もしなくていいよ」

シロが絹子の瞼を閉じさせる。目の前が暗くなると、絹子は一気に睡魔に襲われた。

——もう夢の中なのに。

また眠りに付いてしまう。こうして、絹子の意識は途切れてしまった。

○●○

もう二度と見たくない顔がそこにある。

『九郎』さまと自分のことを呼んでいた女。世話役の一人としてやってきた女だ。

爺さん、今は於久斗なる名を名乗っている男。爺さんの娘の一葉は、どうしようもない女だった。

自分の身代わりを作るために、子どもを、ハジメを産んだ。

なぜ、そのようなことをするに至るかなんて、九郎には関係なかった。ただ、九郎は巻き込まれ、いろんなものを失った。

畳の上に散らばった札、本来、こんなものがなくとも簡単に祓えるものが、九郎には祓えない。

古都の生き神『斎』としての能力はとうに九郎から消え、次の世代にうつっていた。

力になんの未練もない。ただ、譲り渡す相手のことを考えれば、まだまだ、猶予が欲しかった。自分と同じように、何も知らぬ傀儡《かいらい》など作りたくなかった。

その上、よりにもよって、その次代の『斎』が憑りつかれている現状には、笑うしかなかった。ハジメの身体には花嫁の亡霊が憑りついている。家を捨て、子を捨て、恋人と生きることを望んだ女は、白無垢姿でやってきた。

札がざわざわと動き出す。ハジメ、いや一葉の着物に張り付き、そして燃え落ちる。

一歩一歩、一葉が近づくたびに、九郎の肌にピリピリと静電気が流れる。

妖に乗り移られる人間というのは、いくつか条件がある。

まず、妖と呼ばれる存在を見る、または感じ取れること。

妖と接点があること。

そして、妖に取り込まれるような心の隙間があること。

皮肉にも、次代の『斎』が憑りつかれるとなれば冗談ではない。

九郎は一葉を押さえ込もうとする。しかし、人とは思えぬバランスで九郎の手を避ける。にゅるりと動く姿はまるで蛇のようで、笹山は顔をひきつらせた。

素早く九郎は身をひるがえし、一葉をとらえようとした。しかし、グッと九郎の身体が重くなった。

——邪魔しないで。

地を這うような声。足元には泥のような手が、九郎の足首を掴んでいた。床には中学生くらいの少女の顔が、腐敗した泥で形作られていた。

「うわあっ。うわあああああ!!」

笹山和也が逃げ出した。

「馬鹿野郎!」

思わず悪態をついてしまう。動こうにも泥の手が九郎を離さない。

爺さんも反応するが、彼の動きも遅い。爺さんの背中には、泥人形が覆いかぶさっていた。どれもまだ十代の少女の顔をしている。

九郎は、沼地に沈められた少女たちを思い出す。

泥を払いのけながら、座敷牢を出た男を追いかける。

「厄介だな」

沼地で一葉の幻を見たのは偶然ではなかった。笹山和也の証言を信じれば、場所は違えど同じ沼地で一葉も死んでいる。

一族の娘である一葉の念がこもった土地なら、本来禁足地であった土地なら、人を惑わす蜃気楼を生み出してもおかしくない。

九郎は階段を駆けあがる。

父親のコネで、笹山は釈放された。しかし、今度は花嫁行列に追いかけられる幻覚を見るようになったと、また父親から依頼があった。

花嫁が誰なのか気が付いた爺さんが笹山を保護し、九郎を呼んだのは今日の出来事だ。

鈍いにも程があると、九郎はため息をつくしかない。ハジメの異変に気付かなかった。

笹山を座敷牢に入れていたのは、彼の、身をより守りやすくするためだった。呪符を部屋中に張り付けておけば、そうそう手だしは出来ないはずだと。

そう、一葉単体なら――。

一葉は古都に花嫁行列として現れていた。白無垢を着た花嫁に、黒服の連れ。もう少し考えればよかった。

黒服は制服、過去に沼に沈められた少女たちの念だ。妖は接点があれば繋がっていく。狐の嫁入りと言われたのは、小雨が降ってけぶるようになっていたから。沼地では霧がかかってまさにけぶるようになっていたではないか。

笹山和也は蔵を抜け出し、ただひたすらもがくように走っている。そのあとをゆるりゆるりと花嫁行列がついていく。

「俺は悪くない。裏切ったのはお前だ！」

叫びながら笹山はこける。

本来なら医者として尊敬されていたのだろうに。あまりに滑稽《こっけい》な姿だ。

「おい！　池だ。池に飛び込め」

後ろから爺さんが叫んだ。屋敷は爺さんのものだ。庭の配置はわかっている。

笹山は四つん這いになりながらも、当たりを見回す。池を見つけると、犬のように走る。

ばしゃんと水しぶきをあげて池に飛び込む男を餌と間違えたのか、鯉が集まってくる。

「そういうことか」

泥の少女たちは、池に近づこうとしない。泥でできた身体は水に入れば溶けるからだろうか。それとも、散々啄《ついば》まれた鯉に恐怖を覚えているのだろうか。

よく幽霊には札や塩が有効だというが、そうではない。要は、苦手となるものがあればそれでいい。

ただ一人、一葉だけは歩みを止めず、池に近づいていく。ハジメという器があるだけに他のと一緒にしてはいけない。ただ、人間の肉体があるということは、逆に弱点があるということだ。

九郎は懐から紐を取り出す。絹子が作った糸だ。機織りの余り糸を再利用し、作り直した糸。強度的には他の糸に比べて弱い。だが、破魔の衣の材料となればまた別になる。

「そこまでだ」

九郎は糸を投げつけ、一葉に巻き付ける。首、手足、胴体。しゅるっしゅるっと、まるで蜘蛛が獲物を丸めて保存するように、糸が巻き付いていく。糸は生きているように自在に動き、繭玉を作ろうとする。

ぎゅっと力を入れる。すると、一葉は苦しそうに声を漏らした。

「その身体から、出ていけ」

糸がどんどん一葉を締め付ける。糸が触れた箇所から、白い煙が出るとともに、うめき声が聞こえる。

このまま少しずつ力を入れて、ハジメの中から一葉を追い出す策だ。

花嫁衣裳が渇いた粘土のようにぽろぽろと崩れていく。

角隠しが落ちるとともに、風化して消え去った。

白無垢は消え、代わりに見えたのは泥だらけになった白いワンピースだ。

九郎は一葉の首に白糸を引っかけたままだ。このまま強く握れば、彼女はすぐさま落ちるだろう。

九郎は持った糸をさらに強く握ろうとした。

しかし――。

かごめかごめ　籠の中の鳥は　いついつ出やる

夜明けの晩に　鶴と亀が滑った

後ろの正面だあれ？

九郎の嫌いな歌が流れる。誰が歌っているかと思い振り返ると、歌う絹子がいた。思わず大家は舌打ちをする。なぜいるのだ。あえて言葉を荒げてまで置いてきたというのに。誰が連れて来たのだ、と。絹子から少し離れた暗がりにシロがいた。

「……ろくでもねえことしかしねえな」

声が漏れてしまう。

しかも、絹子の様子が少し違う。唇と眦が赤い。いつものへらっとした笑いではなく、上品に唇だけ歪めている。そして、その影は人型とは言えぬ形に伸びていた。

「粟花《あわはな》か？」

『ご名答。ねえ、私の糸、そんな使い方をしてほしくないわ』

絹子、ではなく粟花が答える。

粟花、千年の時を生きる妖を超えた存在であり、絹子の始祖《しそ》。普段は絹子の中で眠っている何かだ。絹子が混じり者である理由は、粟花がその血に混ざっているからだ。

「表に出てくるな」

『出てくるわよ。だって、すまあとじゃないわ、これ』

粟花はハジメを見、そして爺さんを見た。

爺さんは怪訝そうに粟花を見ている。絹子の姿だが、絹子ではない。爺さんは手に札を持ったまま、どうしようかと様子を窺っていた。

『貴方はこのままでいいのかしら。無理やり追い出して消してしまうの？』

爺さんは栗花が何か察知したらしい。以前に、絹子は混じり者だと話してあった。爺さんは、ゆっくり首を下げると、横に振った。

「娘だけでなく孫まで失いたくないんです。娘はもういない。そこにあるのは、残りかすだけです」

残留思念というのだろうか。九郎は幽霊と一般的に呼ばれるもののことをこう言っている。本来、何も残らないはずの記憶の断片だ。恐怖や憎悪ほど残りやすく、これを悪霊と九郎は定義づけている。

栗花は笑う。笑ったまま、ゆっくり首をぎちぎちと回す。額にどこからともなく水の滴が落ち、複眼のように見えていた。八つの視線の先にあるのは、笹山だった。栗花がゆっくり手を伸ばすと、笹山は、じりじりと引き寄せられる。笹山の身体にはいつの間にか無数の細い糸が巻き付いている。栗花の髪が伸び、糸となって笹山に巻き付いていた。

「や、やめろ、やめろ！」

暴れだす笹山。

『やめないわ』

栗花は指先をくいっとそらせる。男の身体が一葉の前で止まる。爺さんが一葉と男の間に入ろうとしたが、栗花が手で制止する。

『一つ聞いていい？』

「なんだ?」

『この人、何やったのかしら?』

栗花が男を指して言った。

「いろいろやらかしているが、罪状が重いのは殺人だ」

そして、殺した相手が目の前にいる。憑り殺されると男は震えていた。

だが、一葉は手を伸ばすだけで何もしない。九郎が身体を拘束しているせいかもしれないが、その目には殺意はないように見えた。

『自分を殺した相手に復讐するのが、怪談の基本だけど。必ずそうとは限らないわ』

栗花は一葉の首にかかった糸を摘まむ。

『幽霊が残留思念の塊だというのなら、その幽霊は最後まで何を思ったのかしら?信じていた相手に殺されることに対する怒りだろうか、それとも――。

『あら。白無垢をはがされてしまったね。誰よりも綺麗な姿を見せたかったはずなのに』

栗花はきょろきょろと周りを見渡す。シロを見つけるとにこりと笑う。呼応するようにシロが栗花に近づく。

『ねえ。この娘に綺麗なべべを着せたいのだけど?』

「ちょうどいい生地はあるけど、あんまりおすすめしないよ。絹子が一生懸命織ったからね、なくなったら驚くよ」

『……いいわよ。何かあったら、私が絹子の代わりに織るから』

「了解」

シロはどこからともなく桐の箱を取り出す。蓋を開けると中から、つやつやと輝く正絹の反物が出てきた。

『ごめんね、絹子。ちょっと使うわ』

栗花は本来の身体の持ち主に断りを入れながら反物を投げる。反物はひらひらと舞い、一葉の身体に張り付く。栗花の糸が反物を縫っていく。断裁も何もしていない一枚の反物のはずが、まるで白無垢のように見えた。最後に髪の上の角隠しがかぶさる。

「おまけだよ」

シロが赤い指先で一葉の唇をなぞる。紅をさすと、一気に顔色が良くなった。

九郎が持っていた糸はいつのまにか切れている。栗花が放つ、淡く金色に輝く糸に比べると脆《もろ》く、くすんだ糸だ。

一葉が動く。伸ばしていた指先は、男の顔の輪郭をなぞるように動き、触れる直前ですとんと落ちる。膝をつき、正座をし、両手は地面に付けている。

「お前が最後に望んだのはそういうことか」

爺さんががくりと項垂れる。

九郎もまた、ようやく栗花が言っている意味がわかった。一葉は一体何をしたかったのか、それは――。

一葉はゆっくりと頭を下げ、三つ指をついた。

『ふつつか者ですが、よろしくお願いいたします』

栗花が一葉にかわって声に出す。

奥ゆかしく初々しい花嫁がそこにいた。一葉が何をしてでも手に入れようとしたものは、一昔前なら当たり前にあった光景。

一葉の唇には、はにかむような笑みが浮かんでいた。心なしか頬も赤く染まっている。なんのことはない。彼女はこれが言いたかった。ただ、一番自分が綺麗な姿で、愛する男の元に行きたかっただけ。

たとえ、相手が自分を手にかけようと、その気持ちは変わらなかった。

晴れやかな顔をした一葉を見て、九郎はぎゅっと拳を握る。

——ごとっ、ごとっ。

一葉の身体から、頭蓋骨と人形が落ちる。頭蓋は何年も泥にまみれていたような色をしていた。あとに残された人形は、切りそろえられた黒髪。

『ありがとう』

栗花に向かって、汚れた頭蓋骨は礼を言った。

そして、そのままカタカタと笑いながら、ゆっくりと倒れた。

幕間　その五

疲れた。

それ以外の言葉は、今の九郎には浮かばなかった。

あれから丸一日、玉繭神社に戻ると九郎はずっと眠っていた。眠るより他なかった。身体より精神のほうが疲労していた。そして何より、喰われてしまった。誰に、と言われたら、大きな絡新婦《じょろうぐも》にというほかない。表に出てきた異形の者は、絹子とはまた別の形で大喰らいなのだ。

九郎は己の手を見る。あのまま一葉を消していたらどうなっただろうか。九郎の過去は消え、何もかも元どおりになっただろうか。

いや、そんなわけがない。

一葉がいなくなったとて、もう一女はいるのだ。

九郎は一葉のことを許す気はない。一葉は自分の幸せのために、九郎を利用した。だが、一葉もまた、苦しんでいたのではと思わなくもない。

盆からこぼれた水が元に戻らないのは当たり前の話だ。

だからだろうか。

表に出てくるな、と言ったのに妙な奴が出て行きたのは——。

残留思念を救ったところで、残るものはただの自己満足だけだというのに。

ぼんやりしながら部屋を出ると、ちょうど絹子がやってきた。

「あー、大家。ちょうどよかった」

のんきな声だ。顔色が良く、九郎とは対照的である。餌を喰らうだけ喰らった絡新婦は、満足して絹子の部屋に戻った。朝起きた絹子はきっと花嫁行列のことを夢だと思っているに違いない。

「どうした？」

「オクトさん来てるよー」

オクト、つまり爺さんだ。毎度聞くたびに、つい微妙な顔になってしまう。

「広間にどうぞって言ったんだけど、本殿のほうがいいって、そっちで待ってもらってる」

社務所の広間だと邪魔者が入る。本殿に、ということは、内密な話がしたいのだろう。

「わかった、すぐ行く」

「うん。じゃあ、私、今日は出かけてくるね」

「どこへ？」

今は祭の前の忙しい時期じゃないのか、と自分の立場を顧みず思ってしまう。

「買い出しだよ、瑠美奈さんと。お祭りのお供えとか奏者の人たちへのお菓子や飲み物をいろいろ。授与所は、崎守さんに任せてるから大丈夫だよ」

瑠美奈というバイトは確か車で玉繭神社まで来ていると言っていた。大荷物でもそれなら楽だろうが、妙に絹子の表情が曇っていた。ぶつぶつと「大丈夫かな、今日の運転は」とつぶやいている。

都合がいいな、と思いながら、大家は本殿へと向かう。

渡り廊下を歩いて、本殿の扉を開くと、老人が座布団の上で茶をすすっていた。茶菓子は黒糖カステラだ。

「おい、爺さん」

九郎は爺さんの前に座る。

「ずいぶん、寝坊助だったね」

のんきに爺さんはカステラを摘まむ。

「その雅号を名乗るのはどうにかならないか？　駄洒落が過ぎると思うぞ」

毎度、絹子が『オクト』と呼ぶので、そのたびにため息をついてしまう。

爺さんは顎を撫でる。

「けっこういけると思ったんだが、駄目か」

「もう少しひねってもらいたかった。オクトパスって英語くらい、絹子にもわかるぞ」

オクトパス、タコの英名だ。語源はギリシャ語で『八本の足』を意味する。

「だからって今更、八郎って名乗るのも、普通すぎるからなあ。もっとハイカラな名前ならいいのに」

「こっちは九郎だけどな」

「なら、八郎兄さんと呼んでもいいんだぞ」

「断る」

きっぱり九郎は拒絶した。

爺さんは九郎が生まれた時から爺さんだった。誰が思うだろうか、九郎と爺さんが兄弟だと。年齢差は六十。その上、九郎には他にあと七人兄がいる。

「そろそろ名前変えてもいいころだが、気に入っているんだよな」

爺さんは深く息を吐く。九郎よりも六十歳上ということは、もう卒寿を過ぎている。だが、見た目は還暦くらいにしか見えない。ゆえに、生きていく上で周りから変に思われないように、戸籍を変えることだってある。

九郎の兄ということは、爺さんもまた混じり者だ。

「ところでなんのようだ？」

九郎はすでに置いてあった茶を飲む。絹子が用意したのだろうが、とうに冷めていた。

「本殿で待っている時点で、察しがついているかと思ったけどな」

「……ハジメのこと、――いや、昨日の事件に関わる一連についてだな」

ハジメはどうしているのか、聞くべきかと悩んだが、こうして爺さんが特に何も言わないのであれば、問題ないのだろう。

「爺さん、二口女の件、どうして俺を紹介したのか教えてくれないか？」

最初の事件は、政治家とその愛人が、呪われたと相談してきたことだった。結局は、不倫を続ける父親と愛人に対する報復で、息子がしでかしたことだった。

だが、その息子は一葉の元恋人だった。同時に、連続髪切り事件の犯人でもあった。

偶然に偶然が重なったとして、それは本当に偶然なのだろうか？

「あの政治家のおっさんは、過去に息子と何かがあった家の人間とは付き合わないだろう。まず、あんたに話をすることでもないだろうよ」

「それは私も聞きたかったよ。だけど、政治屋さんや社長さんは妙に信心深いところがあるからね。よく当たる占い師、拝み屋の話題はけっこう上がるらしい。どこで聞いたのか、九郎の話があり、私が知り合いだと突き止めたとさ。支持率や汚職問題でいろいろ切羽詰まっていることもあっただろう。藁にもすがりたかったんだろうね」

爺さんは床に指を滑らせる。頭の中を整理しているようだ。

九郎は腕を組む。ここ数年、いくつかお祓いの依頼を受けたことがあるが、政治家と知り合いの者はいただろうか。

考える九郎に、爺さんはふうっと息を吐き、天井を見る。

「まさか息子が原因とは思わなかっただろうね。あの息子のことは許そうとは思わないが、彼もまた一葉を許せなかったんだろうね。父親が不貞を犯したことで、弟が死んだ。その直後の出来事だったんだ。もちろん、彼も一葉もどちらも悪い。悪いんだけど……」

九郎の感情を考えてのことだろう。爺さんは親類縁者の中でもまだ、人間らしい感情を持っている。一葉とのいざこざがあった後で、九郎を籠の外に出してくれたのは爺さんだ。

「黒髪を集めていたのは、呪いをかけようとしたのではなくて、収集だったみたいだな」

大家は、一葉の黒髪を思い出す。髪に対する執着は、自分が殺した人間への執着がいまだに残っていたからだろう。もういない女の影を求めて、標的を探していったら、行きついたのはその娘だったという皮肉。

笹山もある意味、一葉を忘れられなかったのだろう。彼女に似せた人形を作り続けた時に、材料を女の髪を切ることで収集しながら。

偶然に偶然が重なれば必然になるというが、これはどう考えればいいだろうか。

「で、捕まったのはいいが、髪切り魔は自分が殺したと思っていた恋人が生きていたと勘違いした。保釈金なりを積んで釈放されたあと、その人形を一女に送り付けたのかもしれない。手紙には過去にやった過ちを懺悔《ざんげ》する内容を書いて――」

結果、ハジメは、死体が遺棄された場所を知った。

一葉の遺髪と遺骨を手に入れたハジメは、それが引き金となって一葉に身体を乗っ取られた。

一葉が殺された場所もまた、偶然の一つだった。

殺された一葉の念は、沈められた沼地に残った。駆け落ちの待ち合わせ場所に選んだのは、玉依毘売命《タマヨリビメノミコト》の神社。恋愛成就の神だ。

思春期の不安定な少女たちは、その場に引き寄せられるようになった。

私有地に勝手に侵入することに腹を立てた男は、少女たちを沼に突き落とすようになる。

突き落とされた少女たちは沼の底で鯉の餌になった。一葉と同じように。

九郎が沼地で見た幻影もまた、一葉が沈められていたことに起因するのだろう。

一葉の残留思念、遺髪、白骨死体、そして沼に沈められた少女たち。

図らずも偶然が積み重なり、呪いとなり、髪切り魔に返ってきた。

恋に恋する少女たちに、駆け落ちをしようとしていた一葉。白無垢姿になったのは、一葉の念が強かったのだろう。笹山を探して、花嫁行列を作る。

「一つ気になることがある」

九郎も爺さんと同じく、床に文字を書いて頭の中を整理する。

「なんで、一女宛ての荷物が玉繭神社に送られてきた？」

絹子がハジメ宛ての荷物が来ていると言っていたのを覚えている。うかつにも九郎はその時、何も確認せずにそのまま渡した。

「父親がこの神社について知っているから不可能ではないね。息子に所在を話したのかもしれない」

「そういう意味じゃない。なんで一女の名前を知っていたのかだ。まだ『一葉』ならわかるのに」

どうにも、無理やり必然へと導かれているような気がしてならなかった。

「本当に、笹山が人形を送ったのか？」

今の笹山は、一葉のことで心が壊れてしまっていた。

笹山がやったかもしれないが、逮捕前の状況を聞くに、彼には無理そうだった。誰かに唆《そそのか》されていたとした可能性が高いのだが、それも確認出来ない。何も話せる状態ではないのだ。

ハジメがもらった手紙の筆跡を当たればわかるのだが、生憎、ハジメはさっさと処分していた。宅配便の送り主も架空のものだった。

過去に、他人に悪意を刷り込むことに長《た》けた人物については知っていたが、同様、いやもっと狡猾なやり方に思える。

大和という子どもについてもそうだ。誰が彼を連れて行ったのかわからないままだ。

誰かが、九郎を俯瞰《ふかん》してからかっているのではないだろうか。

「……それについてだが」

爺さんが神妙な面持ちになる。

「一人、大事なキャストを忘れているんだ」

爺さんの指が床に『二葉《ふたば》』と書く。

九郎もよく知っている名前だ。爺さんの息子であり、一葉の双子の弟。

彼は、一葉と共に姿を消した。今なお行方不明だ。

九郎の記憶にある彼は、まるで蛇のような男だった。

「まだ、なんかあるってことか」

九郎はカステラを口に放りこむと、冷めた茶で流し込んだ。

終章

後ろの正面だあれ？

かごめかごめ　籠の中の鳥は　いついつ出やる
夜明けの晩に　鶴と亀が滑った
後ろの正面だあれ？

祭囃子に混ざって、わらべ歌が聞こえた。

絹子の横を通り過ぎた母親は、眠る子どもを抱いて歌っていた。子守歌のかわりらしい。

周りは人ごみ、玉繭神社の七夕祭は今までで一番の大盛況だ。もうすぐメインの巫女舞が始まる。演奏者たちのために、控室替わりの広間には飲み物と茶菓子を準備したし、授与所とアンテナショップは崎守と瑠美奈に任せた。

一通り落ち着いたので、コムラには石舞台に行ってもらった。来賓客の接待準備とともに、巫女舞を見てもらうためだ。楽しんでもらえると嬉しい。

これで完璧だろうと絹子は鼻息を荒くする。今年はバイトを増やしたため、氏子さんたちに仕事を頼んでいない。

空は暗くなり始めたので一つ一つ提灯をつけていく。とはいえ、今はスイッチ一つでつくから簡単だ。シロ監修の元、配線は見えないように設置した。

「おい、絹子」

呼ばれたので振り返ると、クロが珍しく社務所の外に出ていた。提灯を持ち、ちらちらと後ろを見ている。

「どうしたの？」

「あー、なんかさ。絹子に用があるみたいでずっと社務所の周りうろうろしていた。出番だから、着替えろと言ったんだけど」

木の後ろに影が見えた。上下真っ白な水干姿の人物がいる。顔を半紙で隠して見えないが、こんな格好をする人は決まっている。今日、巫女舞を踊る巫女だ。

そして、大家にしては華奢で身長が低いといえば、消去法で誰かわかる。

「どうしたの、ハジメさん？」

びくりと巫女が動いた。恐る恐る出てくる。

「……」

黙っている。何がやりたいのだろうか。

ハジメが来ている白装束は、艶がある絹で作られている。綸子で織っているので、模様がところどころ浮かんで見える。

「ごめんね。大家とお揃いのデザインが良かったんだろうけど」

生憎、同じ布は織る時間がなかった。

「……この生地、別のことに使うはずだったって聞いたんですけど」

ハジメが着ている生地は、元々従姉妹の花嫁衣裳に仕立てる反物だった。なぜかハジメの手元にあり、そして、困ったことに地面に擦れて汚れていたという。

もう白無垢には使えないと、絹子は代わりに巫女装束を作ることにした。

「サイズあっているみたいだね。よかった。大家が着ていた衣装を仕立て直すべきかなって悩んでたところだったから」

巫女舞を踊るのは、大家かハジメか最後まで問題になっていた。ハジメは、大家曰く、狐に憑かれたらしく、絹子が知らないところでいろいろやらかしたらしい。反物を汚したのもその経緯からだという。

狐に憑かれたなんていうから、どういうことかと思ったが、ここのところハジメはナーバスになっていた。気分が落ち込んだ時、人は何をやらかすかわからないので、そのことを言っているのではないかと思った。

絹子は数日前に、ハジメが狐の嫁入りに混じっている夢を見た。偶然だとしても、なんだかおもしろかった。

きっと恥ずかしいことをいろいろやらかしたのだろう。絹子は生暖かい目でハジメを見る。

絹子が巫女衣装をもう一つ作ってしまったことで、巫女舞を誰が踊るか問題に一つの決着がついた。二人とも踊ることに決定した。

ハジメは大家と踊れることを喜んでいるようだが、真面目な彼女は単純に喜ぶだけでは終わらない。

「ちゃんと衣装代は払いますので、請求してください！」

詰め寄るように言われた。絹子には貸しを作りたくないらしい。

「と言われても」

花嫁衣裳の生地は時間に余裕があるから作り直せばいい。お金を貰おうにも玉繭神社で行う巫女舞に使うのだ。勝手に請求していいとは思わない。

ならどうしようかと悩む。ハジメは引き下がりそうにない。早くしないと、絹子もハジメも仕事がある。

「ねえ、じゃあ、なんで私のこと嫌っているか教えてくれない？」

絹子の質問に面食らった顔をするハジメ。気まずそうに視線を逸らす。

「……おにいさまのところに知らない女性がいたら、普通、気に食わないと思います」

正直に答えてくれた。唇を尖らせ、恥ずかしそうに顔を赤らめている。予想どおりだったが、本当に言うとは思わなかった。正直すぎる子だ。

「あと――」

ハジメはさらに気まずそうに俯く。

「あとは？」

「――あなた、何者なんですか？」

「……いや、何者と言われても」

ちょっとごはんが大好きな機織り巫女です、としか言えない。一体、ハジメには絹子がどういう風に見えるのだろうか。

「話しているところ悪いけど、とりあえず仕事な。俺は夕飯作って来るから」

「うん、お腹空かせて待ってる」

「絹子の腹が空いてない時なんてあるのか？」

クロはそう言って、薄暗い中に消えていく。

「あなたはあの子が何に見えていますか？」

ハジメが唐突に質問した。

「何って、クロくんはクロくんでしょ」

「……そういうことですか」

何か理解したように頷くと、ハジメは石舞台のほうへと向かう。

用はすんだのかと思い、絹子も残りの提灯の電気をつけようとすると、ハジメが振り返って言う。

「絶対、お金払いますから！」

そして、また歩き始める。


二人で行った今年の巫女舞は大盛況だった。かがり火に白い衣が照らされ、舞う二人の羽衣が交差する。生演奏の雅楽はそれだけで贅沢だ。

あれだけ文句を言いながら稽古をつけていたのに、踊っている大きいほうの巫女は満足そうに見えた。

さすがにチラシの掲載には間に合わなかったけど、観客は笑顔で帰っていく。

ふと、先ほどのわらべ歌を思い出した。

絹子も一時期ずっと歌っていたころがあった。毎日、機を織るだけの生活の中で、とんとんからんと織りながら、歌うとリズムが取れて織る調子が良くなった。

きっと古都に来なければ、村で一生機を織るだけで終わったかもしれない。

そこから救い出してくれた人間は誰かといえば、今頃、髪文字を投げ捨て、不機嫌そうに顔を洗う人物だろう。

絹子は毎年その姿を見ながら笑いそうになる。笑ったら怒られるのだが。

「崎守さんたち、ごはんは食べていくかな？　クロくん用意してくれたかな？」

祭が終わる時間は遅い。片付けも考えるともう少し美味しい夕飯は先になる。

絹子は空腹を紛らわせるように、小さく歌い始める。

かごめかごめ　籠の中の鳥は　いついつ出やる
夜明けの晩に　鶴と亀が滑った

「おい。飯が用意できたから早く来いって言ってるぞ」

不機嫌な声が聞こえる。もう着替えおわったのだろうか。

絹子はお腹を押さえつつ、ゆっくり振りかえる。


後ろの正面だあれ？

あとがき

まず最初の言葉は、お待たせいたしました、でしょうか。お久しぶりです、日向夏《ひゅうがなつ》です。期間があきましたが、こうして『繰《く》り巫女《ひめ》』の続刊を出すことが出来ました。ありがたや、ありがたや。

今回のお話、『かごめかごめ〜』ですが、1巻の『繰り巫女あやかし夜噺《よばなし》　お憑《つ》かれさんです、ごくろうさま』や、『小説家になろう』掲載のプロトタイプ「おつかれさんです。ごくろうさま」を読まずともわかるようにしているつもりです。でも、1巻や「おつかれさん〜」を読んだほうが面白いよ、とちょっと宣伝しておきます。面白いよ。

さて、書いている間に何が起きたかと言えば、もういつの間にか親戚にペンネームがばれて、さらに伯母さんから「全部読んでる」と本の束を持ってこられてサイン書いたりしました。秘密というものは、一つ穴があくとぽろぽろとこぼれていくものです。ここだけの話、と酒の席で口が軽くなった時とかお気を付けください。

前の巻は、『小説家になろう』さんで書かせてもらった話を元に書きましたが、今回は完全に書き下ろしです。主役は大家、のつもりでしたが、一番描写が多いのは、絹子が食べているシーンでしょうか。今回も彼女は食べます、食べます。マイペースに食べております。主人公なのに、まったく事件に入り込もうとしないので、こちらとしては困ったものなのですが、そういう主人公なので。もっとも、事件に入り込もうとしたら、過保護すぎる保護者たちが出張ってくるんですけど。

さらっと大家にとって重大なことがいっぱい出てますが、絹子の食欲のせいでちょっと影薄になってないかという大家。せめて表紙には大家を、と指定させていただきました。いいですよね、表紙。一巻はミステリアスな赤い表紙でしたが、今作ではさわやかな色調。きらめく糸が美しいです。

新キャラのハジメについては、いろいろ話が進むにつれてどう感情をぶつければいいのか、と思うかもしれません。ただ一言、彼女には非がないので、さらっと見ていただければと思います。

さらさら揺れる笹の音、子どものあどけないわらべ歌。霧雨の向こうに見える花嫁行列。ほんの少し不可思議な空間をのぞきこんでいただければ、作者としては嬉しいです。

この作品を読んで楽しんでいただければ、幸いです。

日向夏

この物語はフィクションです。
実在の人物、団体等とは一切関係がありません。

日向夏先生へのファンレターの宛先

〒101-0003　東京都千代田区一ツ橋2-6-3　一ツ橋ビル2F
マイナビ出版　ファン文庫編集部
「日向夏先生」係

繰《く》り巫女《ひめ》あやかし夜噺《よばなし》
～かごめかごめかごのとり～

2018年5月20日　初版第1刷発行
2024年3月31日　初版第5刷発行

著　者　　日向夏
発行者　　角竹輝紀
編　集　　上条幸一（株式会社マイナビ出版）　佐野恵（有限会社マイストリート）
発行所　　株式会社マイナビ出版
〒101-0003　東京都千代田区一ツ橋2丁目6番3号　一ツ橋ビル2F
TEL 0480-38-6872（注文専用ダイヤル）
TEL 03-3556-2731（販売部）
TEL 03-3556-2735（編集部）
URL　http://book.mynavi.jp/

イラスト　　六七質
装　幀　　AFTERGLOW
フォーマット　　ベイブリッジ・スタジオ
ＤＴＰ　　株式会社エストール
印刷・製本　　中央精版印刷株式会社

●定価はカバーに記載してあります。●乱丁・落丁についてのお問い合わせは、
注文専用ダイヤル（0480-38-6872）、電子メール（sas@mynavi.jp）までお願いいたします。
●本書は、著作権上の保護を受けています。本書の一部あるいは全部について、
著者、発行者の承認を受けずに無断で複写、複製することは禁じられています。
●本書によって生じたいかなる損害についても、著者ならびに株式会社マイナビ出版は責任を負いません。
ⓒ2018 Hyuuganatsu ISBN978-4-8399-6320-0
Printed in Japan

プレゼントが当たる! マイナビBOOKS アンケート

本書のご意見・ご感想をお聞かせください。
アンケートにお答えいただいた方の中から抽選でプレゼントを差し上げます。
https://book.mynavi.jp/quest/all

Fan
ファン文庫

繰《く》り巫女《ひめ》あやかし夜噺《ばなし》
～お憑《つ》かれさんです、ごくろうさま～

―とんとんからん。
紡がれる糸が護《まも》るのは…。

古都の神社に住まう、見えないモノたち。本当に怖いのは、あやかしか、それとも―。『薬屋のひとりごと』著者が贈る古都の不可思議、謎解き、糸紡ぎ。

著者／日向夏
イラスト／六七質

ファン文庫

神様のごちそう

突然、神様の料理番に任命――!?
お腹も心も満たされる、神様グルメ奇譚。

大衆食堂を営む家の娘・梨花は、神社で神隠しに遭う。
突然のことに混乱する梨花の前に現れたのは、
美しい神様・御先様《みさきさま》だった――。

著者／石田 空
イラスト／転

ファン文庫

こんこん、いなり不動産
～あやかしシェアハウス、はじめます！～

著者／猫屋ちゃき
イラスト／六七質

あやかし達が集まって
一緒に暮らせる場所があればいいんだ…

こっそり妖（あやかし）が共存する町の、
ふしぎな不動産屋ストーリー！
『第2回お仕事小説コン』特別賞受賞作、第2弾！